HENRY GAILLARD

LES

BRACONNIERS

DU

NOUVEAU-MONDE

PARIS

LIBRAIRIE CENTRALE

BOULEVARD DES ITALIENS, 24

1866

LES BRACONNIERS

DU

NOUVEAU-MONDE

ABBEVILLE. — IMPRIMERIE P. BRIEZ

A

MONSIEUR CHARLES DE MANDRE

HOMMAGE ET CORDIAL SOUVENIR

HENRY GAILLARD

1

AVANT PROPOS

———

Au moment de livrer à l'impression le titre de ce volume, et malgré ce qu'il peut promettre de piquant, voilà que ma conscience s'effarouche, et j'éprouve presqu'un scrupule en me demandant s'il convient bien à celui qui fut toujours honnête chasseur de s'affubler, même dans le seul but d'exciter la curiosité, de ce nom de braconnier honni, avec trop de raison, par tous les vrais disciples de saint Hubert.

Cependant, je le maintiens ; mais je l'explique.

AVANT PROPOS

Ce mot de braconnier ne doit avoir ici d'autre signification que celle de chasseur rustique ; or, Dieu sait ! si mes amis et moi l'avons méritée.

Chassant sans cesse avec plaisir la nuit, le jour, par tous les temps, chassant souvent pour vivre ; mais parfois forcés de conjurer, le fusil à la main. de sérieux dangers, nous avons traversé et vaillamment supporté de dures épreuves mêlées à des moments de vif bonheur.

Enfin, si un homme d'esprit a eu raison d'écrire : «Grattez le chasseur vous trouverez le braconnier.» je me crois le droit de dire : prenez *mes braconniers dans le nouveau monde*, et vous ne trouverez que des chasseurs.

Henry GAILLARD.

LES BRACONNIERS

DU NOUVEAU-MONDE

CHAPITRE PREMIER

L'ÉCUREUIL ET L'OISEAU DE PROIE

Avant de commencer le récit de nos courses, de nos chasses et de nos aventures au milieu de ces belles montagnes de l'Amérique du nord où je me transporte encore par la pensée en écrivant ces lignes, je crois à propos d'introduire mes lecteurs dans notre intimité, pour les initier, quoique d'une manière incomplète, à la vie que nous y avons menée durant plus de deux mois, et leur faire comprendre, s'il est possible, les charmes d'une pareille existence.

D'abord, notre ramatte (¹), que j'habite depuis cinq jours, a été perfectionnée à ce point, qu'en dépit de la fragilité des éléments qui la composent,

_____

(1) Cabane en feuillage.

elle nous protége parfaitement contre l'humidité et
la fraîcheur des nuits d'automne. Primitivement,
ses parois n'étaient qu'une simple ligne serrée de
branches fixées en terre, entrelacées et formant un
mince clayonnage que les rayons du soleil traver-
saient, il est vrai, pendant le jour, en éclairant l'intérieur, mais qui laissait filtrer le matin d'abondantes gouttelettes de rosée.

A une distance d'un demi-pied à peu près de cette
première clôture, en dehors, nous en avons établi
une autre semblable; tout l'espace laissé vide entre
les deux cloisons a été garni de feuilles, de paquets
de mousse d'Espagne soigneusement empilés, de
sorte que nous sommes réellement abrités par de
véritables murs. En dehors encore, des piquets soutiennent un contre-fort de rameaux épineux qui
s'élève à un mètre du sol et défend nos provisions
placées dans l'intérieur contre les rats et les écureuils qui leur rendaient de fréquentes visites;
enfin, le plafond est assez solide pour que nous ayons
pu le recouvrir avec de longues bandes de gazon
prises au bord du ruisseau, et, grâce à la fraîcheur
qui règne en cette saison, elles conservent si bien
leur verdure, que notre ramatte, vue à une certaine
distance, s'efface tout à fait parmi les massifs om-
bragés qui l'entourent. Rien à l'intérieur ne fait
contraste avec la rusticité de l'aspect qu'offre notre
demeure; chacune de nos couchettes occupe un de
ses angles; le luxe, la mollesse n'ont pas présidé à
leur installation; mais elles suffisent pour nous
procurer un repos souvent rendu nécessaire et fa-

cile par de longues et rudes journées de fatigue.
Une peau de bœuf, clouée sur huit piquets et recouverte de mousse, voilà nos bois de lit, voilà nos
sommiers. Fusils, carabines, haches, couteaux, accrochés à portée de la main aux parois de la cabane,
constituent ses sévères ornements.

Afin de nous garantir contre toute surprise, André
nous avait proposé de nous entourer d'un fossé de
ceinture ; mais la peine que nous aurait coûté ce
travail, dans un terrain dur comme le rocher, et
l'inutilité de la précaution, avaient fait rejeter son
avis. Ce fut à ce propos qu'une plaisanterie de ma
part donna lieu à une discussion qui faillit amener
de graves conséquences. Après avoir terminé notre
édifice, tous les quatre nous l'examinions sous toutes
ses faces, lorsque me vint une pensée que j'exprimai
en ces termes :

« Mes amis, dis-je à mes compagnons, André nous
proposait tout à l'heure de changer notre hutte en
forteresse, moi je vous demande simplement d'indiquer qui sont ceux qu'elle abrite, en déployant
au-dessus le drapeau de notre chère France. »

Je n'avais pas fini qu'une explosion de bravos ac-
cueillait ma proposition, toute puérile qu'elle était,
puisque les couleurs nationales placées sur la ramatte ne devaient être vues, selon toutes probabili-
tés, que par les loups, les coyottes, les chats sauvages de la Sierra, à qui il importait sans doute
fort peu que nous fussions enfants de Paris ou de
Pékin ; mais, parmi mes chers compatriotes, de
semblables billevesées ne manquent jamais leur

effet; aussi, tandis qu'André façonnait en quelques
coups de hache la hampe du drapeau et que je demeurais stupéfait du résultat de mon idée, Louis et
Charles apportaient chacun de leur côté le symbole
de leur foi politique. Le vicomte Louis déployait un
mouchoir d'une irréprochable blancheur, et Charles,
l'enfant de Paris, une ceinture en laine rouge.

Il me serait difficile de dire la peine que je pris
pour les mettre d'accord et leur faire comprendre
que ma proposition ne pouvait être sérieuse ; peut-
être même n'aurais-je pas réussi, sans une idée lumineuse d'André qui, fatigué d'une discussion politique à laquelle il ne comprenait rien, jura avec
une énergie dont je ne saurais rendre l'expression,
qu'on ne mettrait sur la ramatte ni rouge ni blanc,
puisqu'il allait la f...lanquer à terre, et, en véritable
homme d'action, joignant le geste à la parole, en
deux coups de hache, il pratiquait une large brèche
à notre pauvre cabane. Heureusement tous trois,
ralliés par la vue du danger qu'elle courait, nous
nous précipitâmes sur le terrible démolisseur. La
diversion fut assez puissante pour dissiper le nuage
soulevé par mon imprudence ; à partir de ce moment, ce fut à moi de ne pas oublier qu'un mot avait
failli rompre des liens que la communauté de notre
vie aventureuse aurait dû rendre indissolubles, si
l'homme ne portait pas partout avec lui, non-seulement ses passions, mais encore les préjugés qui lui
font sacrifier sans bénéfice son bonheur du moment
plutôt à l'entêtement qu'aux convictions. Malheureusement il ne me fut pas possible de toujours

conjurer, à force de prudence et de sagesse, tous les éléments de discorde enfermés dans notre petite association ; mais nous ne sommes encore qu'à son aurore et trop éloignés des dures épreuves sous lesquelles elle succombera, pour en parler aujourd'hui, même pour les entrevoir.

Presque en même temps que moi, deux de ces serviteurs dont l'homme ressent le besoin en tous lieux, mais surtout dans la solitude, étaient venus en aide à notre société. L'un, un bon cheval, avait été donné par le ranchero S... o à Louis, qui s'était empressé de le livrer à la communauté ; l'autre, un chien, était un beau matin arrivé tout seul pour mettre à notre disposition son intelligence et sa fidélité. Ce dernier, peu de jours avant, appartenait encore à des bûcherons qui avaient travaillé dans le pays et venaient de s'en éloigner, se dirigeant vers les placers et laissant derrière le pauvre animal, que le *gold fever* ne tourmentait pas. Dig fut reçu avec d'autant plus d'empressement qu'il nous donna dès son arrivée un échantillon de son savoir faire en déterrant près de la ramatte plusieurs nichées de rats. Le nom que je donne à ces petits rongeurs n'est certainement pas celui qui leur convient, je ne l'emploie que faute de savoir comment les ont baptisés les naturalistes qui ont pu les observer, et je dois dire de suite qu'ils ne rappelaient le rat commun d'Europe que par leur voracité et leur instinct destructeur, tandis qu'ils offraient des caractères différentiels rendant toute confusion impossible. D'abord leur taille ne dépasse guère celle d'une

1

grosse souris ; leur couleur, d'un gris foncé, est
uniforme sur tout le corps et ne varie qu'à la tête,
où se présente de chaque côté une fine raie brune
longitudinale ; leur queue, loin d'être longue, écail-
leuse comme celle du parasite de nos demeures, est
courte, couverte de poils dans le genre de l'appendice caudal des loirs. Ce qui doit le plus contribuer
surtout à faire de nos voisins une classe à part, c'est
l'espèce de poches ou abajoues qu'ils portent sous la
mâchoire inférieure, comme des récipients toujours
prêts à recevoir ce que l'estomac ne veut plus accepter, ou ce qu'ils n'ont pas eu le temps de ron-
ger. Les services que Dig pouvait nous rendre
ne devaient pas se borner à la destruction de ces
petites bêtes malfaisantes dont il fouillait la demeure
avec une prestesse incroyable, le premier j'en eus
la preuve.

Le lendemain de son arrivée parmi nous, j'étais
resté seul à la ramatte pendant que mes compagnons
faisaient leur chasse du matin, pour nettoyer mes
armes et faire des balles. En conséquence, après
avoir allumé un bon feu, mis dessus le plomb destiné à être fondu, j'avais commis l'imprudence de
démonter en même temps ma canardière, mon fusil
et ma carabine dont les canons n'étaient pas secs,
au moment où les aboiements de Dig se firent
entendre sur la lisière de la forêt, derrière la ramatte. Ma première idée fut qu'un coyotte ou un
loup avait, en passant, éveillé sa vigilance. Le soleil
n'était pas encore levé, c'était l'heure à laquelle les
carnassiers rentraient au bois. Je continuai donc

ma besogne, sans trop me préoccuper de l'incident,
lorsque les coups de voix du chien devinrent si con-
tinus et si précipités que mes suppositions s'éva-
nouirent, et je demeurai convaincu qu'il se passait
quelque chose d'extraordinaire, d'autant plus que
les aboiements partaient toujours de la même place,
comme si Dig eût tenu un ennemi au ferme. De
quelle nature pouvait-il être? voilà ce que je me
demandais en me hâtant de mettre mon fusil en état
de donner au chien le secours qu'il réclamait de
plus en plus bruyamment. Devant un grand loup,
me disais-je, Dig prendrait une fuite prudente. Les
Indiens, eux, ne s'aventuraient jamais aussi près de
la plaine, et le seul individu dont nous recevions
parfois la visite, était un ranchero qui, persuadé
qu'un jour ou l'autre nous serions mangés par les
ours, venait pour savoir si nos successions étaient
vacantes. Enfin, tout à coup, comme il me semble
que la voix du chien devient plaintive, je laisse mon
fusil qui n'est pas encore prêt, je m'élance dans la
ramatte où je prends mes pistolets à deux coups,
un fort couteau, et je cours, aussi rapidement que
me le permettent les halliers qu'il faut traverser,
dans la direction d'où partent les cris, convaincu
que Dig était aux prises avec un redoutable adversaire. Il n'en était rien ; à cinquante pas de notre
cabane, je trouve, sous un énorme chêne vert, dont
un buisson de *hyedra* entourait le tronc, le chien
qui, enhardi par ma présence, s'élance, fait des bonds
en l'air et semble chercher un ennemi que je ne
peux pas découvrir dans l'épais feuillage de l'arbre,

car je m'en tiens à une certaine distance, d'abord
pour ne pas m'exposer au contact de l'arbuste vé-
néneux qui croît à son pied, et un peu aussi, on le
comprend, pour ne pas recevoir sur la tête, sous
forme d'un ours ou d'un couguard, une avalanche
difficile à porter, quoique, à vrai dire, je crusse peu
à la présence d'un de ces animaux ; mais enfin c'était
l'inconnu, je devais m'en défier.

Cinq minutes au moins je reste là, mes pistolets
au poing, les yeux écarquillés, rien ne bouge, rien
ne se montre. » Tiens bon ! mon chien ; tiens bon ! »
dis-je alors à Dig, et, avant de me livrer à une en-
quête tout à fait sérieuse, je regagne bien vite la
ramatte, pour revenir muni d'une arme autrement
sûre que mes pistolets.

Je me hâte donc d'essuyer de mon mieux les canons
de mon fusil, et, dans ma précipitation, je ne manque
pas, comme c'est l'ordinaire, de faire des sottises.
Pour commencer, je renverse dans le brasier mon
plomb moitié fondu, je mêle les cheminées de ma
carabine et celles de mon fusil ; je charge celui-ci
tout de travers, mais aussi c'est un peu la faute de
Dig qui, depuis qu'il est seul, a recommencé à faire
un tel vacarme qu'on lui croirait sous le nez tous
les diables de l'enfer.

Enfin je suis prêt, et me voilà encore à tourner à
l'entour du chêne-vert sans rien découvrir parmi
son épaisse feuillée et redoutant presque une mys-
tification difficile à accepter après une semblable
alerte. Ce fut précisément quand le doute commençait à s'emparer de mon esprit, qu'il me sembla re-

connaître un corps étranger au centre des rameaux
du chêne et sur une de ses fourches, en partie dissimulée par d'épaisses touffes de Tillandsia — mousse
d'Espagne. — Pour m'en assurer, je ramasse une
poignée de pierres ; la première que je lance frappe
un peu au-dessus du but, rien ne bouge ; à la seconde, qui l'atteint, un jurement se fait entendre,
quelque chose remue, la bête est là. J'ajuste soigneusement, lâche la détente, et une forte charge
de chevrotines fait dégringoler un énorme chat sauvage qui cherche en vain à se cramponner encore
aux branches dont ses griffes labourent l'écorce.
Mais bien que l'animal se fût dans sa chute montré
à découvert, sa grosseur et son pelage différaient
tellement de celui que j'avais vu chez le maître du
café-restaurant de Paris à San-Francisco, que j'étais
encore très-incertain sur la nature de ma victime,
lorsque Dig, qui avait foncé dans le buisson au milieu duquel elle avait disparu, en ressortit à reculons traînant après lui l'animal, et il me fut facile
de constater son identité.

J'avais eu la bonne fortune de tuer un des plus
rares représentants du genre *felis* dans l'Amérique
du nord. Il appartenait, je crois, à l'espèce désignée
par quelques naturalistes sous le nom de *chat-cer-
vier*. Sa fourrure au lieu d'être grise, était d'une
nuance jaunâtre plus claire sous le ventre que sur
les reins zébrés de bandes transversales foncées ; sa
grosse tête était entourée de longs poils dans le genre
de ceux qui encadrent les puissantes mâchoires
du tigre royal ; il avait juste un mètre de lon-

gueur du bout du nez à la naissance de la queue.

Pendant mes courses dans ces contrées, je n'ai vu qu'une fois son pareil ; je le trouvai un soir, à la nuit tombante, sur les bords du *Midle-Fork*, un des affluents d'*American-River*, à trois journées de marche à peu près dans l'Est de l'établissement du capitaine Sutter. Au moment où je le surpris, il était en train de dévorer un jeune faon de huit à dix jours ; mais je ne puis savoir ce qui résulta de deux coups de feu que je lui envoyai à plus de soixante pas, car, malgré eux, il regagna les fourrés. Pour en finir avec celui dont j'ai raconté la mort, j'échangeai sa fourrure quelques jours plus tard contre une belle vache laitière que nous donna en retour notre ami le ranchero S...o. Le marché ne profita ni aux uns ni aux autres ; la peau mal préparée, faute des choses indispensables, fut bientôt perdue, et de notre bonne laitière nous ne trouvâmes un matin que les os désarticulés, broyés par les ours ; mais, comme j'aurai occasion de le raconter, quelques-uns de ceux qui firent le coup le payèrent cher. Pour le quart d'heure, courons au plus pressé. Tandis que j'ai curieusement examiné mon carnassier, Dig, couché tout au long sur le ventre, n'a pas cessé de faire entendre des plaintes étouffées qui ont fini par attirer mon attention ; je l'examine et vois que le pauvre animal a été cruellement mordu à la patte droite de devant déjà très-enflée. Bientôt à la ramatte, je lave la plaie, je l'entoure avec une compresse imbibée d'eau mélangée de rhum, et j'ai toute raison de croire qu'il n'en résultera rien de fâcheux pour notre gardien. Au bout de peu de jours, en effet, bien guéri, il n'avait conservé que le souvenir des soins que je lui avais prodigués et son attachement à ma personne me prouvait sa reconnaissance. Un singulier fait vint, du reste, bientôt rendre nos relations plus intimes, plus affectueuses.

En acceptant de partager l'existence de mes camarades, Louis, Charles et André, je leur avais signifié que je n'entendais aucunement participer aux bénéfices qu'ils pouvaient en retirer, et, tout en contribuant à grossir la quantité de gibier qu'ils expédiaient deux fois par semaine à la ville, je ne faisais que reconnaître leur bonne hospitalité, en me réservant toujours ma liberté d'action, c'est-à-dire que si pour faire face à une demande, il fallait fournir des lièvres, des lapins ou des perdrix, et que dans le moment il me convînt de courir les daims ou les cerfs, je laissais les amis braconner dans la plaine, et sans que personne pût y trouver à redire, je m'enfonçais dans la montagne. Je demeurais de la sorte toujours chasseur, mais chasseur amateur pouvant courir, flâner même, sans porter préjudice à la communauté qui, en retour de mes services, n'avait qu'à me loger me nourrir et remplacer mes munitions de guerre que je ne jetais pas au vent, je vous prie de le croire.

Ceci bien établi, voilà à quelle occasion Dig devint le chien de M. Henry :

Durant mon dernier voyage à San-Francisco, un de mes bon amis m'avait demandé de lui envoyer deux ou trois peaux d'écureuils gris — *sciurus cine-*

reus — pour faire des sacs à tabac vulgairemet appe-
lés *blagues*

J'avais promis et je tenais à dégager ma parole.

Un matin, je pars donc avant le jour, ma carabine
en bandoulière, mon fusil sous le bras, pour aller
chasser les écureuils. Ayant huit à dix milles à faire,
sans compter le retour, j'avais averti mes compagnons de ne pas m'attendre à l'heure du dîner, à
midi, la journée entière devait à peine suffire à ma
course et à ma chasse.

Après une marche longue et pénible, mais sans
incidents, je touchai au but, qui était une partie de
la Sierra couverte de splendides forêts de cèdres et
de pins de diverses espèces et où se trouvaient assez
communs les écureuils gris et leur congénère, l'écureuil renard — *sciurus vulpinus* — une des plus
belles variétés de l'espèce. Le point où j'atteignis la
forêt était précisément l'endroit qu'avaient exploité
les maîtres de Dig ; les débris de leur hutte en écorce
étaient au centre d'une vaste clairière attestant leurs
travaux. Assis sur un tronc d'arbre abattu par la
hache et tombé derrière une touffe de noisetiers
sauvages mêlés d'églantiers, j'interrogeais tour à
tour du regard l'espace découvert par delà le buisson, et les branches des sapins dont la brise balançait la cime à quarante ou cinquante mètres au-des
sus de ma tête.

A diverses reprises j'avais déjà aperçu plusieurs
de ceux que je guettais sans avoir pu les tirer, soit
que la distance qui m'en séparait fût trop grande
ou qu'ils eussent trop promptement disparu, lorsque

Dig entra, sans me voir, dans la clairière. Avait-il suivi ma piste ? venait-il me trouver ? ce n'était pas probable, puisque j'étais venu en longeant les gorges, et que lui descendait des hauteurs. Son allure, du reste, n'était pas celle d'un chien sur la voie, il arrivait au petit galop et le nez haut ; quel motif pouvait cependant l'attirer en ce lieu ? Je ne tardai pas à l'apprendre.

En effet, après s'être rendu directement à l'endroit où gisaient pêle-mêle les débris de la cabane de ses anciens maîtres et en avoir plusieurs fois fait le tour en les flairant, le pauvre animal, assis sur son train de derrière, se mit à pousser des hurlements plaintifs dont l'accent dissipa tous mes doutes. Il appelait ceux avec qui il avait vécu, et sur cette place où l'avaient abandonné des ingrats, il leur jetait peut-être même encore un adieu.

Dans ma longue et active carrière de chasseur, j'ai, ainsi que tous mes confrères, recueilli sur le compte de nos bons auxiliaires une foule de traits de dévouement, d'intelligence, mais jamais, je l'assure, je ne fus aussi profondément touché que ce jour-là. Dig ne pouvait certainement parmi nous regretter la vie matérielle qui avait été la sienne avec les bûcherons ; que signifiaient donc ses plaintes si elles n'étaient pas l'expression d'une amitié déçue ? Chaque fois qu'il les faisait entendre, son regard inquiet parcourait l'espace autour de lui, comme si elles eussent dû attirer ceux dont le souvenir les provoquait.

Après dix minutes de ce manége, Dig partait et

allait disparaître, non sans s'être plusieurs fois retourné, quand je fis entendre, en me montrant, un
coup de sifflet. Au bruit, il s'arrête, me voit et arrive
en courant, puis en rampant jusqu'à mes pieds, et
comme honteux que j'aie surpris son secret ; mais
lorsque, l'ayant conduit près des débris de la cabane,
je l'eus bien caressé, je ne saurais dire les élans de
joie qu'il laissa éclater et les témoignages d'amitié
dont il m'accabla, ce qui était d'autant plus étonnant
que sa nature demi-sauvage se prêtait fort peu d'ordinaire aux démonstrations expansives.

Depuis ce moment, Dig fut toujours vis-à-vis de
moi d'une obéissance, d'une docilité, d'une préve-
nance que l'on trouve rarement même chez les chiens
d'arrêt les mieux assouplis. Mes camarades n'y
comprenant rien, criaient au sortilége ; pour un peu
ils m'eussent cru capable de marcher sur les
traces de Van-Amburgh ou de Carter ; il n'en était
rien, seulement le hasard m'avait réuni à Dig, le
chien indiscipliné, dans un de ces courts instants
pendant lesquels les bons instincts peuvent rapprocher l'animal de l'homme, ainsi que, sans nul doute,
les bons sentiments doivent rapprocher l'homme de
Dieu.

Ma chasse ne fut pas heureuse, je ne tuai que trois
écureuils ; pour obtenir un meilleur résultat, il aurait fallu, ainsi que me l'avait dit André avant mon
départ, être deux tireurs. Alors les chances de réussir sont plus que doublées, car il est rare qu'en dépit
de leur ruse ces petits animaux, en cherchant à éviter un des chasseurs, ne se livrent pas à l'autre ;

mais j'eus le plaisir de jouir d'un de ces curieux spectacles que la nature réserve encore à ceux qui peuvent la contempler dans les lieux d'où l'homme ne l'a pas exilée, en déchirant d'une main profane le voile qui abritait sa virginité.

Les acteurs furent un écureuil et un oiseau de proie acharné à sa poursuite, la scène qu'ils animèrent, était la cime d'un sapin excessivement élevé, dont la plupart des branches étaient mortes et dépouillées de verdure, ce qui me permit de suivre dans tous leurs détails l'attaque et la défense.

Il me serait pourtant bien difficile de décrire de manière à les faire comprendre, les péripéties de la lutte durant laquelle le quadrupède semblait par moments avoir des ailes, tandis que l'oiseau, mauvais marcheur, mais soutenu par sa large envergure, paraissait souvent glisser sur les branches avec l'agilité, la souplesse d'un reptile.

L'intention du rapace était évidente. Il tendait sans cesse à se placer entre le tronc de l'arbre et l'écureuil, pour enlever à celui-ci tout moyen de fuite, en l'isolant à l'extrémité d'un rameau au-delà duquel était le vide; puis, poussant un cri strident, les ailes étendues, il chargeait à fond. Mais au moment où il croyait déjà tenir sa victime, l'écureuil tout à coup, par une rapide évolution, se renversait en dessous de la branche dont l'épaisseur seulement le défendait de son implacable ennemi, et, rapide comme l'éclair, arrivait à la tige du sapin pour la gravir ou la descendre, suivant les nouvelles manœuvres de l'oiseau.

D'autres fois, lorsque, suspendu à la pointe
extrême d'une branche qui faiblissait sous son poids,
le pauvre petit quadrupède voyait fondre sur lui
son persécuteur, lâchant alors le fragile appui,
replié sur lui-même, l'écureuil se laissait tomber
dans l'espace pour aller arrêter sa chute quinze ou
vingt pieds plus bas sur une autre branche qui lui
permettait de regagner au plus vite le tronc protec-
teur avant que le tyran ait pu l'atteindre.

Alors tout l'avantage semblait demeurer au fuyard,
il montait, descendait le long de l'écorce en décrivant des hélices et trompant même la vue perçante
de son ennemi qui, ébloui par la rapidité vertigineuse de ses évolutions, se posait, se contentant de
battre des ailes et de faire entendre fréquemment
sa voix criarde et menaçante.

A ces cris, qui retentissaient comme un funèbre
avertissement aux oreilles de l'écureuil, la course
désordonnée du pauvre petit recommençait en tous
sens et sa frayeur paralysait tellement chez lui
l'instinct de la conservation, que, tout en voulant
les fuir, il lui arrivait de courir éperdu au devant
des redoutables serres qui le menaçaient.

La partie me paraissait alors tellement inégale
que l'envie me prenait d'intervenir en faveur du
plus faible. J'oubliais que j'étais là, moi aussi, pour
faire la guerre à celui que je voulais protéger, et
cela, sans avoir comme excuse le même motif que
l'oiseau, ma faim à assouvir. Je voulais satisfaire un
caprice, lui obéissait à une loi impérieuse de la
nature. L'homme est ainsi fait, que souvent, en

vérité, on ne saurait lui savoir gré des bons sentiments dont il fournit la preuve, car ils ne lui procurent que l'occasion de se montrer le destructeur
par excellence.

Mais pas une des réflexions que je consigne ici
froidement sur le papier ne me traversa l'esprit,
tandis que j'étais témoin des incidents que je
raconte.

Accroupi derrière un énorme cèdre, je suis d'un
regard curieux tous les incidents de l'action qui ne
peut manquer de tourner promptement au drame,
puisque les forces de l'écureuil semblent faiblir, ses
mouvements devenir moins agiles, et qu'au lieu
d'un adversaire, il lui faut en éviter deux, un second
oiseau de proie arrivant à tire d'aile en aide au
premier.

Le malheureux fuyard semble avoir compris que
ses efforts seront désormais inutiles. Arrêté à l'extrémité de la branche la plus basse de l'arbre, à
quinze à vingt mètres du sol, il ne fait pas un mouvement ; ses ennemis, les ailes étendues, les pattes
déjà pendantes, les serres ouvertes, descendent sur
lui en soutenant leur vol circulaire et régulier ; ils
s'abaissent, quelques pieds seulement les séparent
de leur proie.

Malgré la distance, le doigt sur la détente de
mon fusil, j'ajuste le point où tous les trois vont
former un groupe compacte, et peut-être malheur
aux vainqueurs comme au vaincu !...

Lorsque, à mon grand étonnement, l'écureuil
lâche la branche et, roulé en boule, tombe dans le

vide; les oiseaux fondent sur lui, mais mon plomb
en abat un tandis que l'autre, effrayé par l'explosion,
s'enfuit au plus vite.

Celui que je ramassai était une crécerelle de même
dimension que celle de nos pays, seulement, son
plumage offrait une teinte vineuse plus colorée.

Maintenant, que devint l'écureuil après une chute
de cinquante à soixante pieds? C'est ce que je ne
saurai dire, puisqu'à la place où je l'avais vu toucher
terre et où je croyais le trouver brisé, il ne restait
rien. Le petit acrobate, après cet effrayant tour de
force, d'agilité plutôt, avait certainement gagné des
buissons voisins, où je le laissai se remettre en paix
des terribles émotions qui à coup sûr avaient fait
battre son cœur.

Le matin, j'avais quitté la ramatte avant le jour,
je n'y arrivai que vers neuf heures du soir, passablement fatigué, et tandis que je rêvais au bonheur
de m'étendre sur ma couchette, j'étais loin de pressentir l'événement qui devait me tenir en éveil une
partie de la nuit, ainsi que mes compagnons.

CHAPITRE II

ANDRÉ ET L'OURS

Dig, qui m'avait devancé, devait m'avoir déjà annoncé à mes amis, et je m'étonnais qu'aucun d'eux ne vînt à ma rencontre, jusqu'au moment où, rendu à la ramatte, je les trouvai écoutant un Américain qui commençait précisément, avec force lamentations et imprécations la triste histoire que voici :

— Ah ! gentlemen, quel malheur ! ah ! pauvre Barnitz ! mangé par un ours...

— Comment donc ! nous écriâmes-nous tous à la fois, qui a été mangé par un ours ?

— Barnitz, gentlemen, mon pauvre camarade John Barnitz.

— Dans quel endroit ? y a-t-il longtemps ?

Mais, au lieu de répondre, l'étranger, évidemment en proie à une profonde émotion, ne faisait entendre que des phrases hachées, sans suite, et ce ne fut que lorsqu'il eut pris un verre de rhum que nous obtîmes enfin le récit suivant :

« Hier soir, à la nuit, gentlemen, nous sommes
« partis de San Francisco, John et moi, dans notre
« wagon attelé de trois mules, pour aller auprès de
« la mission de Santa-Clara prendre un chargement
« de fourrage et le rapporter à la ville. Il faut vous
« dire que Barnitz, qui faisait ce chemin depuis
« longtemps le connaissait très-bien. Ce fut donc lui
« qui, dans l'après-midi, voulut dételer, afin de lais-
« ser nos mules manger et prendre un peu de repos ;
« il savait, me disait-il, où nous trouverions de
« l'herbe et de l'eau. De sorte qu'après avoir quitté
« le wagon sur le bord du chemin, nous arrivons,
« avec nos bêtes, à un mille d'ici, à peu près, le long
« d'un chamizal. — « C'est là, me dit John. En effet,
« je vois sur le bord d'un aroyo de l'herbe fraîche ;
« lui, qui avait son fusil et qui était bon chasseur,
« ajouta : Pendant que tu resteras à surveiller les
« mules, je vais faire le tour du chamizal ; j'ai l'ha-
» bitude d'y tuer toujours quelques pièces de gibier. »
« Voilà ses dernières paroles, gentlemen. Ah ! mon
« pauvre John ! ah ! si j'avais su... Enfin, tandis qu'il
« s'éloigne, je m'étends sur le gazon et je m'endors.
« Lorsque je me réveillai, sur les quatre heures en-
« viron, John n'étant pas de retour et voyant les
« mules rassasiées, tranquillement couchées, allons
« chercher Barnitz, me dis-je ; il est bientôt temps
« de repartir, et il n'y pense pas. Aussitôt je prends
« la direction qu'il avait suivie en me quittant.
« J'étais arrivé à l'extrémité du chamizal ; au pied
« de la montagne, quand j'entends distinctement un
« coup de feu sur ma droite, peu après un second,

« et en même temps des cris, puis plus rien. Je
« cours de ce côté, j'appelle, j'écoute, point de ré-
« ponse, et je ne vois personne. Jusqu'à la nuit, je
« m'épuise à courir en poussant des cris, toujours le
« même silence. Alors, ne sachant plus que faire,
« l'idée m'est venue de tenter de trouver votre cam-
« pement ; car, dans la journée, le pauvre John
« m'avait dit qu'il était près du lieu de la halte. Je
« l'ai trouvé après avoir bien marché, Dieu merci !
« mais, vrai comme j'existe, voyez-vous, je suis sûr
« que Barnitz a fait une mauvaise rencontre ; car,
« sur ma tête, c'était bien lui qui appelait au se-
« cours !!... »

L'Américain continuait encore ; mais nous en savions assez et Louis s'écriait :

— Allons ! allons ! partons vite, le malheureux
peut n'être que blessé ; nous le rencontrerons, mes
amis. Un seul d'entre nous ne semblait pas partager
l'exaltation qu'avait fait naître chez les autres le récit
de l'étranger, et, tout en gardant le silence, lui jetait
des regards soupçonneux. Quoique cette circonstance m'eût frappé, je me disposais, ainsi que Louis
et Charles, à partir, lorsqu'André me dit tout bas :

— Vous ne viendrez pas, vous devez être fatigué.
Je voulais protester, il ne m'en laissa pas le temps
et ajouta : Il faut absolument que quelqu'un reste...
Je vous dirai pourquoi : puis, parlant à haute voix
et s'adressant aux autres et à l'étranger :

— En route, leur dit-il ; M. Henry qui est las et
n'a pas encore dîné, restera ici ; plus tard, si le cœur
lui en dit, il pourra venir nous rejoindre au cha-

2

mizal. Cette disposition, très-naturellement motivée, ne souleva aucune objection. Il était bien vrai, en effet, que s'il se fût agi de toute autre chose que de porter secours à un de mes semblables, je ne me fusse, à coup sûr, pas mis en avant, puisque je venais de passer quinze à seize heures toujours sur mes jambes et en pleine montagne; néanmoins, sans les paroles mystérieuses d'André, je ne serais pas resté derrière.

Quant à Dig, à qui on réservait un rôle important dans les recherches, me voyant demeurer à la ramatte il s'était décidé avec peine à suivre mes amis, et je le vis, sans surprise, venir me retrouver au galop, suivi de près par André, qui me dit promptement :

— J'ai peur que le Yankee nous ait fait un conte ; tout cela me paraît louche; peut-être se propose-t-il seulement de nous éloigner de la ramatte, tandis que quelques bandits viendront la piller. Voilà ce qu'il faut que vous fassiez : vous allez jeter du bois au feu devant la cabane pour éclairer les environs, puis vous monterez sur le chêne avec vos armes ; si quelqu'un approche durant notre absence, faites feu sans pitié, et moi, qui aurai les oreilles aux aguets, au bruit de votre arme, je casse la tête du brigand qui nous emmène, il ne l'aura pas volé. Pensez-y bien ; votre ancien compagnon, ce gueux de William, est peut-être pour quelque chose dans tout cela ; mais, pour Dieu, ne tirez qu'à coup sûr, car si je vous entends, d'un coup de hache je fends la tête de l'autre avant qu'il puisse se reconnaître... A moi, Dig, à moi ; partons.

Poussé par moi, appelé par André, le chien
s'élança sur ses traces et tous deux devaient déjà
avoir rallié ceux qui les attendaient, lorsque je pensai à exécuter ponctuellement les sages prescrip-
tions de mon ami. Ici quelques mots d'explication
sont nécessaires.

A l'époque dont je parle, la Nouvelle-Californie
avait déjà servi de refuge à une foule de vauriens
attirés, non par la certitude de pouvoir se livrer sur
les placers à un travail fructueux, mais par l'espérance, trop souvent justifiée, qu'il leur serait permis,
grâce au désordre qui régnait, de donner libre cours
à leurs habitudes violentes et vicieuses. Pour quelques-uns de ces hommes, en effet, il n'existait pas
un coin de terre au monde où l'impunité fût plus
facilement assurée : avaient-ils commis un méfait à
la ville, qu'ils gagnaient au plus vite la campagne,
et là encore des occasions bien fréquentes s'offraient
à eux pour exercer leur coupable industrie, même
avec plus de facilité que dans les centres populeux.
Ainsi des ranchos furent pillés ; des tiendes, établies
pour recevoir les voyageurs, furent entièrement dé-
valisées ; de modestes tentes, servant d'abri à quelques chasseurs, disparurent sans que jamais personne ait entendu parler de ceux qui avaient commis
ces délits ; car, le plus souvent, leurs auteurs, grâce
à de rapides montures, une fois le coup fait, allaient
à dix ou quinze lieues de là partager le produit de
leurs rapines et les recommencer.

Pendant longtemps mes amis s'étaient cru à l'abri
des pillards, vu la situation isolée de leur cam-

pement ; mais, lorsque j'arrivai parmi eux, nous savions que beaucoup de personnes s'étaient informées à San-Francisco de l'endroit d'où provenait le gibier qu'ils y avaient expédié par l'entremise des Américains, et nous avions la certitude, qu'en dépit des recommandations, ceux-ci avaient causé ; on ne doit donc pas s'étonner des précautions que nous avions prises pour éviter tout malheur ; voici en quoi consistait la plus importante :

J'ai à diverses reprises parlé d'un arbre aux rameaux duquel nous suspendions notre gibier en plein air. Ce chêne, le doyen de tous ceux qui nous entouraient, était un des plus beaux que j'aie vu en Californie, non par la hauteur de son tronc, qui n'avait guère que six à sept mètres d'élévation ; mais par son énorme circonférence et surtout par la régularité et l'épanouissement de son branchage qui couvrait une large étendue de terrain. De longs paquets de mousse d'Espagne, ayant jusqu'à deux mètres et demi de longueur, végétaient sur sa rugueuse écorce et l'enveloppaient pour ainsi dire d'un voile impénétrable aux regards, ce qui nous avait permis d'établir sur les premières grosses branches un poste d'observation parfaitement dissimulé ; nous y arrivions à l'aide d'une frêle tige de sapin garnie d'entailles pour appuyer les pieds ; rendu en haut, il suffisait alors de tirer l'échelle et les communications se trouvaient parfaitement interrompues avec la terre.

Un quart d'heure s'était à peine écoulé depuis le départ d'André, que j'étais perché dans notre for-

teresse avec mes armes et, ayant attiré à moi le
pont-levis, garanti contre les surprises, je n'avais
plus, ainsi que le lièvre en son gîte, qu'à rêver. Je
rêvais donc et surtout à l'étrange récit de l'Américain et au doute qu'il avait fait naître chez André.
A quarante pas, le feu, alimenté par le bois que j'y
avais mis, lançait, mêlés à de noirs tourbillons de
fumée, des jets de flamme éclairant très-bien les environs, mais rendant au-delà la nuit encore plus
sombre ; je n'entendais que les pétillements du brasier et bien loin les hurlements des bêtes fauves qui
eussent suffi, quelques nuits avant, pour me tenir en
éveil, mais auxquels j'étais désormais habitué ; quant
à la surexcitation morale qu'aurait dû faire naître la
crainte d'une visite hostile, il faut croire qu'elle ne
suffit pas à me tenir en éveil, puisque, cédant à la
fatigue, je m'endormis profondément jusqu'à l'heure
où retentirent sous mon perchoir des rires et des
cris d'appel répétés ; mes amis étaient de retour.

Tandis qu'ils plaisantaient à qui mieux mieux
l'infaillible vigilance de la sentinelle, de mon côté
je les questionnais sur leur expédition, et ce ne fut
pas sans peine que j'obtins de Charles, en ces termes,
le récit de ce qui s'était passé :

— D'abord, mon cher, me dit-il, vous rappelez-
vous bien le but de notre expédition ?

— Certainement, vous alliez, s'il en était temps
encore, porter secours à un malheureux que l'on
croyait avoir été attaqué par un ours.

— Très-bien, très-bien, reprit-il, vous n'êtes pas
comme les lièvres.

2.

— Que voulez-vous dire ?

— Que vous ne perdez pas la mémoire en dormant. Alors, voici l'histoire : nous avons donc cherché partout à l'entour du chamizal l'infortuné Barnitz, le compagnon du Yankee qui était venu nous raconter l'histoire que vous savez, et nous n'avons rien trouvé ; pourtant, à un endroit où nous retournerons demain au jour, Dig est entré dans le fourré et en est ressorti très-vite la queue basse et en grondant, sans qu'il nous ait été possible de savoir ce qui avait pu l'effrayer.

— Mais où est l'Américain qui était avec vous ? demandai-je, croyant son récit terminé.

— Oh ! attendez, attendez, continua Charles, la tragédie finit là, reste maintenant la partie comique de l'aventure : vous n'avez pas oublié que le Yankee avait laissé ses trois mules pour aller à la recherche de son compagnon et puis pour venir réclamer notre secours.

Eh bien ! quand, faute de pouvoir rattraper son ami Barnitz, le malheureux a voulu s'en consoler en prenant pour lui seul possession de l'attelage, votre serviteur ! Cette suprême consolation lui a fait défaut, nous pouvons l'attester, il ne restait des trois bêtes que les liens qui avaient servi à les attacher, et encore avaient-ils été très-proprement coupés ; de sorte que le pauvre diable est encore là-bas criant, s'arrachant les cheveux de dépit, se disant tout à fait ruiné, et mêlant dans sa douleur, plus souvent qu'il le faudrait, les noms des trois mules et celui de l'infortuné Barnitz ; — sur ce, je vais finir ma nuit comme vous avez commencé la vôtre, bonsoir.

Ce disant, Charles rentrait dans la ramatte où Louis l'avait précédé, et je restais seul avec André, qui ranimait le feu presque éteint, pour faire le café destiné au repas matinal.

Puisque l'occasion s'en présente naturellement, je dirai de suite que, pour mon ami André, une nuit complète d'insomnie était chose tellement naturelle, qu'il n'y attachait aucune importance, et si les lecteurs de ces pages veulent savoir comment les fatigues du corps glissaient sur sa forte nature, je leur donnerai de suite l'explication que je reçus un jour où je lui demandai comment il n'était pas brisé de lassitude après une marche forcée de trente-six heures qu'il venait d'accomplir. — « Quand rien ne m'inquiète, me dit-il, je dors en marchant. » — Je ne saurais affirmer que la chose soit possible ; mais je peux attester que plus tard, durant nos longues courses dans la Sierra-Nevada, André me rendit témoin de prouesses qui la feraient probable.

Maintenant, écoutez notre conversation pendant que nous préparons le café :

— Ah ! ah ! vous voulez savoir, monsieur Henry, ce que je pense de tout cela ?

— Certainement, André.

— Eh bien ! je crois que nous ne serons bien sûrs de l'affaire que demain avant midi, lorsqu'en plein jour nous serons retournés sur les lieux ; en attendant, je dis qu'il se pourrait que le Yankee eût rencontré l'ourse qui se tient depuis quelque temps dans le chamizal avec ses petits, et que n'ayant fait

que blesser la bête, celle-ci ait pris sa revanche ;
dans ce cas, quand il fera clair, nous reconnaîtrons
les traces de la lutte. Mais il se pourrait bien aussi
que l'Américain que vous avez vu, eût été victime
d'un vilain tour de son compagnon, qui lui aurait
volé sa part des mules ; quoi qu'il en soit, nous
saurons bientôt à quoi nous en tenir. Un voleur
étranger aux Américains peut très-bien encore avoir
joué un rôle dans l'aventure ; après tout, le jour ne
tardera pas à venir, et dans le cas où Louis et Charles
dormiraient, nous partirons tous deux, dès qu'il
paraîtra ; nous ferons alors le tour du chamizal, puis
nous reviendrons en passant au rancho ; qu'en dites-
vous ?

J'acceptai avec plaisir la proposition, et en attendant l'heure du départ, je ramenai l'entretien sur
les ours de la contrée, dont André connaissait mieux
que personne les habitudes, les mœurs, en lui demandant s'il croyait que nos voisins fussent capables
d'attaquer un homme. Voici à peu près sa réponse :

— Les ours noirs de l'espèce de ceux qui sont
très-communs dans ces montagnes, ont le caractère
fort inégal, dix fois vous en aurez rencontré qui se
seront contentés de grogner pour témoigner la mauvaise humeur que leur cause votre présence, mais
vous auront cependant laissé le passage libre, et, un
beau matin, vous en verrez un courir sur vous sans
que vous l'ayez provoqué ; dans ce cas, il fait preuve
d'un acharnement incroyable, et le seul moyen de
s'en débarrasser est de lui loger une balle dans la
tête ; mais il est certain que, manqué ou simplement

blessé, il ne vous manquera pas ; pourtant, quand
on a de longues jambes et que le pays s'y prête, on
peut jouer à l'ours noir un tour qui réussit souvent ;
il faut, hors de sa vue, se jeter brusquement de côté,
dans un épais buisson où il ne peut vous voir, et le
laisser passer outre, ce qu'il ne manque presque
jamais de faire ; puis, en toute hâte, revenir sur le
chemin parcouru, en lui tournant le dos, pendant
qu'il s'obstinera à vous chercher aux environs de
l'endroit où il vous aura perdu de vue. En attendant
que le jour soit venu, et pour que vous n'oubliez pas
ce que je viens de vous dire, car vous pourrez peut-
être un jour en faire votre profit, je peux vous raconter ce qui m'arriva, il y a deux mois, à trois
milles d'ici à peu près, et vous verrez que, dans
cette circonstance, j'ai couru un danger encore plus
sérieux que vous, lors de votre aventure avec le
serpent et la marmotte.

Chaque fois qu'il m'était arrivé, jusqu'à ce moment, de chercher à obtenir d'André le récit de
quelques faits curieux, j'avais toujours perdu mon
temps ; un peu surpris de le trouver ce jour-là communicatif, et de peur qu'il ne revînt sur son projet,
je me bornai à me rapprocher de lui, en lui témoi-
gnant, par mon attitude, le plaisir que j'aurais à
l'écouter. Je peux de suite, au reste, prouver à ceux
qui me lisent, la réserve d'André pour tout ce qui
ne regardait que lui, en leur disant que ce fut moi
qui appris plus tard à Louis et à Charles, cette aventure de celui qui était pourtant, dès l'époque, leur
compagnon. Maintenant, je lui laisse la parole :

« Bientôt j'espère, me dit-il, je pourrai faire avec
« vous une petite excursion dans la montagne, il
« nous faudra pour cela quatre ou cinq jours, que
« vous ne regretterez pas, car je vous montrerai de
« curieuses choses, je vous le promets ; mais, en at-
« tendant, vous saurez que la Sierra, qui descend de
« ce côté en pente douce dans la plaine, se termine,
« du côté opposé, par des rochers à pic, très-élevés,
« que baigne l'Océan. Dans toute la largeur de la
« Sierra, il n'existe qu'une petite plaine, ou plutôt
« une vallée dépendant du rancho du sénor Perez,
« c'est un joli coin de terre ; malheureusement les
« animaux du rancho y sont tellement harcelés par
« les bêtes sauvages, qu'il n'est pas possible de les y
« retenir ; c'est pour cela que Perez ayant appris
« que je faisais partie d'une compagnie de chasseurs
« qui voulait se fixer dans la contrée, m'avait fait
« proposer d'aller nous établir chez lui, et afin de
« savoir si la chose était praticable je m'étais mis en
« route pour aller le visiter.

« Le chemin le plus court d'ici au rancho dont je
« vous parle, n'est pas le plus facile à parcourir, car
« il faut gagner la crête de la montagne au milieu
« des forêts, des halliers qui garnissent son versant
« de notre côté, puis, suivre les sommets formés de
« roches dénudées jusqu'à l'endroit où une profonde
« *Canada* coupe la *Sierra* en deux, sur les deux tiers
« de sa largeur, à peu près. Trois ou quatre heures
« suffisent à peine pour atteindre le fond de la *Cana-*
« *da* ; mais une fois arrivé, on est bien dédommagé
« de sa peine, car autant sur la montagne on ressent

« les vents de la mer toujours violents et froids,
« autant la douce température qui règne dans le ra-
« vin vous cause une agréable impression ; cepen-
« dant, les deux points ne sont pas très-éloignés l'un
« de l'autre ; mais il existe entre leurs niveaux une
« différence de quatre à cinq mille pieds, et la des-
« cente n'est pas facile, je vous l'assure ; j'espère,
« un jour. vous faire voir cela. Pour en venir à
« mon aventure, j'étais donc rendu au fond de la
« Cañada, à l'endroit où, avant de s'élargir, pour
« former la magnifique vallée qui s'ouvre sur la
« mer, elle n'est encore qu'une étroite gorge encom-
« brée de rochers qui ont dégringolé des hauteurs,
« et d'épais buissons, quand, à cinquante pas de
« moi, entre deux rocs, j'aperçois une grosse masse
« noire immobile ; je n'eus pas besoin de la regar-
« der à deux fois et de suite je me dis : Voilà un
« ours, et en même temps me vint à l'esprit la pen-
« sée de lui loger une balle dans la tête ; ce n'était
« après tout rien que dans le but d'en faire cadeau
« à Perez, à qui je comptais dire, en arrivant, de
« l'aller chercher.

« Je m'approche donc doucement, en me cachant
« autant que possible et sans bruit ; j'étais à vingt
« pas que la bête dormait encore, ce qui ne m'allait
« pas du tout, puisque je voyais seulement une
« énorme boule et qu'il était impossible de savoir où
« se trouvaient la tête et la queue. Ah! si jamais vous
« vous rencontrez dans la même position, n'ayant
« comme moi qu'un coup à tirer, faites ce que j'au-
« rais dû faire, allez-vous en et laissez l'autre dor-

« mir; car on peut bien être sûr de soi, et, que le
« diable s'en mêle, on ne sait pas ce qui peut arri-
« ver.

« Enfin, pour finir, je m'approche encore un peu
« et j'ai le plaisir de voir l'ours se lever et regarder
« en grognant de mon côté, tandis que je presse la
« détente de mon rifle; mais j'ai beau serrer le
« doigt, le coup ne part pas; l'impatience me gagne,
« je fais sans doute un mouvement, et ma balle, au
« lieu de frapper entre l'œil et l'oreille, va, Dieu sait
« où, peut-être en plein corps. L'ours tombe, se re-
« lève pendant que je file, et le voilà à mes trousses.

« Vous savez comment je cours, pourtant moins
« de deux minutes après, l'ours était, à la lettre, sur
« mes talons, et pour lui faire face, je n'avais que
« mon rifle déchargé. En effet, la veille, au soir,
« Charles avait commis la maladresse de laisser
« brûler le manche de ma hache, je l'avais quittée,
« n'ayant pas pris le temps d'en remettre un autre.
« Il me restait encore, il est vrai, mon couteau à
« scalper; mais tenez, monsieur Henry, en sem-
« blable occasion, ne jouez pas à l'arme blanche,
« tant que vous pourrez faire autrement.

« Je courais donc, je courais à perdre haleine, dé-
« jà j'étais sorti des rochers et des buissons, et arri-
« vé dans la petite plaine découverte où rien ne pou-
« vait me cacher à la vue de l'ours qui me gagnait
« de vitesse, quand je pensai qu'il était temps de
« cesser ce jeu; pour cela, j'appuie à gauche, une
« fois sur la pente de la montagne, je fais un écart
« hors la direction que j'ai suivie et je plonge, tête

« baissée, dans un énorme massif de broussailles,
« sous lesquelles je rampe à plat-ventre. J'avais à
« peine fini de remuer, que je sentis sous ma poi-
« trine un léger mouvement. Je pose mes mains sur
« la terre, me soulève à demi ; devinez ce que je
« vois? Un serpent à sonnette glissant parmi des
« herbes et dressant sa tête comme pour savoir qui
« pouvait toubler son repos. Au même instant, j'en-
« tendais l'ours ne me voyant plus, il grognait à
« dix pas.

« La position, vous le comprenez, était peu
« agréable ; tout près de moi la bête que j'avais bles-
« sée, surprise de ne plus me voir, cherchait, avant
« de s'éloigner, à me découvrir. Sous peine d'attirer
« son attention, il me fallait garder une immobilité
« absolue ; pourtant je ne pouvais rester sur le ser-
« pent comme une poule sur ses œufs, et je vous
« avoue que le danger le plus menaçant me parut
« de suite venir de ce côté ; pour m'en débarrasser,
« sans hésiter, j'empoigne rapidement la vermine
« par le cou, au ras de la tête, et, en même temps,
« j'essaie de prendre sous mon genou sa queue qui
« s'agitait en tout sens ; mais, votre serviteur, pas
« moyen d'y arriver, puisqu'il fut de suite enroulé
« autour de mon bras.

« Vous ne sauriez jamais, vous faire une idée de
« la force de résistance de ces animaux. J'avais cru
« pouvoir l'étrangler sans peine, tout au moins le
« tenir aisément, tandis qu'à tout moment je le sen-
« tais prêt à m'échapper, tant il se tordait en m'é-
« treignant le poignet de manière à me donner des

3

« crampes. Enfin, comme il avait déjà réussi à glis-
« ser sa tête la longueur de trois ou quatre travers
« de doigts en dehors de ma main, et qu'il allait se
« reployer et m'atteindre, en m'étendant sur le côté
« je prends de la main gauche mon couteau à ma
« ceinture, j'en arrache la gaîne avec mes dents puis
« je lui coupe le cou. Oh ! la sotte aventure, rien
« que d'y penser mon cœur se soulève de dégoût.
« La tête du serpent, entièrement détachée, était
« tombée près à me toucher, les mâchoires béantes
« semblaient encore me menacer, tandis que le corps
« se tordait toujours autour de mon bras couvert de
« sang et l'étreignait sans cesse. Je m'en débarrassai
« avec peine, puis, sans penser à l'ours, je sortis
« précipitamment du buisson, heureusement que, ne
« me voyant plus, il avait filé. J'étais entièrement
« délivré de l'ennemi ; mais il est certain que si,
« au lieu d'avoir affaire à un serpent à sonnette,
« toujours paresseux, je m'étais couché sur un ser-
« pent noir, je l'aurais payé cher.
« Maintenant, il ne faut pas que le souvenir de ma
« mauvaise rencontre sous le buisson vous empêche
« d'éviter, comme je le fis alors, la poursuite d'un
« ours noir, dans le cas où l'un d'eux s'aviserait de
« courir après vous, une fois vos armes déchargées.
« Tout cela, au reste, ne me serait pas arrivé, sans
« l'accident survenu à mon rifle ; l'extrémité de la
« détente, qui s'engrène dans les crans de la noix
« s'était brisée. Plus tard, vous avez pu en juger
« vous-même. »
L'attention que j'avais prêtée au récit d'André ne

l'avait sans doute pas empêché de remarquer combien j'étais surpris de le trouver en ce moment tellement communicatif, car il ajouta :

— Je suis certain que vous êtes étonné, n'est-ce pas, monsieur Henry, de me trouver, ce matin, bavard comme une Squaw[1] ; vous le serez bien davantage, lorsque je vous aurai fait une confidence avant la fin de la journée ; mais il faut avant que nous allions au chamizal, puis, que nous passions au rancho.

— Pourquoi ne me dites-vous pas cela tout de suite ? André.

— Non, non. Assez causé pour ce matin... Quand nous reviendrons du rancho. Maintenant, dépêchons-nous de faire le café, après nous déjeunerons, et si Charles et Louis ne sont pas réveillés, nous les laisserons dormir en paix ; ils viendront nous rejoindre et, après tout, lors même qu'ils ne nous trouveraient pas, nous ferons notre tournée ensemble. Qu'en pensez-vous ?

— Je suis disposé à faire tout ce qui pourra vous être agréable ; si vous voulez attendre le réveil des autres, attendons ; sinon, partons seuls.

Quoiqu'il ne me fût pas possible de soupçonner encore le motif qui faisait qu'André voulait partir sans nos amis, son intention était évidente : mais, loin de le presser de la motiver, j'affectai une parfaite indifférence ; c'était le meilleur moyen de lui prouver que j'étais digne de recevoir son secret, s'il en avait un à me confier ; enfin, je commençais à le connaître assez bien pour être sûr qu'il était de

---

[1] Nom sous lequel les Indiens des grandes prairies désignent leurs femmes.

ceux qui croient avec raison que la curiosité et la discrétion marchent rarement de compagnie.

Tout en causant, nous avions déjeuné, pris nos armes, sans que Louis et Charles se fussent réveillés. André donna alors le signal du départ en me disant:

— Partons maintenant; il nous faut vingt minutes pour arriver au chamizal; le jour sera venu quand nous y serons; il ne faut pas que notre bavardage nous fasse oublier l'Américain et son compagnon; je veux savoir à quoi m'en tenir sur leur compte, et le diable m'emporte si, avant deux heures, nous n'avons pas le dernier mot de l'aventure.

L'immense fourré vers lequel nous nous dirigions, commençait à deux kilomètres environ de la ramatte d'une manière continue ; mais, pour arriver là, il fallait traverser un large espace de terrain entremêlé de chênes et de hautes broussailles, formant comme l'avant-garde du chamizal, et il était très-rare de le faire, à l'heure où nous nous y trouvions, avant le lever du soleil, sans y rencontrer des cerfs, des daims encore au gagnage ; aussi, nous étions-nous séparés avec l'espérance de pouvoir en tirer tout en nous tenant sur le qui-vive. Il pouvait y avoir quatre ou cinq minutes que je ne voyais plus André et que le bruit de sa marche ne venait plus jusqu'à moi, lorsque, devant nous, à trente ou quarante pas, j'entendis distinctement le craquement produit par une forte branche de chêne qui tombait brisée, et en même temps je distinguai la tête d'un arbre qu'une force inconnue agitait avec violence.

CHAPITRE III

LES COYOTTES ET LES LAPINS.

Lorsque j'ai, plusieurs fois déjà, dans le cours de ces récits, parlé des plaisirs si vifs que m'ont procuré les événements qu'ils retracent, ceux de mes lecteurs qui auraient pu supposer que j'exagérais, doivent maintenant demeurer convaincus du contraire, et ils comprennent, je le pense, quelles séductions peut exercer sur certaines natures une existence incidentée comme l'était la nôtre. Pas une journée sans imprévu, sans surprises, et par contre sans émotions ; au début il est vrai que l'inexpérience, la défiance de soi-même peuvent faire paraître l'imprévu redoutable et rendre les émotions pénibles ; mais le souvenir des peines subies, des difficultés vaincues ne tarde guère à faire naître chez l'homme la conscience de sa supériorité, et en même temps le désir immodéré d'en fournir les preuves.

Pour quelques-uns alors, la confiance s'exagère et devient présomption, folie ; chez d'autres, elle est factice et ne garantit pas de la peur à un moment donné; c'est entre ces deux termes que doivent se tenir les hommes que leurs goûts ou leurs affaires lancent dans la carrière aventureuse des voyages lointains.

Après ces courtes réflexions, qui seront peut-être pour quelqu'un de ceux qui les liront, de sages conseils, je me hâte de retourner au bord du Chamizal.

Je m'étais arrêté en entendant craquer les branches du chêne et en les voyant rudement secouées, sans pouvoir m'expliquer la cause du bruit et du mouvement, mais bien décidé à la reconnaître. Après avoir posé mon fusil à terre et pris en main ma carabine, j'avançai avec précaution parmi les épais buissons que j'écartais non sans peine. Dig, la queue basse, me suivait par derrière et ne témoignait aucune envie d'aller en éclaireur.

Il ne me restait plus qu'un étroit espace très-couvert à parcourir, au moment où André qui, grâce à ma préoccupation, avait pu s'approcher sans que je m'en fusse aperçu, me retint par le bras en me disant à voix basse :

— Arrêtez-vous, arrêtez-vous donc, ils sont là à deux pas, prêts à rentrer dans le Chamizal.

— De qui parlez-vous? repris-je vivement.

— Comment! vous ne les avez pas vus?

— Je n'ai rien vu, j'ai seulement entendu? qu'est-ce donc?

— L'ourse du Chamizal et ses petits, j'ai tout juste eu le temps d'apercevoir la mère... Restez où vous êtes sans bouger; si je puis passer entre eux et le fourré,

je leur coupe la retraite et nous aurons peut-être
toute la famille... Retenez Dig... et ne remuez que
quand j'aurai tiré. Si les bêtes viennent à vous, faites
feu sur la mère.

Le dialogue n'avait pas duré plus de dix secondes,
et André, se glissant comme une couleuvre, parmi
les branches, les épines, avait déjà disparu sur ma
droite, me laissant au milieu d'une haute et épaisse
touffe de lauriers dont les tiges pressées ne m'auraient pas seulement permis de porter ma carabine
à l'épaule.

Dig, de son côté, n'ayant pas compris l'importance de la recommandation faite à son sujet, encore
moins sans doute le mouvement stratégique de mon
ami, dès que je fus arrêté, témoigna le désir d'avancer ; je n'eus pas de peine à le faire demeurer auprès de moi, et la tête haute, le cou tendu, les
narines dilatées, il semblait humer les émanations
des animaux dont quelques pas seulement nous
séparaient.

Gêné de toutes parts ainsi que je l'étais, presque
réduit à ne pouvoir faire un mouvement, je me demandais ce qui arriverait dans le cas ou André,
ayant réussi à mettre les ours entre nous deux,
ceux-ci se rabattraient sur moi, qui ne pourrais les
voir que rendus à me toucher. Oh ! alors me dis-je,
l'affaire se simplifiera considérablement. Je n'aurai
qu'à tendre le bras pour tirer à bout portant, le
premier qui se présentera, sans épauler mon arme.
Enfin, comme j'aurais bien pu battre en retraite immédiatement, et que si j'étais resté ce n'était nul-

lement pour sacrifier à l'amour-propre, mais dans
l'espoir de faire un beau coup de fusil, j'attendais
aussi calme que vous pouvez l'être en lisant ces
lignes, le résultat de la tentative de mon compagnon.

A partir du moment où je m'étais engagé dans le
massif de lauriers, je n'avais rien vu que la sombre
verdure, rien entendu que le bruissement de ses
feuilles rigides, que secouait de temps à autre le
vent du matin, et quelquefois aussi, les soupirs
plaintifs et étouffés de Dig, à qui j'imposais bien
vite le silence en appuyant une main sur sa tête.

Dix fois déjà j'avais regardé la batterie de ma carabine ; elle était bien armée, et mes capsules, mises
au moment du départ de la Ramatte, ne pouvaient
trahir mes bonnes intentions, ma seule inquiétude
venait donc de ce qu'André, mieux placé que moi,
allait me ravir l'honneur du triomphe, et je crois,
Dieu me le pardonne ! qu'un mauvais sentiment de
jalousie me traversait le cœur, quand un bruit
étrange s'éleva tout près, au-dessus de ma tête, en
même temps que s'agitaient en tous les sens les tiges
des lauriers. Pendant que j'attendais tranquillement
la visite d'un redoutable carnassier, il suffit d'une
volée de colins pour me causer une forte émotion.
Une nombreuse compagnie de perdrix à huppe, surprise par André, venait de s'abattre au milieu de
mon arbre ; à peine si j'avais eu le temps de les distinguer sous l'épaisse ramée, lorsque la voix d'André
se fit entendre.

— Venez, venez par ici, me criait-il.

Je sortis en toute hâte, et non sans difficultés, de ma cachette, pour me rendre à son appel, en maugréant contre le sort qui avait fait évanouir si vite mon espoir de tuer un ours ; mais mon dépit ne dura pas longtemps en présence du calme de mon compagnon qui, après avoir posé son rifle au pied d'un arbre, cherchait à terre parmi les feuilles arrachées, les rameaux rompus, les glands doux échappés à la gourmandise de la famille dont nous avions troublé le repas.

En effet, les ours, pour faire la cueillette des faînes, des glands doux, des noisettes plus aisément, commencent par arracher les tiges, casser les branches sans souci des récoltes suivantes, de sorte que les traces de leurs déprédations restent longtemps visibles et accusent leur passage.

Tandis que je regardais avec étonnement le désordre dans lequel se trouvait la petite clairière jonchée des débris de chêne, André m'expliqua ce qui s'était passé. — A dix pas d'ici, me dit-il, j'ai fait envoler une troupe de perdrix que je n'avais pas aperçue, et c'est le bruit de leurs cris qui a donné l'éveil aux ours ; quand je suis arrivé la place était vide, c'est fâcheux, malgré cela vous pouvez être certain que nous les retrouverons un de ces jours ; en attendant continuons notre tournée.

Pendant qu'il parlait, Dig flairait le long de la bordure du Chamizal la voie fraîche, et s'arrêtait prudemment à l'endroit où les animaux étaient rentrés dans le massif ; au premier appel il revint nous rejoindre, sans témoigner l'envie d'avancer sous le couvert du fourré.

Tout en causant de l'incident, nous n'avions pas
oublié le but de notre course, et André, comme nous
laissions les ours derrière nous, me fit remarquer
qu'il n'était pas probable que l'Américain dont nous
cherchions les traces eût été la veille attaqué par
eux après les avoir tirés, — car dans ce cas-là, me
disait-il, ayant été effrayés, nous ne les eussions pas
trouvés ce matin aussi tranquilles ; — malheureusement après avoir émis cette opinion rassurante
sur le compte du Yankee, il ajouta : — mais ceux
que nous venons de rencontrer ne sont pas seuls
dans ces parages et peut-être a-t-il eu affaire à
d'autres. — Il avait raison ; — on ne saurait croire
combien ces carnassiers étaient communs en Californie à cette époque. M. Duflot de Mofras qui, en
1840, 41 et 42, visita ces contrées par ordre du gou-
vernement français, signale dans la relation de son
voyage leur présence comme un des dangers menaçants pour les explorateurs de ce pays ; et quand
nous nous y trouvâmes une dizaine d'années plus
tard, leur nombre n'avait certainement pas beaucoup
diminué, puisqu'un jour nous avons pu en compter
jusqu'à onze pendus aux étals des boucheries des
rues *Clay, Stockton, Mongomery* et *Pacific* à San-
Francisco. Seulement, au lieu d'être disséminés
ainsi qu'ils l'étaient avant la découverte des placers,
sans cesse dérangés par les allées et les venues des
mineurs, ils s'étaient réfugiés sur les points les
moins fréquentés, dans les sierras désertes telles
que celle où nous avions établi notre campement·
Jusqu'à présent il n'est toutefois question que des

ours noirs et bruns ; l'ours gris (*ursus ferox*), grizzly des chasseurs de fourrures, ne commençant à se montrer que dans les vallées rocheuses des versants de la Sierra-Névada, où ils ne sont même jamais aussi nombreux que ceux dont nous avons à nous occuper en ce moment, ce qui est fort heureux, car leur férocité, leur force, en font de très-redoutables ennemis, même pour les chasseurs de profession. Quant aux deux autres variétés que nous avons mentionnées, nous les avons trouvées depuis les rivages du Pacifique jusqu'aux pentes orientales de la Sierra-Névada, où nous nous sommes arrêtés. Quelques personnes prétendent, il est vrai, qu'on ne rencontre que des ours noirs dans les vallées du Sacramento et du San-Joaquin ; nous ne partageons pas cette opinion et pouvons attester avoir vu et tué dans les Sierras de Santa-Crux, de San-Bruno, de Los Bolbones, l'ours brun (*ursus arctus*) et l'ours noir (*ursus americanus*). Ce dernier, toujours recon-naissable par sa magnifique fourrure d'un noir brillant et la nuance marron de ses lèvres, atteint en général de plus fortes dimensions que le second ; ainsi nous en avons tué un dans les montagnes, au-dessus de San-José, qui pouvait peser environ quatre cents kilog. [1].

Le ranchero, chez lequel il en fut porté à peu près une moitié, estimait le poids total à neuf cents livres. Le plus gros des ours bruns que nous ayons vu mort après avoir contribué à l'abattre, atteignait

[1] *Mes Chasses dans les Deux-Mondes.*

peine deux cent cinquante kilos, quoiqu'il fût dans
un état d'embonpoint remarquable, puisque ses
jambons étaient recouverts d'une couche de graisse
épaisse de quatre travers de doigts.

En Californie, les mœurs de ces deux variétés sont
à peu près les mêmes; cependant, l'ours noir nous
a paru, dans les fréquentes rencontres que nous
avons eues avec lui, d'une humeur en général plus
agressive que son congénère brun. Dans la lutte, il
déploie également plus d'acharnement, de férocité;
j'aurai bientôt occasion d'en raconter quelques
exemples; il est également plus solitaire, et nous ne
l'avons, la plupart du temps, trouvé en plein jour
que dans les endroits les moins accessibles des montagnes. Plusieurs fois, au contraire, nous avons eu,
les uns ou les autres, des entrevues avec des ours
bruns qui ne témoignaient pas trop de mauvaise
humeur d'être dérangés.

Ainsi un soir, peu avant la nuit, Charles tire de
ses deux coups de fusil un lièvre magnifique, qui,
blessé à mort, se traîne pourtant au milieu des
buissons, où le chasseur s'engage à sa poursuite
sans avoir la précaution de recharger son arme.
Après quelques instants de recherche, Charles voit
le lièvre mort; puis quand il s'avance pour le ramasser, à huit ou dix pas se montre un ours brun. Le
premier moment de surprise passé, tandis que la
bête grogne; sans hésiter, le hardi jeune homme
s'approche, se baisse, prend son lièvre presque sous
le nez du carnassier, puis lui tourne les talons et
détale dans la plaine où il me rencontre attiré par

la double détonation. Dès qu'il eut chargé son fusil, nous nous empressâmes de retourner sur les lieux; mais nous ne pûmes rejoindre maître Martin, dont la nuit nous fit de suite perdre les traces.

Un seul fait de plus, parce qu'il m'est personnel, pour prouver que l'ours brun de Californie est souvent peu à redouter, quand on ne l'attaque pas, et j'en aurai fini avec cette digression.

A mon arrivée à San-Francisco, en dépit de mes occupations, je trouvais quelquefois le temps de prendre mon fusil et d'aller battre les environs pour tirailler les lapins et les perdrix, qui étaient encore assez communs parmi les bois de chênes verts couvrant le pays, entre la ville, la mission de Dolorès, jusqu'au présidio (fort) de San-Francisco, situé à cinq ou six milles de la baie, sur la *Punta de Reyes*, à l'entrée de la passe.

Pour ces promenades je n'emportais que du petit plomb, et, comme on va le voir, j'eus bien lieu de m'en repentir. J'avais dispersé dans les fourrés plusieurs compagnies de colins, et je cherchais, en traversant les endroits les plus épais, à les retrouver, quand un coq fit entendre tout près son cri perçant. Après l'avoir laissé quelques minutes rappeler en paix, je m'avançai, ployé en deux, sous les branches, jusqu'à un énorme massif de verdure. Je voulais en faire le tour, croyant les oiseaux de l'autre côté; un bruit assez fort attire mon attention, il me semble qu'un animal, averti de mon approche par mes pas, s'élance, du côté opposé à celui où je suis, hors des touffes de chênes verts; supposant avoir

éveillé un cerf, je contourne en courant ce qui nous
sépare et... et je me trouve nez à nez avec un ours,
qui, en me voyant, se lève debout, puis s'asseoit sur
son derrière, les pattes de devant demi-étendues et,
tout en faisant osciller sa tête à droite et à gauche,
me fait, je vous l'assure, une grimace très-peu ave-
nante. Quatre mois plus tard, je crois que sans hésiter j'aurais posé les canons de mon fusil sur la poitrine de l'infortuné qui se livrait ainsi, et peut-être
l'eus-je foudroyé à bout portant, puisque trois enjambées nous séparaient à peine ; ce jour-là, surpris
par une apparition tellement inattendue, sans éprouver cependant la moindre frayeur, je me rappelai de
suite que je n'avais dans mon fusil que du plomb
numéro quatre, et malheureusement l'idée ne me
vint pas de tenter un coup dont tous mes lecteurs
accueilleraient aujourd'hui le récit avec incrédulité,
dans le cas où la réussite l'aurait couronné. Au lieu
de ce curieux souvenir, il me reste à dire comment
finit l'entrevue.

Tout en regardant mon vis-à-vis : Si tu avances,
me disais-je intérieurement, je te crèves les yeux
avec mon petit plomb et nous jouerons alors à colin-
maillard ; en même temps, je recule d'un pas sans
me détourner, puis d'un autre, ce que voyant, l'ours,
moins poli que moi, retombe sur ses quatre pattes,
et de suite il se retire, en me tournant le derrière,
ce dont je n'éprouvais pourtant aucune humiliation.
Qu'attendre, en effet, d'un ours en fait de politesse ?

De retour à la ville, je racontai à tous ceux qui
voulurent l'entendre mon aventure ; elle n'étonna

personne. Depuis longtemps la présence de celui à qui j'avais involontairement rendu visite, était constatée dans le pays ; on ne le désignait que sous le nom de l'ours du Présidio. Quinze jours plus tard, c'était l'ours du sieur Jack, boucher dans Clay-Street. Deux Américains, sachant ce qui m'était arrivé, s'étaient de suite mis en campagne, et pendant que j'attendais avec impatience une journée de liberté pour essayer de prendre une revanche, j'eus la douleur de reconnaître un matin la pauvre bête pendue entre une moitié de veau et un quartier de bœuf.

Revenons maintenant au Chamizal avec mon ami André ; voilà au moins deux heures que nous en scrutons les abords et nous n'avons rien découvert ; je commence à être ennuyé et fatigué de regarder sans cesse la terre, de fouiller les buissons et je chemine le nez en l'air ; il n'en est pas de même de mon compagnon, auquel depuis un instant je n'ai pas pu arracher une parole. Il va, vient, tourne, s'arrête, se baisse à faire croire qu'il flaire le sol ; si quelques traces existent, il est impossible qu'elles lui échappent.

Enfin, il a rencontré sans doute un indice, il me fait des signes d'aller à lui, je cours, et je le rejoins au moment où il ramasse une casquette tout à fait sur le bord du Chamizal ; un peu plus loin nous reconnaissons des broussailles foulées ; mais les herbes qui recouvrent le terrain ne permettent pas de voir la moindre empreinte, de sorte que nous en sommes encore à conserver nos doutes, même après

notre trouvaille, lorsque nous arrivons à l'endroit
où étaient les mules emmenées la nuit précédente,
ainsi qu'on se le rappelle. Là, par exemple, les indi-
ces ne manquent pas, André observe tout en silence,
ramasse plusieurs morceaux de *mécates* [1], suit les
traces laissées que livre à son œil exercé la terre
sèche, mais nue ; elles nous conduisent au bord d'un
Aroyo, bientôt il le traverse, et après moins de quinze
pas sur l'autre rive, il revient vers moi, à qui il
avait recommandé de rester en place, en me disant :

— Si l'Américain Barnitz a volé les mules, c'est
un rusé coquin.

— Pourquoi cela ? demandai-je.

— Parce que, pour éloigner les soupçons de son
camarade, il aurait agi comme s'il ignorait le caractère de ces bêtes.

— Comment cela ?

- Voici ce qui s'est passé ; le voleur a attaché
ensemble deux des mules, puis, les chassant devant
lui, il est monté sur la troisième ; mais, précisément
au passage du ruisseau, celle-ci, qui est rétive, a
refusé de se mettre à l'eau et il a été obligé de changer de monture et de lier la mauvaise côte à côte à
sa compagne qui l'a emmenée malgré elle.

— Êtes-vous bien sûr que les choses se soient
passées comme cela ?

— J'en aurais été témoin que je ne le serais pas
davantage ; venez voir vous-même.

Malgré toute ma bonne volonté et l'attention avec

[1] Cordes en cuir servant en Californie à attacher les chevaux et
les mules.

laquelle je cherchais à saisir sur le sol ses démonstrations, force me fut de m'incliner devant sa saga-
cité et d'avouer que mon éducation de chercheur de
piste était encore à faire. — Ah ! si j'avais seulement, une fois dans ma vie, passé vingt-quatre
heures avec l'Américain Barnitz, ajouta André,
j'aurais maintenant le dernier mot de l'affaire...
Allons au Rancho, nous devons y trouver l'autre
étranger ; nous n'avons plus rien à apprendre ici.

Nous aurions pu, en une heure de marche directe
à travers champs, arriver chez le Californien ; mais
pour ne pas perdre entièrement notre matinée et
remplir au moins nos carniers, nous nous décidâmes
à suivre les rives de l'Aroyo de San-Matéo, un des
affluents du Rio-Porciuncula, qui après avoir traversé, non loin de la mission de Santa-Clara, la
plaine du Pueblo de los Angelès, va se jeter dans
les eaux de la baie de San-Francisco.

J'ai rarement vu dans mes courses des sites tour
à tour gracieux et pittoresques, comme en offre le
paysage au milieu duquel se déroulent les méandres
sinueux du petit ruisseau que nous suivons. Louis,
qui aimait autant que moi à s'égarer sur ses rives,
l'avait surnommé le ruisseau des pensées, et en lui
restituant son véritable nom, en l'appelant l'Aroyo
de San-Matéo, ce n'est pas que j'aie oublié les heures
si rapides des délicieuses rêveries provoquées par le
calme de ses frais ombrages ; mais faute d'autres
mérites, je tiens à donner à ces récits un cachet de
vérité qui les empêche d'être confondus avec de trop
audacieuses fantaisies.

A partir du point où André et moi nous commençons à descendre le cours du San-Matéo, à peu de distance du pied de la montagne, ses eaux n'ont à surmonter que les obstacles qu'elles se sont créés elles-mêmes. En coulant l'hiver à l'état de torrent, elles ont, en maint endroit soulevé des bancs de sable, déchiré et fait ébouler dans les coudes des masses argileuses ; ailleurs, elles ont creusé dans une terre légère de larges et profondes fosses qui nous permettent souvent de prendre à notre aise d'excellents bains dans une eau tiède et limpide, sous la verdure des rideaux formés par les lauriers, les platanes, les frênes, dont des lianes innombrables enlacent tous les rameaux.

Après avoir été la première fois conduit par le hasard vers ce délicieux coin de terre, j'y retournai souvent, pour m'y reposer durant mes chasses, et pour y ramasser les perdrix, les lapins, les lièvres qui, jusqu'au moment de notre arrivée dans ce canton, avaient trouvé là une nourriture abondante et une sécurité absolue qu'indiquait leur peu de sauvagerie.

Les lapins surtout y pullulaient tellement, que chaque fois que j'y allais, au début, au bout d'une heure et demie à deux heures, j'avais complété mes quatre douzaines. J'en faisais quatre paquets de douze chacun, et après les avoir suspendus isolément à des branches d'arbres, pour les prendre au retour, je variais l'exercice en courant après les lièvres et les perdrix. Dans ce paradis terrestre, ce qui donnait alors le signal de terminer la chasse, ce n'était pas le manque de gibier vivant, mais l'abondance du gibier mort. On s'arrêtait quand on voyait ne pas pouvoir en porter davantage, et afin de ne pas trop nous fatiguer, nous avions l'habitude d'en faire des dépôts de distance en distance, et autant que possible à des endroits facilement reconnaissables.

Or, une après-midi, j'étais en train de rebattre ma voie du matin, arrimant sur mes épaules perdrix, lièvres et lapins, lorsque je m'aperçois qu'il me manque un paquet d'une douzaine de ces derniers, que j'étais pourtant bien sûr d'avoir accroché à une branche de frêne élevée d'environ six pieds au-dessus du sol et à la même distance à peu près du tronc de l'arbre, qui offrait précisément au-dessous une énorme nodosité qui me servait souvent de siége. Mes recherches ne m'ayant fourni aucun renseignement sur le compte du voleur, j'oubliai si vite l'incident, que le lendemain je remis au même endroit une partie du produit de ma chasse ; elle eut le même sort que l'autre, quand je revins pour la prendre il ne restait plus rien.

Pour le coup c'était trop fort, et je décidai que le jour suivant je saurais à qui m'en prendre.

Comme la matinée précédente, dès que j'ai tué une douzaine de lapins, je me rends bien vite à mon frêne, auquel je les suspens, et au lieu de m'en aller, je m'embusque à vingt pas de là dans un épais buisson ; il va sans dire que je m'étais muni de ma carabine et que le coup gauche de mon fusil contenait une forte charge de chevrotines.

Mon empressement à satisfaire ma curiosité

m'avait fait arriver plus tôt qu'à l'ordinaire, et
j'attendis au moins une heure sans rien voir ; las de
l'attente, j'étais même prêt à partir, au moment où
vinrent à la fois trois coyottes qui me donnèrent un
spectacle d'autant plus intéressant que je leur offris
à mon tour un dénoûment sur lequel ils ne comptaient guère.

A peine rendus, tous les trois se campent d'abord
sur leur derrière dessous mon gibier, et se mettent
à le regarder le nez en l'air, la gueule ouverte,
comme pour le recevoir quand il tomberait ; mais
qui le ferait tomber ? Je ne fus pas longtemps à me
le demander. Bientôt l'un d'eux court, saute sur la
protubérance du tronc de l'arbre, y prend un point
d'appui, et, se renversant en arrière, s'élance la mâchoire béante vers mes lapins, qu'il n'attrape pas du
tout, et il retombe lourdement le ventre en l'air,
ayant seulement agité la branche. Il était à peine
remis sur ses pattes qu'un second le suit, l'imite en
tout point, le troisième en fait autant sans plus de
résultat, et j'assiste à une série de tours de force, de
sauts, de cabrioles incroyables.

Cependant l'exercice assouplit si bien leurs jarrets,
que l'issue n'est plus douteuse, car la branche a
déjà reçu de telles secousses que mon gibier serait à
terre si je ne l'avais pas attaché d'une manière plus
solide que précédemment.

Je trouve donc qu'il est temps de faire cesser le
jeu, et d'un coup de fusil je couche deux de mes
acrobates sur le terrain, pendant que le troisième,
qu'une chevrotine a sans nul doute piqué, s'enfuit

en se secouant et en criant comme un démon.
Depuis, j'ai toujours pris mes précautions de manière à ne pas me faire le pourvoyeur de ces gour-
mands.

Maintenant avant d'arriver au Rancho, et tandis
que je suis encore avec mon ami André à fusiller
des perdrix et des lapins inoffensifs, ce qui intéresse
peu ceux qui veulent bien me lire, il faut que je
leur raconte, sans quitter l'Aroyo de San-Matéo,
comme quoi il m'arriva une fois de jouer dans ses
ondes au triton beaucoup plus longtemps que je ne
l'aurais voulu. Je souhaite que ce récit, d'une absolue vérité dans ses moindres détails, les amuse
autant qu'il divertit André, qui en rit aux éclats
quand je lui en fis part, étant sur les lieux mêmes
où la scène s'était passée.

CHAPITRE IV

LE LOUP BLANC ET LE LOUP GRIS.

J'ai dit que le ruisseau le San-Matéo présentait en plusieurs endroits, le long de son cours, des fosses larges et profondes qui nous permettaient de prendre nos ébats dans une eau transparente et presque tiède ; j'usais donc souvent de cette distraction, non-seulement agréable, mais hygiénique, et cela sans autre soin que celui de poser mes armes sur la rive, à côté du buisson auquel j'accrochais mes vêtements.

Ma baignoire de prédilection se trouvait au confluent des trois minces filets qui, descendus de la montagne, formaient par leur réunion, ce qui méritait alors le nom d'Aroyo.

Malgré les années écoulées, je vois encore tellement bien le lieu dont je parle, qu'il me sera facile de décrire son aspect, ce qui est, au reste, indispensable pour l'intelligence de mon récit.

Le bassin proprement dit avait une longueur de cent cinquante mètres environ, sur une largeur

moyenne de trente, et une profondeur variant entre
deux à trois mètres.

Il commençait brusquement en amont, au pied
d'une espèce de chaussée en grosses roches, parmi
lesquelles coulaient sur un lit pierreux les sources
venant de la Sierra. En aval, un banc de sable argenté formait une digue élevée et que l'eau avait de
la peine à franchir, car au milieu, faisant encore
obstacle au courant, gisait profondément enfoui le
tronc d'un magnifique pin rouge que les pluies dilu-
viennes de l'hiver avaient dû arracher au flanc de
la montagne. Enfin, tandis que la rive gauche était
basse, vaseuse, bordée d'une lisière de joncs et au-
delà complètement nue, la droite formait un talus
élevé, et à dix pas de la berge, il était facile de trouver de discrets cabinets de toilette parmi les hauts
et épais buissons sous l'ombrage de grands arbres.

Ce charmant endroit était fréquemment pour
Louis et moi un point de ralliement où nous nous
retrouvions après la chasse pour y faire halte,
prendre un bain et nous reposer avant de regagner
la ramatte. Le plus souvent, mon ami arrivait en
quittant la plaine, moi, au contraire, au sortir de
la montagne, dont les gorges étaient toujours pour-
vues de fauves qui m'y attiraient.

Un soir, cependant, nous avions changé de rôles ;
Louis, à qui j'avais prêté ma carabine, s'était enfoncé dans la Sierra, et je m'étais livré à la petite
chasse de la plaine avec assez de bonheur, puisque
je rapportais, outre d'autre menu gibier, quatre
beaux lièvres qui lestaient mes épaules d'un poids

de trente-cinq à quarante livres ; quoiqu'il fût lourd
à porter, c'était un magnifique résultat que nous
atteignions rarement. Il était, en effet, aussi facile
de voir ces animaux que difficile de les joindre.
Dans les premiers temps, il m'est arrivé de mettre
le même sur pied jusqu'à quinze fois sans pouvoir
le tirer. A peine étais-je rendu à une distance de
soixante-dix à quatre-vingts pas, qu'il partait pour
aller se relaisser, souvent à découvert, un peu plus
loin, et là, tranquille, inclinant à droite et à gauche
ses longues et larges oreilles, il attendait que le bruit
des tiges d'avoines folles ou de moutarde sauvage
qui craquaient sous mes pieds l'avertit de filer de
nouveau.

Que n'aurais-je pas donné alors pour avoir avec
moi une demi-douzaine de mes bons briquets de
France ! pour lui faire un peu allonger sa randonnée ; mais entre eux et moi se trouvaient dix à douze
degrés de latitude et cent vingt-quatre de longitude,
ce qui me mettait presque à leur antipode, et quand
je murmurais les noms de Figaro, de Fortuneau, de
Charmante et des autres, si maître lièvre avait pu
m'entendre et me comprendre, il eût été en droit
de me rire au nez.

Cependant, comme le chasseur qui réfléchit finit
par ne pas être plus bête que le gibier qu'il poursuit,
je ne tardai guère à penser qu'il fallait attendre et ne pas courir ; de sorte que dès que j'avais
mis un lièvre en mouvement, j'allais me tapir immobile dans une touffe de broussailles, non loin d'un
espace de terrain couvert d'herbe fraîche, et j'atten-

dais que le besoin de dîner amenât à portée la pauvre victime. Quand le lièvre tournait d'un autre côté, je changeais de direction en prenant encore les grands devants.

Cette manœuvre, quelque peu perfide, ayant ce jour quatre fois réussi, j'arrivai au ruisseau l'esprit gai, mais le corps un peu las, d'autant plus que le temps était lourd, orageux, et que pas un souffle de brise ne passait dans la campagne.

Il avait été positivement convenu entre Louis et moi que nous nous retrouverions avant le coucher du soleil sur les bords de l'Aroyo pour nous baigner, puis nous devions nous rendre à notre demeure. Le premier arrivé devant attendre l'autre, je restai au moins une demi-heure étendu sur la berge à me préparer par le repos aux plaisirs de l'immersion ; enfin, la soirée avançant et Louis ne paraissant pas, je jette mes vêtements sur un buisson de saule et pique une tête dans le San-Matéo.

Je ne saurais dire combien de temps je demeurai dans l'eau, ne pensant plus à Louis et entièrement absorbé par le salutaire exercice auquel je me livrais avec confiance ; je n'aurais même pas encore songé à en sortir, lorsque de larges gouttes de pluie assez pressées vinrent me rappeler que la partie de mon vêtement la plus intime, celle que l'on quitte d'ordinaire la dernière, était exposée de manière à être très-vite trempée si la pluie durait un peu, ce que je devais craindre, car de grosses nuées noires arrivaient au-dessus de moi. Sans vouloir encore partir, je me hâte d'escalader la berge élevée de la fosse,

4

pour aller enfouir soigneusement sous l'abri des arbustes, mes vêtements, mon fusil, tout ce que j'avais négligemment placé dessus et à côté.

Maintenant on comprendra sans peine quelle était ma tenue au sortir de l'Aroyo, elle était aussi primitive que possible ; malgré cela, n'ayant pas à redouter d'effaroucher de timides regards, je posais les pieds sur le sol lentement et avec précaution en crainte des épines.

Lorsqu'une apparition inattendue m'arrête sur place ; deux grands loups, dont un presque blanc, se montrent à la fois à quatre ou cinq pas du buisson vers lequel je me dirige ; tous les deux arrêtés me tournaient le dos et avaient l'air d'être absorbés par la contemplation de ma défroque suspendue aux branches, ou plutôt par le sentiment de convoitise qu'excitaient les émanations de mon gibier.

Ma première impression fut la surprise ; elle passa vite, pour me laisser la conscience de l'état inoffensif dans lequel j'étais vis-à-vis des carnassiers, qui, m'ayant vu, semblaient s'en rendre compte, et, tournés vers moi, affectaient déjà une attitude presque insolente ; deux hurrahs poussés à pleins poumons, en même temps que je gesticulais, les firent à peine reculer de quelques pieds.

On dit que les grands hommes n'existent pas pour les valets de chambre ; eh bien ! je vais singulièrement enchérir sur cette maxime, car je déclare, en dépit des héros enfantés par l'école de David, que l'homme aussi peu vêtu que moi en ce moment, n'est plus ni grand, ni petit ; de lui, il ne reste, en dépit des apparences, qu'un pauvre être honteux, craintif, maladroit, et tout autant incapable d'attaquer que de se défendre.

Il me faut pourtant faire l'un ou l'autre, puisque les loups, sans tenir compte de mes cris et de mes mouvements, témoignent beaucoup plus d'envie d'avancer que de reculer. Est-ce par gourmandise ou curiosité? Je n'en sais rien ; mais à mesure que tous deux, côte à côte, ont fait un pas en avant, j'en ai fait deux en arrière.

Ce commencement de retraite semble les encourager, et, se séparant d'une enjambée à peu près, ils approchent encore et paraissent vouloir essayer une attaque simultanée et me prendre de flanc. L'affaire devient réellement sérieuse, et en dépit du côté comique de la situation, des doutes inquiétants me traversent l'esprit.

Il faut vous dire que les deux maudites bêtes, qui là, à cinq à six mètres, fixent sur moi leurs yeux ardents et effrontés, sont d'une taille bien supérieure à celle de nos plus grands loups de France, le blanc surtout me semble haut comme un âne. Si je pouvais encore passer entre eux, en courant, pour aller prendre mon fusil que je vois à sept ou huit pas de moi tout au plus... Je crois la chose impossible... Je les aurais sur le dos avant d'avoir franchi la moitié de la distance.

En vérité, la situation devient embarrassante. Que fait donc Louis? il devait être ici au coucher du soleil, voilà bientôt la nuit et personne ne paraît. Que lui est-il arrivé?... Je n'ai pas le temps de penser davantage à mon camarade. Enhardi par l'obscurité qui gagne et mon immobilité, les loups se rapprochent, et j'ai fait encore deux pas à reculons ; mais non sans avoir voulu de nouveau les effrayer en criant et en me portant en avant, ce qui m'a si peu réussi que j'y ai vite renoncé, puisque les deux bêtes se sont contentées de rejeter un peu leur corps en arrière sur leurs pattes tendues, et je crois, même qu'elles m'ont montré les dents.

Il ne m'est plus possible de mettre en doute leurs intentions, et le seul moyen que j'aie en mon pouvoir pour les empêcher de les réaliser est de plonger au plus vite dans l'aroyo, où elles ne me suivront pas je l'espère bien.

Trois pas me séparent de la berge, je les franchis lentement en faisant face à l'ennemi et en criant à pleins poumons. Mais c'est bien le cas de dire que je prêche dans le désert, car ceux que j'injurie, que je traite de canailles, de brigands, de voleurs, loin de fuir les injures que je leur prodigue, approchent, approchent sans cesse, si bien que... me voilà dans l'eau. Comment m'y suis-je mis ? Je serais fort en peine de le dire, je crois être tombé à la renverse, sur le dos, et quand je reviens à la surface, je vois à l'endroit où j'ai fait la culbute les deux loups qui semblent se demander si je resterai au fond ; puis, dès qu'ils m'ont vu revenir, les maudits animaux trottent, courent, tantôt séparément, tantôt ensemble suivent tous mes mouvements, et si près, si près du bord de l'eau, que l'envie me vient de leur crier de faire attention à ne pas tomber.

Aujourd'hui, tranquillement assis sur mon fauteuil, les pieds, sous mon bureau, je ris en évoquant les détails de cette soirée et j'en parle tout à mon aise, pourtant je me rappelle très-bien avec quelle anxiété je me demandai plus d'une fois alors comment cela finirait? C'est qu'il en est des heures d'angoisse comme de celles du bonheur; les unes sonnent, il est vrai, plus lentement que les autres; mais ont-elles cessé de retentir, appartiennent-elles au passé, que les impressions se fondent et s'effacent, et plutôt que de puiser dans les faits accomplis de profitables leçons, nous aimons mieux nous endormir, bercés par les rêves d'avenir et les folles espérances.

J'avais, depuis dix minutes, repris possession de ma baignoire et je la parcourais en tous sens, sans perdre de vue mes deux maudits spectateurs dont les formes devenaient déjà confuses dès que j'approchais de l'autre rive; car le crépuscule gagnait, et quoique ma tête travaillât, comme on peut le croire, je n'avais encore trouvé, afin de sortir d'embarras, que le moyen suivant :

C'était de les attirer, en m'y rendant; sur la rive opposée à celle dont ils me défendaient l'accès, puis, s'ils venaient m'y rejoindre, soit en passant en amont de la fosse sur les rochers où elle commençait, soit en traversant presque à gué sur le banc de sable en aval; je devais nager vigoureusement, arriver avant eux au talus de l'autre rive, l'escalader et courir à mon fusil.

On n'a pas oublié qu'une ligne de joncs limite la

4.

fosse sur le bord où je me rends; j'y arrive, enfoncé
dans la boue jusqu'à la poitrine, en sort dans un
pitoyable état et jurant comme un charretier em-
bourbé après les bêtes enragées qui me font subir
une pareille épreuve; mais ma colère s'évanouit
vite, ma ruse aura le succès que j'en attends; à
peine me suis-je montré à découvert, que les loups
suivent au grand trot le talus qui me fait face, jusqu'au banc de sable au-dessous de la fosse; ils vont
traverser. Je m'éloigne un peu afin de prendre un
élan qui me fasse franchir la vase et les roseaux, et
j'attends; il me semble, ma foi! tenir déjà en joue
un de ces voleurs; j'ai précisément un coup chargé
avec du double-zéro, rira bien qui rira le dernier....
Ah! mille tonnerres, qu'ai-je vu! je suis pris entre
les deux maudites mâchoires, le loup blanc n'a pas
passé et l'autre arrive sur moi.... décidément, ce
n'est plus une plaisanterie... et me voilà encore à
l'eau. Au diable soit ma ruse!... J'ai divisé les forces
de l'ennemi, c'est vrai, mais j'en ai encore assez à
droite et à gauche pour me tenir en échec. Tant
qu'à me décider à sortir de la fosse, au risque d'engager une lutte corps à corps avec un des grands
loups qui me guettent, je n'en suis pas encore
réduit à cette extrémité, voilà d'ailleurs une chance
de salut dont je pourrai peut-être profiter. Sur le
cours de l'Aroyo se lève une brume blanche, épaisse,
qui ne tardera pas à me dérober, si elle dure, aux
regards de ceux qui m'attendent.

Cet espoir passe vite, une brise fraîche descend
de la montagne et emporte les vapeurs... Décidément

tout conspire contre moi ; je commence à être fatigué, et le froid me gagne, je ne pourrai certainement rester longtemps encore dans l'eau.

Enfin, Louis ne me voyant pas arriver à la ramatte
doit venir au rendez-vous... Tandis que ces réflexion.
se pressent dans ma tête, j'arpente la fosse en long
et en large, et chaque fois que j'approche de l'une
ou l'autre rive, je demeure convaincu que, s'il ne
m'arrive pas de secours, il me faudra prendre un
parti ; puisque les loups ne paraissent pas du tout
disposés à lever le siége. Je n'ai pas même de temps à
perdre, sous peine de sentir mes jambes et mes bras
engourdis me refuser le service.

On sait qu'un sapin gisait échoué, à demi enfoncé
dans le banc de sable ; c'est vers lui que je me dirige
pour tenter de casser une des trois grosses branches
qui se trouvent au dessus de l'eau profonde. Dans
le cas où je réussirai, ma foi ! alors je gagnerai la
terre de suite, et peut-être pourrai-je tenir le loup
en échec avec un morceau de bois.

C'est à ce moment que commence la partie la plus
dramatique de mon histoire :

Si un jour, en effet, un dessinateur voulait prêter
à mes récits l'aide de ses crayons et tentait de tra-
duire quelqu'une des scènes étranges qu'ils rap-
pellent, voici l'épisode de la soirée en question sur
lequel j'appellerais ses soins :

Afin de pouvoir agir efficacement, il m'a fallu saisir la branche la plus éloignée de la fosse, j'ai pu
alors prendre avec mes pieds un point d'appui sur
la butte sablonneuse, et, arc-boutant mon corps, me

rejetant en arrière, je secoue violemment la partie
que je tiens ; mais mes efforts sont inutiles. Le bois,
rendu flexible par l'humidité, ploie comme un jonc,
et après chacun de mes efforts, en vertu de son élas-
ticité, il reprend sa position ordinaire en m'entraînant avec lui presque à la portée des deux carnassiers, qui sont à six pieds de moi à peine et tendent
en avant leurs gueules entr'ouvertes. En vain le
dépit redouble mon énergie, je courbe la branche de
plus en plus ; mais sans la rompre. Je n'y parvien-
drai jamais ; c'est fini ! Tout ce que j'ai gagné à cette
tentative infructueuse, c'est que la colère m'a fait
monter le sang à la tête. J'oublie ma nudité, j'oublie
les crocs aigus qui vont sans doute entamer mon
corps, je veux courir sus au loup blanc. C'est lui qui
est sur la rive où se trouve mon fusil, oh ! il aura
beau faire, j'irai jusque-là... et alors... je n'ai plus
froid, je vous assure, d'abondantes gouttes de sueur
tombent de mon front et se mêlent à l'eau qui dé-
coule de mes cheveux. Que va-t-il se passer ? Je n'en
sais rien ; mais le triple airain dont parle le poète
protége mon cœur, et le corps s'en tirera... à la grâce
de Dieu... Je sors... les deux loups approchent chacun de leur côté... Qu'importe, ils seraient vingt que
je ne reculerais pas... en avant !!!

Eh ! non... non... Qu'ai-je entendu ?... A l'eau !...
à l'eau ! encore... J'y suis tirant la brasse et plus
souple que jamais, j'ai reconnu la voix de Charles,
du Parisien, qui hurle à tue-tête un couplet des
Girondins... il était temps !!!

— Malédiction ! j'ai beau lui crier de se taire, de

traverser l'Aroyo sur les rochers et d'aller prendre mon fusil, s'il n'a pas le sien, pour tirer au moins un des loups, impossible d'étouffer son banal refrain : *mourir pour la patrie*.., Ah ! quel stupide garçon !... Remarquez, je vous prie, que je suis encore en colère... mais cela passe, car il oublie enfin *sa patrie* et pense à moi, puisqu'il m'appelle.

— Eh ! Henry ! Henry ! me crie-t-il. Où êtes-vous donc ?

— Par ici, par ici ! Charles, je suis dans la fosse et bloqué par deux scélérats de loups qui depuis au moins une heure en veulent à autre chose qu'à ma culotte.

— Où est donc Louis, qui est cause que j'ai failli peut-être me faire écharper ?

— Louis est venu ce soir à la ramatte, puis il est retourné dans la Sierra, suivi d'André, pour chercher un cerf qu'il a tué avec votre carabine ; mais avant il m'a dit de venir vous trouver où vous deviez l'attendre, ce que j'ai fait dès que j'ai eu dîné.

— Très-bien ! très-bien ! mon ami, vous seriez venu avant dîner, cela aurait encore été mieux. — Vous ne voyez pas de loups près d'ici ?

— Que s'est-il donc passé !

— Donnez-moi la main que je sorte... je vous le dirai.

Une seconde après, ayant seulement mon pantalon, mes souliers, mais mon fusil, tout en battant les abords de l'Aroyo, je racontais à Charles mon aventure, et sous l'impression si fraîche de l'événement, je le faisais en termes tellement expressifs,

que mon ami m'interrompait à toute minute pour
s'écrier :

— Ah ! les s.... canailles. Comment ! nous n'en
verrons pas seulement un. Ah ! les brigands !... Nos
recherches furent inutiles, ils avaient filé; cependant
il est sûr que si mon estomac se fût trouvé comme
celui de Charles, dans un état satisfaisant, je serais
resté là une partie de la nuit, avec l'espoir de me
venger ; en attendant, je vouai aux loups une haine
à mort, et en souvenir de cette soirée, j'ai laissé dans
les Sierras et. les plaines de Californie, où elles
blanchissent, une notable quantité de leurs vilaines
carcasses.

M'excuserai-je maintenant auprès de mes lecteurs
de m'être si longuement arrêté en retraçant les détails de cette aventure ? Non, car je crois qu'ils auront compris qu'il est impossible à celui qui les a
subies, de parler à la légère de semblables épreuves.
Quant à André, s'il riait, en m'écoutant sur les lieux
de l'action, c'était qu'il ne pouvait me pardonner le
mouvement d'hésitation qui m'avait créé, il l'avouait,
de sérieux embarras. Selon lui, dès que j'eus aperçu
les loups flairant mon gibier, il m'aurait fallu aussitôt foncer sur eux, sans leur permettre de reconnaître qu'il n'existait aucun obstacle entre leurs
dents et ma peau. Peut-être avait-il raison ; en tous
cas, le doute que j'exprime prouve que l'occasion ne
s'est pas offerte à moi de vérifier son assertion.
Quoique je me fusse bien promis de gourmander
mon ami Louis à propos de son manque de parole,
quand une heure après nous il arriva avec André à

la ramatte, je n'en eus pas le courage, car ils nous rapportaient la moitié d'une bête superbe.

Notre ami avait eu le bonheur, grâce à la balle cylindro-conique de ma carabine, que je lui avais confiée, d'abattre un de ces cerfs magnifiques de Californie, auprès desquels ne brilleraient pas les plus vieux dix-cors de nos forêts. On va en juger ; tenant debout devant moi, entre mes pieds, la tête de celui dont ils n'avaient apporté que le devant, il m'était impossible d'atteindre avec les mains, mes bras levés et étendus, l'extrémité de ses bois qui offraient certainement six pieds d'écartement et de hauteur. L'animal entier, nous dit André, devait peser plus de six cents livres.

Ici, comme je crains toujours d'être confondu, par quelques-uns de mes lecteurs, avec certains écrivains qui se font un jeu d'user et abuser de la crédulité publique, on me permettra une citation à l'appui de ce que je viens de raconter.

J'extrais d'un ouvrage que j'ai déjà cité, les lignes suivantes :

« L'espèce de cerfs particulière à la Californie, est « de la taille d'un grand cheval de course ; la chair « est excellente et fournit près de *deux quintaux* de « suif. Ses bois ont souvent deux mètres de hauteur « et autant d'écartement. On les rencontre sur- « tout au nord de San-Francisco, par bande de sept « à huit cents [1]. »

---

[1] Exploitation de l'Orégon et des Californies etc., par M. Duflot de Mofras. — Années 1840, 41, 42. — Ouvrage publié par ordre du Roi. (Vol. I, p. 485.)

Ce qui rendait encore plus remarquable la bonne
fortune de notre ami, c'était que nous n'étions pas
encore dans les parages où se rencontre cette variété
de cerfs ; le poids de ceux que nous tuions souvent
arrivait à peine à cent kilos. Malgré que, presque
toujours, dans le pays, on leur donne le nom de
daim, je pense que ceux-là appartenaient à l'espèce
du cerf à queue noire des chasseurs de l'Ouest.

Plus tard, j'ai eu occasion de voir et tuer bon
nombre d'individus de la grande variété ; mais ce
soir-là, ainsi que Louis et Charles, André lui la
connaissait depuis longtemps, j'étais tout à mon ad-
miration, et j'approuvais l'heureux chasseur d'avoir
pensé à soustraire sa victime à la voracité des carnassiers de la Sierra.

Séance tenante, il fut décidé à l'unanimité que le
massacre du cerf serait placé au-dessus de l'entrée
de la ramatte. Ce qui eut lieu dès le lendemain matin, et il donna grand air, je vous le jure, à notre
rustique demeure ; car jamais porte de manoir féo-
dal ne reçut en ornement, du veneur son maître,
aussi splendide trophée.

Nous voilà maintenant, en route pour la ferme du
senor S... o ; et malgré l'impatience que j'éprouve
d'y arriver, puisqu'il me tarde de savoir si la casquette que nous avons trouvée a appartenu à l'Américain Barnitz, ce que va nous dire son compagnon,
qui doit nous y attendre, il faut nous arrêter encore
un instant, je veux vous faire part d'une leçon
qu'André vient de me donner. Enfin, je garde l'espoir de dédommager du retard que je leur impose

qui veulent bien nous suivre par le récit des scènes
émouvantes quise préparent au rancho.Lorsque nous
fûmes rendus à sa hauteur le long du San-Matéo,
nous tournâmes brusquement le dos à l'Aroyo,
ayant encore un mille et demi à faire dans la
plaine.

Quoique nous eussions beaucoup marché, la chasse
n'avait pas été très-heureuse, la plus grande partie
de notre temps et surtout les moments les plus favo-
rables s'étant écoulés en recherches aux abords du
Chamizal. Aussi, tout en causant, nous scrutions le
terrain autour de nous pour y surprendre quelque
pièce de gibier attardée dans les endroits découverts ;
mais rien ne se montrant, chacun de nous, sa carabine chargée à balle, en bandoulière, et en main
son fusil, suivait la ligne conduisant directement
au rancho, avec la pensée d'arriver assez tôt, afin
d'y prendre part, vers midi, au dîner de ses habitants. C'était du moins ma plus sérieuse préoccupation, j'avais, en effet, oublié depuis longtemps la
soupe au café prise avant le jour à la ramatte.

André pensait-il comme moi? je le suppose ; toutefois la voix de l'estomac ne l'absorbait pas au point
de troubler sa vue, car tout à coup, me faisant signe
de m'arrêter : — Voyez-vous ce lièvre? me dit-il,
et son bras tendu m'indiquait un espace couvert
de tiges de graminée, éloigné de nous de soixante
dix à quatre-vingt pas?

— Un lièvre, dites-vous ?...

— Certainement, comment, vous ne voyez pas ses
oreilles qui remuent ?...

5

Tout en parlant, André avait rapidement posé près
de lui son fusil et pris son rifle. J'avais beau suivre
du regard la direction du canon de l'arme, je n'a-
vais rien découvert, quand l'explosion se fit entendre.
En même temps — il y est — me dit André ; je
commençai à le croire, ayant aperçu remuer quelque
chose à une forte distance parmi les hautes herbes ;
néanmoins ma certitude fut seulement complète,
lorsque, rendu sur la place, pendant que mon compagnon rechargeait son arme, j'eus ramassé un
grand lièvre atteint en pleine tête par la balle.

Ce résultat ne m'étonnait pas, mon ami était pour
toucher un but immobile, un des plus fins tireurs
que j'aie rencontrés ; mais je ne comprenais pas
comment il avait pu reconnaître d'aussi loin le lièvre
parmi les tiges hautes et pressées de folle avoine ;
aussi, dès qu'il m'eut rejoint, lui en exprimai-je mon
étonnement qu'il fit disparaître en me disant :

— Vous êtes surpris parce que j'ai reconnu d'aussi
loin le lièvre, probablement assis sur son derrière
au milieu des herbes ; la chose est pourtant bien
simple. Regardez autour de nous, que voyez-vous
remuer ?

— Rien.

En effet, au moment où André m'adressait cette
interrogation, un calme absolu pesait sur la campagne ; sur les arbres, les buissons, pas une feuille
ne frémissait ; sur le sol pas un brin d'herbe n'était
agité.

. — Rien ne bouge, n'est-ce pas ?

— Oh ! rien, en vérité ; c'est un calme parfait.

— Eh bien! c'est le repos complet de tout ce qui nous entoure qui m'a permis d'être frappé du mouvement que le lièvre imprimait à ses longues oreilles. Règle générale, voyez-vous, quand près de vous tout semble dormir, défiez-vous de ce qui remue et regardez-le à deux fois. Au contraire, si tout est agité, donnez une sérieuse attention aux objets immobiles et tenez-les en défiance.

Trois mois plus tard, cette recommandation de mon ami André me revenait à l'esprit dans une circonstance grave dont je ferai peut-être un jour part à mes lecteurs, et grâce à elle, j'eus le bonheur de sortir sain et sauf d'une position critique.

Maintenant, nous voilà rendu à la ferme californienne, où règne, au moment de notre arrivée, une agitation extraordinaire. Des chevaux tout sellés attendent à la porte leurs cavaliers qui forment un groupe dans l'intérieur de la cour, gesticulant, leurs *reatas* (lazzos) à la main et causant à haute voix. Que s'est-il passé ici? Entrons : nous allons le savoir.

CHAPITRE V

LE RANCHO

Il paraît décidément que les ours de la contrée se sont entendus pour faire sortir le pays de son indifférence à leur égard ; de tous côtés arrivent au Rancho des rapports qui accusent leur insolence.

La nuit dernière ils ont tué un des plus beaux taureaux de la ferme. Ce matin, deux Mexicaines attachées au service de la sénora S.....o se sont vues obligées de quitter le linge qu'elles lavaient à un demi-mille tout au plus de la maison, car il a plu à un de ces animaux de venir faire ses ablutions à l'endroit où elles étaient installées ; force leur a été de battre en retraite et de laisser la place à l'audacieuse bête qui, pour se venger peut-être de leur départ, a littéralement mis en charpie tout le linge qu'elles n'avaient pu emporter ; puis, sans doute pour pousser la plaisanterie jusqu'au bout, l'ours s'est amusé à chavirer sans dessus dessous la charrette qui avait servi à le conduire au lavoir. Celui-là, au reste, pourra payer cher son insolence, car tous les péons de la ferme, mis en campagne afin de savoir ce qu'il est devenu, assurent qu'il est rembuché à trois quarts de lieue de là à peu près, dans un fourré de peu d'étendue : quelques-uns des hommes sont restés en observation, avec mission d'épier ses mouvements ; les autres vont partir et aller requérir l'assistance de trois ou quatre Rancheros voisins. Il est décidé que la nuit venue on tentera de le prendre au lazzo, et nous sommes invités à assister à leur chasse.

J'accepte avec empressement l'invitation, d'autant plus qu'André, après avoir échangé quelques paroles avec la sénorita Rafaela, me prévient que le Ranchero met à notre disposition les chevaux indispensables pour que nous puissions assister à ce curieux spectacle, sans en perdre un incident.

Quant à mon compagnon, il se propose de prendre une part active à la fête ; il a déjà détaché le lazzo qu'il porte toujours en ceinture et l'examine avec soin.

Mais l'espérance du plaisir que nous nous promettons, lui comme acteur, moi comme simple spectateur, ne nous fait pas oublier l'infortuné Barnitz. A-t-il été mangé par les ours ? ou a-t-il pris possession pour lui seul des mules de la communauté ? Voilà ce que nous ne saurons pas, en dépit de notre bonne volonté, en dépit même de la casquette que André a ramassée ; car le compagnon de celui dont le sort nous inquiète est parti ce matin du Rancho, après avoir été informé que la nuit précédente un cavalier emmenant trois mules, avait

traversé le Pueblo de los Angeles, se dirigeant vers
San-José.

Quant aux maîtres de la ferme, qui connaissaient
parfaitement nos Américains, ils ont mieux à faire
que de s'occuper des Yankees dont il restera toujours trop dans le pays, d'après ce que nous dit le
Ranchero, qui les enverrait tous de grand cœur,
sinon aux ours, du moins au diable...

La haine qui animait, à cette époque, les anciens
habitants de la Californie contre ses nouveaux domi-
nateurs, ne résultait pas comme on pourrait le
croire, d'un honorable sentiment de patriotisme
froissé dans son indépendance à tout jamais perdue.

Ce n'était pas cette profonde antipathie que le
vainqueur inspire au vaincu, lorsque celui-ci a vu,
après une lutte désespérée, la fortune trahir ses
efforts, et qu'il ne lui reste d'autres consolations que
l'espoir d'une revanche.

Tout cela n'entrait en rien dans l'aversion des
Rancheros pour les Américains; ils leur en voulaient simplement parce que ces aventureux représentants de la race anglo-saxonne étaient venus,
avec leur fiévreuse activité, troubler leur somno-
lence, et surtout, parce que ces hardis apôtres du
travail ne se gênaient nullement pour les menacer
dans la paisible possession de leurs immenses do-
maines, plus ou moins légalement acquis, en déclarant que la terre devait appartenir à ceux capables
de faire jaillir les sources de prospérité renfermées
dans son sein.

Or de toutes les populations des Amériques autrefois soumises à l'Espagne, pas une n'a présenté au même dégré que les Californiens l'apathie, l'insouciance et l'amour du *farniente*.

Sous un ciel admirable, sur un sol d'une fécondité inouïe, ces hommes n'avaient jamais su que boire, fumer, jouer, monter à cheval et surtout dormir. Quand la conquête, à la suite de la guerre des États-Unis contre le Mexique, et plus tard la révélation des trésors enfouis dans les gorges de la Sierra-Névada, les mirent brusquement en contact avec la plus turbulente émigration, pour les Rancheros le réveil fut donc aussi cruel que subit.

Il ne s'agissait plus pour eux de la paternelle administration des *Padres* des missions, ni des tracasseries, des exactions même des vice-rois mexicains; car après les sermons des premiers il leur était permis de se plonger dans la torpeur, et après avoir subi les injustes exigences des seconds, ils pouvaient attendre de nouveaux caprices dans leur immobilité séculaire.

Désormais pour eux, il ne devait plus exister de sommeil; il leur fallait, malgré eux, participer à la vie active, dévorante, de tout ce qui les entourait; mais tous les Californiens que nous avons connus n'acceptaient jamais les exigences de la civilisation un peu brutale qui les débordait, sans témoigner leur mauvaise humeur, et les *estrangeros* ne les retrouvaient avec leur affabilité et leurs vertus hospitalières que lorsqu'il s'agissait, comme pour nous en ce moment, de chasses ou de courses de chevaux : voilà ce qui explique l'acceuil empressé, prévenant,

que nous fait le senor S...o. En outre, nous avons
déjà entendu parler de son incroyable adresse à lancer le lazzo, et je crois qu'il ne sera pas fâché de
nous en fournir la preuve : en attendant, nous
sommes donc admirablement reçus, et de suite invités à prendre part au dîner, je ne dis pas de la
famille, mais de la communauté, puisque maîtres et
serviteurs n'ont qu'une table, ou plutôt, puis qu'ils
n'en ont pas plus les uns que les autres, mais man-
gent tous ensemble et à la même heure.

La salle à manger est le hangar dont j'ai parlé
lors de ma première visite au Rancho; il forme un
des côtés de sa vaste cour; c'est également la cuisine. Dans un de ses angles, la senorita Rafaëla,
entourée de ses femmes, préside à la confection des
tortillas, et quoique l'expression soit un peu vul-
gaire, il me faut rendre hommage à la vérité ainsi
qu'au talent culinaire de la jeune fille, en disant
qu'elle met elle-même la main à la pâte. Le plat
national des Mexicains et des Californiens n'est
autre chose qu'une sorte de beignet fait avec de la
farine de maïs pour les pauvres, avec de la fleur de
froment pour les riches, et cuit dans de la graisse
bouillante.

Un peu plus loin, les hommes surveillent les broches et les rôtis. Ici quelques mots d'explication
sont encore nécessaires, car il ne s'agit pas, ainsi
que vous pourriez le supposer, de l'appareil destiné chez nous, à faire cuire à point le *roastbeef* ou
le filet.

Figurez-vous huit, dix baguettes en fer, longues

de un mètre à un mètre cinquante, et placées presque debout, comme des fusils en faisceau, à l'entour du brâsier ; elles traversent en tout sens de longs morceaux de viande coupés comme des lanières ; les sucs qui en découlent entretiennent l'activité du feu en développant une fumée quelque peu incommode ; néanmoins chacun des convives s'approche et, à l'aide de son couteau, enlève adroitement une certaine longueur de viande sans déranger l'harmonie de l'ensemble.

Deux ou trois fois je me suis hardiment avancé pour faire comme les autres ; mais aveuglé par la fumée, les doigts brûlés par la flamme, j'ai eu peur de tout renverser sur les charbons, et je prie mon ami André de détacher pour mon compte quelques centimètres du rôti ; il s'en acquitte avec tant d'obligeance que je n'hésite pas à mettre plus d'une fois son adresse à contribution, sans me décider à me servir moi-même, dans la crainte de faire des sottises, car je vous affirme qu'il faut déployer une dextérité bien autre que celle qui consiste à découper une volaille fichée à l'extrémité d'une fourchette.

Malgré la simplicité des apprêts, je déclare n'avoir sur aucun point du monde, mangé de meilleure viande. Il est vrai qu'à cette époque personne n'avait encore eu la pensée d'importer dans le pays, afin d'améliorer ses bestiaux par le croisement, les animaux à engraissement précoce, ces masses de suif, qui ont nom Durham et autres, à qui il n'a manqué, pour avoir eu au moins un mérite, celui de l'à-propos, que d'être venues garnir les chandeliers

5.

de nos aïeux, avant la mise en usage de la stéarine
et du gaz.

Pendant toute la durée du repas, notre hôte ne
cessa pas une minute de me combler des prévenances les plus empressées ; malheureusement il
nous était fort difficile à tous deux de tenir la conversation d'une manière suivie ; car mus par la
même pensée, je le crois, celle d'apprendre ce que
nous ignorions, nous nous obstinâmes à parler, lui
le français, moi l'espagnol, et quel français, et quel
espagnol, bon Dieu ! Quant à mon camarade André
qui avait, je le pense, reçu le don des langues ; il
me parut, durant tout le dîner, s'entendre au mieux
avec la senorita Rafaëla, qu'il aidait, en homme
très-expert, dans la confection des *tortillas*. Enfin,
depuis deux heures au moins nous faisions honneur
aux produits de la cuisine du Rancho, lorsqu'arrivèrent presque en même temps nos amis Louis et
Charles, ainsi que les voisins que le senor S.....O
avait envoyé quérir.

Immédiatement, pour les nouveaux venus, les
broches se garnirent encore, et les tortillas, plongées
dans la graisse bouillante, commencèrent à prendre
leur teinte dorée et exhaler leur appétissante odeur.
Mais tout cela ne pouvait plus rien me dire ou au
moins me disait trop que depuis deux heures je
m'efforçais de me mettre à la hauteur des circonstances en tenant tête à notre hôte de plus en plus
prévenant. Ma reconnaissance ne pouvant aller
jusqu'à courir les risques d'une indigestion, je pro-
fitai pour sortir, du moment de confusion déterminé

par la bruyante entrée des Californiens, et mon fusil
en main, je gagnai la campagne, plutôt avec l'intention de faire la sieste à l'ombre et de digérer en
paix que pour me promener.

Mais à cette époque, et dans ces contrées presque
vierges, un chasseur passionné, ainsi que je l'étais,
pouvait bien se dire : je vais me reposer ; seulement
pouvoir le faire était autre chose.

Je me dirige d'abord vers le jardin de la ferme,
vaste enclos d'une dizaine d'hectares, que de grossières barrières, faites de jeunes sapins, protégent
tant bien que mal contre l'invasion des bestiaux errants, mais qu'elles ne mettent aucunement à l'abri
des déprédations des animaux sauvages ; puisque je
trouve de superbes melons, des pastèques à moitié
rongés par les coyottes, car ces animaux, comme
nos renards d'Europe, savent à l'occasion, faute de
chair, se contenter de fruits, et ceux-là sont exquis.

Je vois encore quelques tiges de maïs, des touffes
de féverolles, mais toutes ces plantes sont enfouies
sous une végétation parasite tellement vigoureuse,
qu'elles peuvent à peine donner une idée des résultats qu'obtiendrait une culture soigneuse, intelligente.

Je suis bientôt distrait de mes observations agri-
coles par des bandes de tourterelles ; comme, partant
à mes pieds, elles ne font qu'un petit vol pour aller
se remettre un peu plus loin, machinalement j'en
abats deux dans le but de satisfaire ma curiosité,
en les examinant de près, et nullement avec l'idée
d'en tirer profit ; je m'en serais tenu là, après avoir

constaté qu'elles ne différaient en rien de la tourte-
relle commune, sans leur état d'embonpoint extraordinaire : je n'ai jamais vu de cailles aussi dodues,
et pourtant il m'est arrivé, dans nos marais des
bords de la Gironde, de tuer de ces dernières qui
fondaient au soleil ; mais là graisse qui enveloppe
de toutes parts mes tourterelles, au lieu d'être jaune
et molle, est si blanche, si ferme, qu'elles fourniront,
je le crois, un manger délicieux. Me voilà donc à
les fusiller.

Au bout d'une heure et demi à peu près, quand
mon dernier coup de petit plomb me procurait ma
trente-cinquième victime, André et Charles, étonnés
de la fusillade qui les avait mis sur mes traces,
arrivaient pour en connaître la cause ; lorsqu'ils
l'eurent vue et touchée, ils déclarèrent d'un commun
accord que j'avais fait une chasse magnifique, ce
qui était certain.

Le second, surtout, enthousiasmé à l'aspect de ces
boules de graisse, aurait bien voulu la continuer.
Malheureusement notre Parisien n'avait jamais tiré
au vol, et il était impossible de voir les tourterelles
appuyées parmi des herbes qui atteignaient en plusieurs endroits plus de deux mètres de hauteur.
Après quatre coups inutiles, qui ne firent pas même
voler une plume, il prit le chemin de la Ramatte,
dont il se constituait volontairement le gardien
pendant la nuit prochaine. Le véritable motif du
dévouement de notre ami pour la chose publique,
était que les assistants de la chasse à l'ours au lazzo
devaient être tous montés, non-seulement afin de

suivre les Californiens dans leurs rapides mouvements, mais encore pour éviter certains dangers.
Or, Charles était tout aussi pauvre cavalier que
tireur au vol.

Après tout, quoique dans de tout autres con-
ditions que lui, sous ce double rapport, j'éprouvais
quelques légères appréhensions, je dois l'avouer,
lorsque, tandis que nous retournions au Rancho,
André attaqua la conversation suivante :

— Mais vous, Monsieur Henry, montez-vous bien
à cheval ?

— Je le crois.

— Diable ! ce n'est pas assez de le croire, il faut
en être sûr ; autrement je vous dirais : venez avec
nous et tenez-vous à l'écart une fois le moment
venu ; peut-être même, dans ce cas, feriez-vous
mieux d'aller rejoindre Charles.

Il n'avait pas fini, qu'en dépit de son ton sérieux,
je partais d'un éclat de rire, en lui demandant si les
chevaux californiens mangeaient leurs cavaliers.

— Non, reprit-il, mais ils les jettent assez souvent
par terre, quand ils sont vigoureux, et que ceux qui
les montent ne sont habitués ni à leurs allures, ni à
leurs défenses ; puis ils s'abattent souvent lorsque,
lancés à fond de train, ils rencontrent sous leurs
pas des terriers d'écureuils dans lesquels ils en-
foncent jusqu'aux genoux, et les crevasses du sol de
la plaine où ils entrent jusqu'au poitrail. En outre,
il faut vous défier encore des sottes plaisanteries
des Rancheros, car elles peuvent devenir dange-
reuses pour ceux qui ne s'y attendent pas, ou qui ne

savent pas les prévenir. Enfin, pour en finir, reste
encore la chance d'une attaque de l'ours, s'il échappe
aux réattes, et que l'on se trouve sur une bête peu
faite à un semblable tête à tête.

L'énumération de toutes ces éventualités dont une
seule pouvait, en se réalisant, être non-seulement
une cause d'embarras, mais même de dangers, ne
m'enleva pas la confiance que devait me donner ma
longue habitude du cheval ; seulement je crus
prudent de prier André de me fournir de plus
amples renseignements, surtout quant aux tours
que pourraient vouloir me jouer les Rancheros.

J'ai toujours eu pour principe, en effet, de beaucoup plus me défier des hommes que des bêtes,
puisque si les premiers n'ont pas toujours sur les
seconds l'avantage de la force brutale, ils ont l'incontestable supériorité de la méchanceté aidée par
la réflexion, l'intelligence.

Bien m'en prit, du reste, ainsi qu'on le verra,
d'avoir été mis sur mes gardes par l'explication suivante que me donna André ; sans cela, mes chers
amis les Rancheros m'eussent peut-être fait plus tard
casser le cou, rien que pour rire, mais heureusement
que le moment venu je n'avais pas oublié ce que
mon compagnon m'avait dit dans les termes suivants:

— Ce soir, M. Henry, dès que nous serons en
selle, nous partirons, selon l'habitude des gens du
pays, au triple galop ; vous ne voudriez pas nous
suivre, que vous seriez obligé de le faire, car la bête
que l'on vous donnera sera trop ardente pour rester
derrière ; bientôt même vous vous trouverez devant,

puisque les autres auront retenu leurs montures.
Alors, au moment où vous aussi vous voudrez modérer votre allure, deux de ceux qui seront restés
derrière, attaqueront vigoureusement leurs chevaux
de l'épéron, et passant, l'un à votre droite l'autre à
votre gauche, ils tenteront de vous enlever de dessus
la selle, en vous heurtant violemment et à la fois
sous le pli du jarret avec leurs genoux.

Maintenant ne croyez pas pouvoir résister au choc
s'ils vous atteignent à leur aise, pas un homme n'en
est capable, même étant prévenu....

— Ah! quelle stupide plaisanterie, m'écriai-je.

— Attendez donc, attendez-donc, ajouta André;
oui, c'est une plaisanterie, s'ils le veulent, c'est-à-
dire si, en vous enlevant en l'air à l'aide des genoux,
chacun d'eux vous prend en même temps par un
bras et vous soutient de manière à ce que, le cheval parti, vous puissiez retomber sur vos jambes;
mais comme il n'est pas probable qu'ils usent de la
précaution en votre faveur, vous pourrez très-bien
tomber sur la tête, et ma foi...

— Je comprends, André, c'est tout bonnement
un jeu à vous faire casser les reins, n'est-il pas
vrai?

— Vous avez raison, et vous ne seriez pas le premier à qui cela arriverait; il est pourtant deux
moyens d'éviter cette fâcheuse extrémité, mais, pour
les employer, il faut être sûr de soi et ne pas perdre
la tête.

Le premier consiste à croiser rapidement les jambes
sur l'encolure du cheval avant d'être atteint par

ceux qui vous poursuivent ; pour le second, c'est
presque le contraire, il faut se mettre à genoux sur
la selle, les pieds un peu en dehors, de sorte que
les autres courent le risque de s'enfoncer dans les
cuisses les molettes de vos éperons, en vous serrant de trop près ; maintenant, vous, n'oubliez pas
que ces diverses manœuvres doivent s'exécuter en
goloppant à fond de train.

Il est inutile de dire avec quel intérêt j'avais
écouté mon ami André, et quoique ce qu'il m'avait
dit ne pût me faire revenir sur ma détermination
d'aller voir lasser l'ours, il en ressortait un avertissement qui n'était pas à négliger. Parmi les demi-
sauvages que j'allais accompagner, la vie d'un
homme comptait pour si peu, à cette époque, que
ceux qui tenaient à la leur ne devaient pas perdre
un instant de vue qu'ils étaient les seuls à y attacher
de l'importance.

En conséquence, dès que nous fûmes arrivés au
Rancho, après avoir fait hommage à la senorita Rafaëla de mes tourterelles, dont elle sut tirer, ainsi
que je le dirai plus loin, un excellent parti, je priai
André de demander de ma part où se trouvait le
cheval qui m'était destiné, mon intention étant de le
monter avant la chasse, et de faire au moins connaissance avec lui.

Tout ce que je demandais me fut très-gracieuse-
ment accordé par la jeune fille, qui obtint en notre
faveur de pleins pouvoirs de son père, en ce moment
si occupé avec ses amis à boire et à jouer au *monté*
qu'aucun d'eux ne nous prêta la moindre attention.

— Venez, me dit alors André, nous allons prendre chacun un des chevaux qui sont dans le Corral ; puis nous irons avec un Péon chercher à la *Cabellada* ceux que nous monterons ce soir.

Tous les voyageurs qui ont visité le Mexique et la Californie, ont remarqué la grande différence qui existait entre les chevaux de ces contrées limitrophes, et ont reconnu la supériorité incontestable du cheval californien.

Quant à nous, qui avons vu de près ces magnifiques animaux et qui avons dû souvent faire appel à leurs éminentes qualités, nous déclarons qu'ils constituaient, au temps dont nous parlons, une des plus belles et des meilleures races chevalines qu'il y eût au monde.

Nous en avons vu beaucoup qui réunissaient aux apparences gracieuses de leur aïeul, — probablement l'Andalou, — toute la vitesse, l'énergie, la tenue des races orientales les plus célèbres.

Avec un caractère moins difficile que celui des chevaux des Pampas de la Plata, et à une plus grande régularité d'allures, les chevaux californiens joignaient au même degré la rusticité, la résistance aux fatigues, conséquences de leur vie continuellement en lutte avec les intempéries des saisons et toutes les épreuves fortifiantes de la vie sauvage.

Avant la découverte des mines, cause de l'émigration qui envahit leur pays, les Rancheros ne montaient jamais que des chevaux entiers, et ils attendaient, pour s'en servir, qu'ils eussent atteint un complet développement. Ils le pouvaient d'autant plusfacilement que la plupart d'entre eux comptaient leurs chevaux par centaines ; quelques Ranchos, même tels que ceux des Castro, des Sanchez, pouvaient en réunir près d'un millier.

Jusqu'au moment où leurs maîtres jugeaient à propos de s'en servir, l'existence des chevaux en Californie différait très-peu de celle de leurs semblables tout à fait sauvages ; de temps à autre seulement les Péons les réunissaient, autant que possible, sur un point donné, pour pouvoir approximativement en connaître le nombre, et savoir si les bêtes fauves, et les Indiens errants dans la plaine de *los Tularés* ne l'avaient pas par trop fait diminuer. Quand les uns ou les autres de ces dévastateurs avaient exercé des déprédations trop évidentes ; alors avaient lieu, pour s'en venger, des chasses à l'ours dans le genre de celle à laquelle nous allons assister, ou des battues dans le pays des Indiens, afin de leur reprendre ce qu'ils avaient enlevé. C'est en prenant part comme acteur à deux de ces curieuses expéditions, avec mon ami André, que j'ai pu surtout apprécier toute la valeur des chevaux californiens.

Pour le quart d'heure, André, le péon Ocio et moi nous galoppons ventre à terre à travers la plaine de Santa-Clara. Je monte un excellent animal, quoiqu'il ne paie pas de mine, car ce n'est qu'un cheval destiné aux péons ; mais ma selle ne me cause pas le même enthousiasme. C'est un affreux instrument de torture lorsqu'on n'y est pas habitué ; sa charpente en bois, recouverte de deux minces enveloppes de cuir, est d'une dureté insupportable ; ajoutez à cela,

sur l'arçon de devant, une espèce de champignon,
d'une hauteur de six pouces à peu près et qui sert à
enrouler le lazzo, quand on l'a lancé, mais sur lequel,
en ce moment, je me cogne sans cesse les doigts à
chaque coup de reins de mon cheval, et vous en
saurez assez pour croire que l'envie me vient de
laisser la selle et de monter à poil. Le seul motif
qui m'en empêche est que, suivant les conseils d'André, j'ai affublé mes talons d'une paire d'éperons du
pays, et que leurs molettes, larges comme une soucoupe de tasse à café, et formées d'une demi-douzaine de longues pointes d'acier très-aiguës, exigent
que le pied ait une fixité impossible sans étriers ;
d'ailleurs ne faut-il pas s'habituer à tout ; je commence même déjà à me faire à mon chevalet, — je
n'ose vraiment plus appeler cela une selle, — au
moment où dans un pli de terrain, et sous l'ombrage
de massifs de chêne, se lèvent ensemble, à soixante
ou quatre-vingts pas de nous, une troupe de chevaux qui se reposaient, couchés au milieu des hautes
herbes.

CHAPITRE VI

CHASSE A L'OURS AU LAZZO

Nous étions arrivés au but de notre course, restait à découvrir parmi une centaine de chevaux qui formaient un groupe compacte, immobile, ceux qu'allaient saisir les lazzos d'André et du Péon. Tout en jetant sur l'ensemble un regard expert, ce dernier avait préparé le nœud coulant et dit à mon compagnon :

— Senor André, tenez, remarquez-le bien, voilà le vôtre; moi, je vais prendre celui de senor Enrique.

En même temps sa main tendue désignait un bel étalon à la robe gris de fer et qui, placé au premier rang, portait haut dans notre direction sa riche encolure.

— Je l'ai vu, répondit simplement André, puis se tournant vers moi, en ce moment entre le Péon et lui, et comme eux arrêté.

— Ne partez qu'après nous, Henry me dit-il.

La recommandation était parfaitement inutile, il n'avait pas, en effet, fini de parler, que déjà tous

deux avaient franchi presque la moitié de la distance à parcourir, quand je rendis la main à ma
monture, qui s'élança sur leur trace.

Alors s'opéra, parmi ceux qu'il s'agissait d'atteindre, une singulière évolution. Dès qu'ils nous avaient
aperçus, les chevaux de la Cabellada, tous tournés
vers nous, semblaient vouloir s'enquérir de nos intentions ; aussitôt qu'elles leur furent révélées et
qu'ils se virent chargés à fond, ce qui était en avant
du peloton se trouva au centre, et ce qui était au
centre fut lestement mis sur le front, c'est-à-dire que
nous ne vîmes plus que des croupes ; les intelligents animaux tentaient de dérober leurs encolures
aux lazzos ; mais, en dépit de la rapidité du mouvement de conversion, la reatte d'André avait saisi,
quand j'arrivai le cheval gris de fer. Deux ou trois
fois le captif essaya de s'échapper en se jetant de
côté ou se cabrant tout debout, puis, bientôt convaincu de l'inutilité de ses efforts, il vint de lui-même
au grand trot se ranger à côté de son vainqueur en
poussant un sonore hennissement, peut-être pour le
saluer, peut-être aussi pour dire adieu à sa liberté
momentanément perdue.

Quant au Péon, qui était entré comme un boulet au
milieu de la masse serrée de la Cabellada, la dis-
persant en tous sens, nous le vîmes bientôt acharné
à le poursuite d'un petit groupe de trois chevaux
galoppant tellement pressés les uns contre les
autres qu'on les eût dit attachés ensemble. Tous
allaient avec tant de vitesse que nous les eussions
bientôt perdues de vue si la direction qu'ils prirent

ne les eût pas ramenés vers nous. Soixante à quatre-
vingts pas au plus nous séparaient, lorsque le lazzo
que le Péon faisait tournoyer autour de sa tête partit
et fixa sur place un des fuyards, précisément celui
qui se trouvait entre les deux autres.

Il me fut alors facile de voir qu'André ne m'avait
pas trompé en me prévenant que le cheval qui me
serait donné ne resterait pas derrière faute d'énergie,
et je ne tardai même pas à craindre qu'il en eût une
dose un peu exagérée, car, bien loin de se sou-
mettre promptement, à peine eut-il senti l'étreinte
du nœud coulant, qu'il se prit à ruer, bondir, se
cabrer, en offrant une telle résistance au cheval du
Péon, que malgré les éperons de son cavalier, qui
cherchait à le porter en avant, tous deux restaient
en place.

Plusieurs fois déjà le prisonnier s'était même rudement renversé sur le sol, quand Ocio, fatigué de
sa défense acharnée, sauta lestement à terre, se jeta
à sa tête, et le saisissant aux naseaux, réussit à le
maintenir.

L'obstination avec laquelle il avait lutté me fut
expliquée par André ; elle est ordinaire à tous les
jeunes chevaux qui ne savent pas encore combien
leurs efforts sont vains contre le lazzo; mais, dans la
crainte d'accidents, on les débarrasse le plus tôt possible. C'est ce que fit le Péon qui, en un tour de
main, malgré l'agitation mal contenue du captif,
réussit à lui mettre la bride de sa propre monture ;
il allait en faire autant de sa selle, je ne lui en laissai
pas le temps ; bien décidé à monter de suite ce che-

val, je lui portai la mienne en lui déclarant que je
voulais faire connaissance avec la bête qui m'était
destinée.

Trois minutes après j'étais en selle et Ocio me
criait :

— *Dele con las espuelas, hagale galopear !* — Don-
nez-lui des éperons, faites-le galopper.

La recommandation était parfaitement inutile,
après deux ou trois pointes, quelques sauts de mou-
ton, mon cheval était parti franchement de lui-même,
mais avec une rapidité effrayante sur un terrain
comme celui que nous parcourions ; les arbres, les
buissons, les pierres, les montées, les descentes
étaient aussitôt dépassés qu'entrevus. Nous allions
un train d'enfer ; je n'éprouvais pourtant aucune
crainte, car je m'étais promptement aperçu que le
hasard sans doute m'avait parfaitement servi.

Jamais avant ce jour et jamais depuis je n'ai
monté un cheval dont le galop fût aussi sûr, aussi
doux, les réactions aussi souples ; il me semblait
être mollement bercé par une locomotive en caout-
chouc. La dureté de la selle, l'affreuse cheville qui
surmontait l'arçon de devant, tout m'était indifférent. J'aurais voulu avoir trente lieues à faire ; malheureusement il n'en était pas ainsi, et les sombres murs du rancho commençaient à poindre à
l'horizon, quand mon vaillant coursier fit deux ou
trois bonds et s'arrêta tout court. Il avait entendu le
bruit des pas précipités des chevaux que le Péon et
André avaient lancés sur notre trace à toute vitesse,
et ennuyé de son isolement il voulait les attendre.

Quoiqu'il eût fait des efforts extraordinaires pendant au moins quatre ou cinq milles, rien chez ce bon animal n'accusait la fatigue ; à peine si son souffle bruissait en s'échappant de ses naseaux largement dilatés, et sa respiration régulière n'agitait pas plus ses flancs que s'il eût au moment même quitté l'écurie.

Vraiment quand on a eu le bonheur de rencontrer quelqu'un de ces types en qui revivent presque toutes les qualités que devaient offrir les chefs-d'œuvre de la création au sortir de la main de Dieu, on a le droit de sourire de pitié en voyant l'homme afficher la ridicule prétention de les avoir améliorés.

Passe encore s'il se bornait à dire qu'il les a appropriés aux besoins de son étroite existence ; mais améliorés, perfectionnés ! Oui, comme le dompteur améliore et perfectionne le tigre du Bengale, le lion de l'Atlas.

Ceux que j'avais laissés derrière m'avaient rejoint, et ce ne fut pas sans un vif sentiment d'inquiétude que je vis le Péon tourner en silence autour de moi, en examinant mon cheval avec attention. Un soupçon me traversa l'esprit, j'eus peur de me voir enlever la noble bête, et pour gagner Ocio au désir que j'avais de la conserver, je lui mis une piastre dans la main, en le remerciant de me l'avoir confiée.

— Ah ! senor Enrique, me dit-il, je ne crois pas qu'il y ait dans toute la Cabellada un aussi bon cheval que le vôtre ; mais il faudra voir ce qu'il fera cette nuit, quand il aura senti l'ours...

Souvent, en effet, les jeunes chevaux, nerveux, irrascibles, deviennent intraitables dès qu'ils devinent aux émanations la présence du carnassier qui est en Californie leur plus redoutable ennemi; ceux-là ne peuvent servir que pour la route, et seraient en dépit de tous les efforts, non-seulement nuisibles à la chasse, mais très-dangereux.

Il ne devait pas en être ainsi du mien, qui fit bravement sous moi ses premières armes.

En arrivant à la ferme, nous trouvâmes ceux que nous y avions laissés encore occupés à boire et à jouer, mais si animés par les émotions de ce double plaisir, que je commençais à douter de les voir assez calmes dans la soirée pour qu'ils pussent réaliser leurs projets. Le maître du lieu surtout, sans doute pour donner l'exemple, était dans un état d'excitation bacchique qui me désespérait, quand je pensais, d'après ce que m'avait dit André, que le résultat de la chasse devait dépendre de son adresse; or, dans ce moment, je pouvais bien encore le croire capable de beaucoup de choses, excepté de se tenir debout, ce qu'il essayait en vain de faire, pour aller lutter corps à corps avec un de ses invités qui le défiait.

Celui-ci, un peu moins ému que le senor S......o, mais foulant certainement déjà d'un pied les vignes du Seigneur, se tenait dans un angle du hangar, ce qui l'empêchait de faiblir en arrière à droite ou à gauche, et ne lui permettait que d'osciller en avant dès que son buste perdait l'appui des murailles. Leurs provocations mutuelles avaient excité au plus

6

haut degré l'hilarité des spectateurs qui criaient,
chantaient, hurlaient à tue-tête, lorsqu'une idée
lumineuse passa par l'esprit de notre hôte, et domi-
nant le vacarme d'une voix de stentor :

— Eh! Martinez, dit-il, tu ne veux pas venir,
tiens, je vais aller te chercher.

En même temps, sans se lever de la place qu'il
occupait sur un banc, il avait en quelques secondes
disposé le lazzo qu'il ne quittait jamais, et le nœud
coulant lancé par dessus la table et ceux qui l'entouraient servait déjà de cravate au malheureux
Martinez, en l'étreignant à ce point qu'il se laissa
tomber la face contre terre ; fort heureusement pour
lui, un des spectateurs mit fin à la plaisanterie, en
coupant avec son couteau la longue corde en cuir,
sur laquelle le ranchéro S...o opérait toujours une
traction vigoureuse et continue, qui aurait infailli-
blement amené à sa portée, mort ou vif, celui qu'il
ne pouvait pas joindre autrement.

Fatigué par le tumulte, dont cet épisode donna le
signal, je voulais m'esquiver au moment où André,
arrivant du dehors, me fit signe d'aller à lui. A
peine l'eus-je rejoint, que d'une voix qui accusait
une certaine émotion, il me demanda si j'avais vu
notre camarade Louis depuis notre arrivée. Sur ma
réponse négative, et avant que je lui eusse dit que
je supposais qu'il n'était probablement pas encore
de retour de notre campement, où il était allé chercher son cheval, il ajouta :

— C'est bien, venez avec moi, je veux vous parler;
et à peine avions nous dépassé la porte de la cour du

rancho, nous dirigeant vers le corral, qu'en homme peu habitué aux précautions oratoires il attaqua ainsi brutalement la conversation :

Monsieur Henry, j'aime la fille du ranchéro, je veux la demander en mariage à son père ; mais je crois que Louis lui fait la cour, il faut que vous sachiez de lui quelles sont ses intentions.

Il n'avait pas fini de parler que je maudissais la fatalité qui venait jeter au sein de notre petite association une pareille pomme de discorde ; j'acceptai cependant la mission délicate que me confiait André, dans l'espoir de jouer un rôle conciliateur, si les circonstances l'exigeaient.

Maintenant, pour ne plus avoir à revenir sur ce sujet, voici quel résultat amenèrent les prétentions un peu volages de mon ami Louis, et celles beaucoup plus sérieuses du pauvre André : dans un de ses moments de bons sens, le ranchéro S...o mit les deux amoureux à bout de leurs projets, de leurs illusions, en refusant de les recevoir chez lui. Avait-il avant consulté la señorita Rafaëla ? Je n'oserais l'affirmer.

Oublions maintenant toutes ces petites misères de la vie contre lesquelles se heurtent et trop souvent se brisent les projets des hommes, quels que soient les lieux où ils se trouvent ; car l'heure du départ pour la chasse au lazzo approche. Le soleil a quitté la plaine, et à peine si ses rayons frappent encore en les éclairant les plus hautes cimes de la Sierra. Dans une heure à peu près la nuit sera venue et avec elle le moment que tous attendent impatiemment.

Chose étrange, que je n'aurais pas crue si je n'en avais pas été témoin : les Californiens ont déjà retrouvé leur sang-froid ; on ne croirait pas que ce sont les mêmes individus ; la pensée de la lutte qu'ils vont engager semble les absorber entièrement, et ils s'y préparent avec des soins minutieux.

Les réattas sont scrupuleusement examinées et choisies parmi les moins grosses, mais les plus solides ; pour qu'elles coulent entre les pattes de l'ours, s'il parvenait à les saisir, les chasseurs les enduisent de suif, ce qui facilitera encore, au reste, le jeu du nœud coulant ; puis ils essaient tour à tour la pointe et le tranchant de leur poignard, le passent dans la jarretière qui retient la *botta* à leur jambe droite, et s'assurent que la lame glisserait facilement au besoin hors du fourreau.

Ces préliminaires accomplis à l'intérieur du rancho, nous sortons tous ensemble ; c'est-à-dire trois Californiens, André et votre serviteur, pour aller vers le *corral* où sont nos montures, et comme le péon Ocio, dont je me suis assuré le dévouement en lui donnant une piastre, me débarrasse du soin de disposer la mienne, j'examine curieusement les chevaux qui vont jouer un rôle important dans l'affaire.

Ce sont de vieux animaux, rompus aux hasards périlleux qu'offrent les rencontres dans le genre de celle qu'ils vont affronter ; tous présentent sur certaines parties du corps, surtout à l'arrière main, de longues, larges et profondes cicatrices. Celui de notre hôte a été cruellement endommagé, et je suis sûr qu'il manque à un des muscles de sa croupe deux ou trois livres de chair restées un jour sous les griffes d'un ours. Le plus bizarrement marqué appartient au señor Carlos Gomez ; il a été presque scalpé par le coup de patte d'un grizzly qui lui a déchiré toute la peau du sommet de la tête ; les lambeaux ont été réunis et se sont soudés tant bien que mal, mais il a perdu entièrement une oreille ; il est vrai que, par compensation, celle qui lui reste se trouve aujourd'hui presqu'au milieu du toupet, ce qui lui donne une vague ressemblance avec la Licorne, le monstre fabuleux de l'Afrique centrale. D'après André c'est un des plus intrépides chevaux de la contrée ; tous ceux que je vois ont du reste depuis longtemps fait leurs preuves, et leurs maîtres les réservent exclusivement pour les occasions solennelles ; ce sont leurs chevaux de bataille.

La valeur que peuvent avoir ces braves auxiliaires pour les Californiens se comprend, lorsqu'on sait qu'habituellement sur dix chevaux qui ont été blessés par l'ours neuf sont à tout jamais dégoûtés et deviennent fous d'épouvante à son approche. Ceux au contraire que n'a pas rebutés la dure épreuve, acquièrent une intrépidité inouïe et déploient souvent dans la lutte une agilité, un courage si intelligent que plus d'une fois ils auraient le droit de revendiquer une bonne part du triomphe que remportent leurs maîtres.

Depuis que j'étais dans ce pays j'avais souvent entendu parler des risques que couraient les chasseurs d'ours au lazzo ; mais outre cela il eût suffi, pour m'en convaincre, de voir avec quelle minutieuse

6.

attention les Rancheros et André faisaient leurs préparatifs de combat, ne laissant pas une pièce du
harnachement sans l'examiner attentivement. Après
avoir sellé et bridé leurs chevaux, chacun d'eux se
mit en selle et en descendit alternativement à droite,
à gauche, pesant sur l'un et l'autre étrier. En suivant leurs mouvements avec une curiosité bien lé-
gitime, j'admirais la patience et la tranquillité des
chevaux, on eût dit qu'ils étaient, eux aussi, péné-
trés de l'importance de ces préliminaires.

Tout cela s'était fait en silence, la nuit noire
approchait et nous ne devions partir qu'au lever de
la lune, vers les huit heures, ce qui nous laissait
encore plus d'une heure d'attente, aussi allions-nous
retourner au Rancho, quand le galop précipité d'un
cheval retentit dans la plaine ; presque en même
temps arrivait un des Péons laissés durant le jour
en observation aux abords du massif où s'était retiré
l'ours. Il venait annoncer qu'en dépit des efforts des
sentinelles, l'animal paraissait vouloir forcer le blo-
cus et quitter son étroite enceinte. A plusieurs reprises il s'était montré à découvert, et les gardiens
avaient eu de la peine à l'empêcher de prendre un
parti. Enfin, ajoutait le Péon, c'est un ours noir de
la plus grande taille ; mais dépêchez-vous, Senores,
si vous ne voulez pas qu'il gagne la sierra.

Cette nouvelle changea les dispositions prises, et
pendant que celui qui l'avait apportée retournait encore afin d'aider à maintenir l'ennemi en
place, le chef de l'expédition avertit les acteurs et
les spectateurs que nous allions partir de suite pour

nous poster entre la montagne et le fourré où l'ours était encore ; en même temps il prévint que, quoiqu'il fallût se hâter, nous nous rendrions au pas à cet endroit, dans la crainte que le bruit du galop des chevaux n'éveillât la défiance du carnassier, ce qui l'empêcherait de venir au devant de l'embuscade. Le dernier avis fut que, Ocio et moi suivrions à dix pas derrière, avec recommandation expresse, quoi qu'il pût arriver, de ne point nous mêler au groupe des chasseurs. En me répétant les paroles du ranchero S...o, André ajouta :

— N'oubliez pas, Henry, de retenir votre cheval dans le cas où il voudrait s'emporter lorsque nous pousserons les nôtres en avant ; brisez-lui la mâchoire avec le mors plutôt que de lui rendre la main ; suivez et imitez les mouvements du Péon ; quant aux plaisanteries des Californiens, il n'en sera pas question en allant ; mais gare le retour, si nous manquons l'ours. En finissant, mon brave camarade André franchissait avec les Rancheros la petite barrière qui servait de clôture au corral, et une minute après, Ocio et moi marchions, côte à côte, sur leur trace, en échangeant à voix basse quelques rares paroles.

Au bout de cent pas, toutes les craintes que m'avaient fait concevoir la jeunesse et le caractère un peu ardent de mon cheval s'étaient évanouies ; il obéissait promptement à la main sans que j'eusse même besoin de m'en servir avec autant de brutalité que le font les Californiens ; ma seule préoccupation, dès lors, fut de savoir ce qui devait arriver au moment suprême. En attendant, nous avions

atteint sur le premier plan de la Sierra de San-Bruno,
au point où elle se soude à celle de Santa-Clara, un
profond ravin, qui, s'ouvrant vers la plaine, formait
une large vallée, et les chasseurs venaient de faire
halte. Nous les rejoignîmes comme ils mettaient
pied à terre. Chacun d'eux, après avoir arraché une
poignée de longues herbes, entourait avec précaution les molettes de ses éperons et les pendeloques
en acier qui font souvent ressembler cet ornement
des talons californiens aux bruyants colliers que
portent au cou les mules de Castille.

La lune commençait à s'élever lentement au-dessus
de l'horizon, le ranchero S...o donna de nouveau le
signal de la marche, et tournant le dos à la montagne, nous avançâmes vers la plaine. La nuit était
magnifique, déjà les rayons de l'astre qui venait l'é-
clairer dessinaient autour de nous les accidents du
terrain, et l'ombre des bouquets de chênes s'étendait
sur les clairières que nous traversions. Je demandai
alors au Péon s'il pensait que nous étions encore
loin du lieu où les chasseurs devaient s'arrêter.

— Je n'en sais rien, Senor, me répondit-il ; nous
marcherons jusqu'à ce que Alejo qui est là-bas avec
les autres, fasse entendre le signal convenu, pour
avertir que l'ours est en route dans notre direction.

— Quel signal? dites-vous, Ocio... Je n'avais pas
fini, que très-loin, peut-être à un kilomètre devant,
retentit clairement le cri par trois fois répété d'un
coyotte ; c'était bien la voix du rôdeur nocturne, à
ce point que, derrière nous, dans la montagne,
quelques-uns de ces animaux, trompés par la fidé-

lité de l'imitation, y répondirent ; mais les Rancheros ne s'y méprirent pas. Le coyotte était le mexicain
Alejo, et ses cris voulaient dire : Attention ! la bête
est sortie du fourré. Immédiatement tous les quatre
s'arrêtèrent à vingt pas de là, sous les branches touf-
fues de deux vieux chênes, et Ocio, et moi un peu
en arrière, en fîmes autant.

Nous nous trouvions placés de manière à
dominer la vallée dont j'ai parlé. La pente qui descendait sur notre droite était d'un facile accès, mais
encombrée de distance en distance par quelques
buissons ; le fond, au contraire, paraissait entièrement nu, et à la clarté encore faible de la lune nous
pouvions suivre le cours d'un petit arroyo serpen-
tant, au milieu du gazon, comme un filet argenté.
Le calme était si profond dans la campagne que, par
instants, le frémissement de ses eaux le long des
rives, venait jusqu'à nous.

Sous le massif qui leur servait d'abri, André et les
trois Californiens se tenaient immobiles, on eut dit
quatre statues équestres. Une seule chose indiquait
parfois en eux l'existence, c'était le mouvement nerveux avec lequel leur main droite pendante étreignait le nœud coulant de leur réatte, en accusant
leur impatience.

Les intelligents animaux qu'ils montaient, habitués aux scènes du genre de celle qui se préparait,
le cou tendu, les oreilles pointées, les naseaux ou-
verts, aspiraient les effluves que leur apportait une
faible brise, et restaient ployés sur leurs vigoureux
jarrets comme l'arc qui va se détendre ; mais pas un

de leurs muscles ne tressaillait; pas un de leurs crins ne bougeait ; pourtant les rênes flottaient sur leur encolure, et les jambes les tenaient près pour leur rappeler qu'il leur faudrait bientôt dévorer l'espace.

Plus d'un quart d'heure s'était lentement écoulé quand à une distance plus rapprochée que la première fois deux glappissements de coyotte se firent encore entendre. Au bruit, le ranchero S...o porta son cheval en avant d'une demi-longueur de corps, rapprocha ses éperons des flancs de l'animal en serrant les genoux et releva à hauteur de poitrine le bras qui tenait le lazzo. Sans changer leurs chevaux de place, ses compagnons imitèrent ses mouvements et tous reprirent leur immobilité absolue.

Dix minutes environ, qui furent un siècle pour moi, se passèrent encore.

Enfin, dans le vallon, tout-à-fait sur le bord du ruisseau, apparut un animal aux formes indécises et qui avançait avec lenteur.

A cette vue, rapides comme la foudre, les quatre chasseurs ont chargé la bête, qui, surprise, pousse un grognement et se met sur la défensive ; mais déjà le nœud coulant du lazzo de S...o l'a saisie ; puis, comme elle se relève en se débattant, les trois autres réattes l'enveloppent et les quatre chevaux, lancés à fond de train, la roulent sur le sol. Rien ne semble devoir arrêter leur course. Ocio et moi nous suivons au galop. Nos chevaux ont presque le nez sur l'ours; le mien fait merveille ; j'ai toutes les peines du monde à le retenir. Quelques cris de joie

annoncent déjà au loin l'heureux résultat; mais
peut-être trop tôt... En remontant la pente qu'ils
avaient descendue, le cheval d'un Californien s'est
abattu, il en est résulté un instant d'hésitation,
l'ours l'a mis à profit ; il a saisi le tronc d'un jeune
arbre, il s'y cramponne et la force prodigieuse qu'il
déploie paralyse les efforts des quatre chevaux,
qu'excitent en vain les cris et les éperons de leurs
cavaliers. Pendant ce temps, nous, qui suivions, arrivons à la lettre sur la bête furieuse. Je crois, sur
l'honneur, que mon cheval l'a foulée aux pieds, mais,
effrayé de sa hardiesse, il se cabre, se renverse, et je
me trouve au milieu d'un épais buisson sans avoir,
par bonheur, lâché la bride. Comment en suis-je
sorti? Je ne saurais le dire. Quand je me retrouvai
en selle après l'incident, les Rancheros et mon ami
André entraînaient encore leur capture. Voici ce
qui s'était passé et ce que ma chute m'avait empêché de bien voir. Afin de combattre la résistance de
l'ours, les chasseurs l'avaient renversé, en faisant
sauter leurs chevaux au-dessus de lui ; seulement,
pendant cette rapide manœuvre, un coup de patte
lancé au hasard par le carnassier avait cruellement
déchiré un jarret du cheval du senor Martinez. Le
sang avait coulé ; mais la victoire était assurée.

Maintenant que les doutes, l'anxiété, ont fait place
à la certitude de la réussite, voyez, quel étrange et
dramatique spectacle ! Ces quatre chevaux, lancés à
toute vitesse, toujours frémissants des émotions de
la lutte, excités par leurs cavaliers, ils courent, bon-
dissent, entraînant à travers champs l'ennemi

vaincu ; leur souffle haletant se mêle aux rugisse-
ments étouffés de la victime, dont le corps énorme
courbe en passant les buissons, heurte les pierres ;
mais rien ne saurait désormais suspendre la course
échevelée.

Au milieu de la plaine, à la pâle lueur de la lune,
le tableau revêt des apparences fantastiques.

Je ne mêle pas ma voix aux cris sauvages des
Californiens ; et tandis que, pour annoncer leur
triomphe, ils emplissent la solitude de leurs clameurs, je grave dans ma mémoire les incidents de
la nuit du 16 novembre 1850.

CHAPITRE VII

COMBAT DE L'OURS ET D'UN TAUREAU

Il ne nous restait que peu de distance à parcourir pour arriver à la ferme dont les habitants, avertis par les cris de joie des chasseurs, étaient accourus à notre rencontre

Parmi eux, plusieurs péons à cheval portaient des torches de bois résineux, et pendant que nous galoppions toujours ventre à terre, les flammes, les gerbes d'étincelles couchées par la rapidité de la course, ressemblaient aux longues queues de comètes flamboyantes égarées à la surface du sol.

Tandis que je m'efforce de retenir mon cheval afin de rester en arrière et de mieux jouir de l'ensemble du spectacle, les cris sauvages des acteurs, leurs costumes pittoresques, leurs sarapes bariolés flottant au vent, leurs épaisses chevelures éparses font revivre à mes yeux les scènes dramatiques du désert qu'animent les récits inimitables de Fenimore Cooper.

Bientôt cependant, le calme succède au bruit, tous se sont arrêtés, en s'écartant à respectueuse distance

7

du groupe principal formé par les chasseurs et leur proie. J'ai promptement rallié l'escorte alors silencieuse, et un de ceux qui en font partie me dit que l'ours est peut-être étranglé, car depuis un moment il ne donne plus signe de vie.

Ce serait une fâcheuse déception qui retrancherait la plus curieuse partie de la fête que doit terminer le combat d'un taureau contre la bête féroce. Aussi, on ne saurait croire avec quelle anxiété chacun suit les mouvements du senor S....o.

Laissant ses trois compagnons prêts à repartir avec leurs lazzos tendus; il fait reculer son cheval presque à toucher l'ours, et sans quitter la selle, il se penche, l'examine, cherchant à reconnaître quelles sont les parties du corps de l'animal qu'étreignent les réattes; mais il ne peut y parvenir, les nœuds coulants disparaissent dans l'épaisse fourrure de l'ours dont nous voyons enfin à notre aise les énormes dimensions. Il est étendu sur le ventre, sa tête cachée sous sa large poitrine, mais il ne remue pas. Est-il étouffé ou simplement étourdi? Je vous prie de croire que pour admettre la seconde éventualité, il faut bien connaître toute la puissance vitale de ces animaux; quant à moi, je suis porté à penser que s'il n'a pas les os brisés, sa charpente doit être au moins disloquée à la suite des chocs effroyables qu'elle a subis durant un parcours d'environ une lieue et demie; il est certain qu'un bœuf ou un cheval eût été depuis longtemps déchiré en pièces.

Sans doute que sous l'empire de ces pensées, je

laissai échapper quelques paroles qui en furent l'expression, et auxquelles le péon Ocio répondit en me
disant :

— Caramba ! senor, vous ne connaissez pas ces
bêtes-là ; je vous parie, si vous le voulez, senor
Enrique, ma part de paradis contre une piastre,
que d'ici cinq minutes l'ours sera encore sur ses
pattes.

Je n'avais pas eu le temps de refuser le pari du
péon, qui m'offrait pour enjeu un gain par trop
problématique, qu'un souffle long et bruyant, paraissant sortir de dessous terre, vint tout à coup faire trève
aux chuchottements et aux exclamations de dépit.
Le carnassier vivait encore, si bien même, que
reprenant ses sens, il se jetait brusquement sur le
cheval du senor S....o. En vain, le cheval surpris a
fait un violent écart, une des pattes du formidable
animal l'a atteint au flanc gauche qu'il a profondément déchiré ; mais l'ours est aussitôt renversé et
ensuite enlevé au galop par les quatre chasseurs
qui, en moins d'un quart d'heure arrivent au Corral
avec leur nombreuse escorte.

Dix minutes après, les trois rancheros et André,
entrés seuls dans l'enclos, en ressortaient en caraco-
lant et en poussant des cris de joie répétés par les
spectateurs. L'ours, ficelé comme une carotte de tabac,
se trouvait solidement lié au tronc d'un arbre au moyen
d'une douzaine de lazzos. Sans descendre de cheval,
les chasseurs l'avaient attaché de manière que tout
mouvement lui était interdit, et cependant les con-
tractions de ses muscles suffisaient pour imprimer

des secousses à l'arbre contre lequel il se trouvait presque debout.

Le second acte du drame, dont le premier venait enfin de se terminer à la satisfaction de tous, ne devait se jouer que le lendemain, dès le point du jour. Je veux parler du combat projeté de l'ours contre un taureau, lutte sans pitié ni merci, et le plus souvent fatale aux deux adversaires.

Toutes les personnes qui ont été témoins de la passion qui anime pour ce genre de spectacle les descendants de la race espagnole et les populations en contact avec eux, comprendront sans peine la joie enthousiaste excitée par les formidables proportions de l'ours.

Il y avait très-longtemps dans le pays qu'un animal aussi vieux, aussi fort, n'avait figuré dans un combat, et tous ne pouvaient se lasser d'admirer l'énormité de ses membres, la longueur de ses griffes, et sa tête monstrueuse.

Pour mon compte, n'ayant pas encore eu l'occasion de voir quelques-uns de ces gigantesques animaux que l'on trouvait à cette époque dans les gorges de la Sierra-Névada, mais qui appartenaient à la variété des ours gris, je ne pouvais détourner mes regards de celui que j'avais sous les yeux, et je pensais que, d'un moment à l'autre, il devait nécessairement m'arriver de me trouver face à face avec un de ses pareils. Une main qui s'appuyait sur mon épaule fit trève à mes réflexions; c'était celle d'André, qui me dit en même temps:

— Je vous cherche partout depuis un instant;

vous êtes tombé de cheval, m'a dit Ocio ; vous êtes-vous fait mal ? Que vous est-il donc arrivé ? Je ne m'en suis pas aperçu, car c'est précisément lorsque nous avions fort à faire avec cet enragé.

En quelques mots je rassurai mon ami et lui expliquai ce que mes lecteurs savent déjà : que j'étais tombé, c'était vrai ; mais avec mon cheval qui s'était renversé au moment où il était, à la lettre, rendu sur l'ours.

— Enfin, ajouta-t-il, quoique vous ayez un peu perdu de vue un des remarquables incidents de l'affaire, comment trouvez-vous ce genre de chasse ? Ne pensez-vous pas que cela vaut bien une balle qui, envoyée à bout portant dans la poitrine de la bête, la jette bas ? Bref, êtes-vous content de ce que vous avez vu ?

En me parlant ainsi, André me permettait précisément de donner libre cours à l'expression de la surprise admirative que j'avais éprouvée comme témoin de l'exploit qu'il avait contribué à accomplir, et je pus lui dire, sans aucune exagération, ce que je pense encore à présent, savoir : qu'après la capture d'une baleine en pleine mer, je ne crois pas qu'il soit au monde un spectacle plus émouvant que celui d'une chasse à l'ours au lazzo.

Dans l'un et l'autre cas, en effet, l'homme n'ayant pour moyen d'action que des armes d'une insignifiance relative, doit toutes ses chances de succès à son adresse, son intrépidité, son intelligence et son sang-froid. Lorsque, au contraire, il triomphe à l'aide d'un de ces puissants engins qui frappent comme la foudre, le plus grand mérite du résultat qu'ils procurent, revient à leur inventeur ; mais que reste-t-il à celui qui les emploie....? Ce que j'écris ici, je l'ai toujours pensé, surtout lorsqu'à côté d'une panthère, d'un couguard, d'un ours encore palpitants, je jetais sur les canons de ma bonne carabine un regard de reconnaissance. Pour finir, enlevez aux chasseurs des grands carnassiers les fatigues inouïes de la recherche, les nuits si longues, si pénibles de l'insomnie, les privations qu'impose la vie dans la solitude, et les chances d'un raté ou d'une fâcheuse surprise, ce que des natures d'élite peuvent seules affronter, et certains d'entre eux, j'en suis sûr, se feront chasseurs de bécassines.

Quittons maintenant le Corral où une foule sauvage de péons, de mestizzos, d'Indiens même, sortis de je ne sais où, chante, crie, hurle en sautant et dansant autour de la malheureuse bête garottée à son arbre comme un chef indien prisonnier au poteau du supplice, et entrons au Rancho.

Là, s'agite sérieusement une grave question : le senor S....o et ses amis se demandent quel sera le taureau capable d'offrir une vigoureuse défense à l'ours. Les avis sont longtemps partagés ; enfin tous les suffrages se portent sur un animal de sept à huit ans appartenant à notre hôte, c'est, au dire de tous, le plus fort et le plus méchant qui soit à dix lieues à la ronde ; des ordres sont immédiatement donnés à trois ou quatre péons qui partent de suite pour aller reconnaître vers quel canton devront se diriger, une fois le jour venu, les rancheros qui iront lasser le taureau, afin de l'amener dans l'arène.

Que faire maintenant pour user les deux ou trois heures de nuit qui nous restent?

Les Californiens et mon ami André me donnent un exemple que je vais suivre. Ils ont pris place autour d'une table sur laquelle figurent deux plats; l'un, surmonté d'une haute pyramide de tortillas; dans l'autre, assez vaste pour servir de gamelle à une compagnie de grenadiers, je ne distingue qu'une sauce brune et à sa surface nagent de nombreuses tranches de citrons; il est probable qu'il doit pourtant contenir autre chose; mais par quel moyen s'en assurer? il n'y a sur la table, ni cuillers, ni fourchettes.

J'attends donc qu'un des convives, plus habitué que moi à ce mode de service, me donne un exemple que je suivrai. Je n'ai pas attendu longtemps, le senor Martinez plonge dans le liquide un couteau-poignard long comme mon bras et en retire dûment embrochées deux de mes tourterelles, jugez maintenant de la capacité du vase qui les contenait. Tout le produit de ma chasse était là; trente-cinq grosses tourterelles, et pas une ne paraissait à la surface. Chacun pique à son tour, je fais ainsi que tout le monde; seulement, comme au lieu d'un formidable poignard, je n'ai que mon couteau catalan dont la lame n'a que dix pouces de longueur, j'en suis quitte pour immerger dans la sauce une notable partie du manche; mais c'est un détail auquel, en tirant mon mouchoir de poche en guise de serviette, je suis le seul à prêter attention.

Dès les premières bouchées, tout le monde est d'accord et proclame l'excellence du ragoût ; je fais comme tout le monde, quoique je le trouve un peu énergiquement accentué pour mon palais, qui a depuis longtemps oublié le poivre et le kary de l'Inde ; en outre, je ne tarde pas à m'apercevoir que la cuisinière a eu le tort de traiter mes tourterelles ainsi que nous le faisons de certains *longirostres* que nous mangeons sans les vider ; de sorte que j'ai déjà trouvé pas mal de graines et de petits cailloux ; mais à part ces futilités, qui ne méritent pas l'importance que je leur accorde, je suis de l'avis de mon brave ami André, qui soutient qu'un mets comme celui-là ressusciterait un mort s'il était possible de lui faire avaler le premier morceau.

En Californie, ainsi que partout, le temps passe rapidement quand on est à table ; mais je crois que les plats s'y vident avec plus d'aisance qu'ailleurs.

Depuis longtemps, après avoir quitté ma place, je fumais ma pipe en faisant la digestion et admirant ceux que j'avais laissés. Pour eux, en vérité, les tourterelles ne semblaient être que des ortolans, et lorsque les péons envoyés en quête du taureau arrivèrent, les trois rancheros et mon ami André purent sans regret laisser la partie ; ils l'avaient gagnée, il ne restait que plats et bouteilles vides.

Avant de monter à cheval, le senor S....o me demande si je veux les suivre pour assister à la prise du taureau ; j'accepte avec empressement, mais André me fait revenir sur ma détermination en me disant :

— Non, Henry, ne venez pas avec nous, si vous prenez un cheval, poussez plutôt un temps de galop jusqu'à la Ramatte, et vous avertirez Charles et Louis de se rendre au plus vite s'ils veulent voir le combat ; seulement pressez-vous, nous serons de retour d'ici à une heure et demi, et une heure après tout sera fini.

Suivant l'avis de mon compagnon, je laissai les Californiens et lui s'éloigner au galop dans la direction de la plaine, et au moment où Ocio m'amenait mon cheval, qui devait rapidement me porter vers nos amis, la voix retentissante du Parisien m'annonça leur arrivée. En cinq minutes j'étais avec eux, tous deux étaient à pied.

Quand j'eus répondu aux exclamations que leur arracha la vue du bon animal que je montais, et tandis que, vexé sans doute de se trouver aussi promptement arrêté dans sa course, il piaffait, sautait, impatient :

— Ah ! mon cher Louis, m'écriai-je, pourquoi n'êtes-vous donc pas venu nous trouver hier soir ? L'ours est pris ; quelle magnifique partie vous avez manquée ! Enfin, vous verrez le combat ; on est à chercher le taureau.

— Très-bien, très-bien, reprit celui à qui je m'adressais, tant mieux, nous n'aurons pas tout perdu. Maintenant vous saurez à votre tour qu'il y a du nouveau à la Ramatte.

— Qu'est-ce que c'est ? que s'est-il donc passé ?

— Nous n'en sommes pas encore très-sûrs ; mais j'ai bien peur que nous ayons perdu cette nuit mon cheval et notre vache.

— Comment cela, nous les a-t-on volés ?

— Voici l'affaire : Hier, quand Charles, après vous avoir laissé au rancho, est arrivé à notre vallée, ces pauvres animaux y étaient encore sur les bords de l'Aroyo.

— Ils y étaient si bien, reprit Charles vivement, que l'idée me vint de traire la vache pour me faire une soupe au lait. Je cours donc à la Ramatte afin d'y prendre la corde qui nous sert à l'attacher ; lorsque, juste au moment où je la trouvais sous ma couchette, j'entends un cri extraordinaire que je ne connaissais pas, puis deux autres pareils. Je laisse la corde, comme bien vous pensez, pour saisir mon fusil, je sors en courant, et à travers la brume, il était déjà tard, j'aperçois un aminal qui s'élançait en bondissant dans la direction où j'avais vu, dix minutes avant notre cheval et la vache. Ne me demandez pas maintenant sa couleur ou sa forme, tout ce que je peux dire c'est que j'oubliai mon envie de soupe au lait, pour me rappeler que je n'avais pas de balle dans mon fusil et me hâter d'en glisser une. Malheureusement quoique ce fût bientôt fait, pendant ce temps, la bête avait disparu, et avec elle, notre vache et notre cheval probablement effrayés. Je longeais la vallée cherchant à les découvrir, c'est là que Louis m'a rencontré, il peut vous dire la suite.

La suite ne se devine que trop, continua celui-ci ;

avec l'aide de Dig, que j'amenais avec moi, nous n'avons pas été plus heureux que Charles tout seul, et j'ai bien peur...

— Peur, de quoi?

— Que Charles ne puisse plus se passer désormais l'envie de manger une soupe au lait. Quoiqu'il en soit, n'ayant pas de cheval, j'ai été forcément privé du spectacle dont vous avez joui.

Le récit de mes amis, tout explicite qu'il fût, ne m'apprenait aucunement de quelle nature pouvait être l'animal qu'un d'eux avait entrevu, ce qu'ils ignoraient complétement eux-mêmes, aussi il nous tardait qu'André fût de retour, peut-être pourrait-il nous le dire, lui qui connaissait bien mieux que nous les variétés de carnassiers de la contrée ; enfin il demeura entendu, qu'aussitôt le combat terminé, nous nous mettrions tous les quatre en quête de nos pauvres animaux.

Un profond silence régnait aux abords du Corral quand nous y arrivâmes ; au lieu des chants, des cris de ceux que j'y avais laissés peu avant, on entendait plus que leurs ronflements sonores. En attendant l'heure de la représentation, les futurs spectateurs, étendus sur la terre nue, dormaient à qui mieux mieux.

J'en aurais volontiers fait autant; mais le jour commençait à poindre et il me fallait satisfaire la curiosité de mes amis en leur racontant les détails circonstanciés des événements de la nuit, tandis qu'ils s'extasiaient en contemplant à leur aise celui qui en avait été la victime.

Tout à coup, un nuage de poussière qui, s'élevant dans la plaine desséchée, se mêlait aux blanches vapeurs du matin, attira notre attention. D'autres que nous l'avaient vu, et instantanément ces mots : Les voilà! les-voilà! mirent sur pied tous les dormeurs. Un groupe de cavaliers apparut bientôt distinctement. Deux d'entre eux, en avant, tenaient à l'extrémité de leurs lazzos le fougueux acteur qui allait figurer dans le drame ; en arrière, les deux autres voltigeant sur les flancs leur faisaient escorte. Quelquefois le taureau raidissait ses membres de devant et s'acculant sur ceux de derrière suspendait presque entièrement la course des deux lasseurs qui le tenaient ; puis sollicité par les tractions des réattes enlacées à ses cornes, il changeait de tactique, prenait son élan et fonçait sur les chevaux obligés de déployer toute leur vitesse pour échapper à la tête menaçante qui venait effleurer leur croupe ; il arrivait aussi que, ne pouvant modérer sa force d'impulsion, le taureau, après s'être lourdement abattu sur le sol, se relevait comme honteux et suivait alors plus tranquille.

Au milieu de ces alternatives de soumission et de résistance, les arrivants entrèrent dans le Corral et on put voir à la fois les deux ennemis sur le champ de bataille. Le dernier venu était un superbe animal, au pelage brun, semé de bandes foncées. Tout en lui dénotait la force et une nature indomptée; ses gros yeux menaçants lançaient comme des éclairs en se promenant sur la foule qui admirait l'ensemble de ses formes.

A peine eut-il sentit les émanations de l'ours qu'il fit entendre un long mugissement, et ses yeux, injectés de sang, ne perdirent plus une minute celui avec lequel il avait peut-être déjà eu à lutter.

Pendant que les Californiens, toujours à cheval, le tiennent avec peine en place à l'aide des réattes enroulées autour de ses cornes ; le senor S....o lui a habilement fixé, au dessus du pied droit de derrière, l'extrémité d'un long et fort lazzo dont il attache, immédiatement après, l'autre bout à la patte gauche de l'ours. Puis peu à peu, et toujours en selle, il débarrasse successivement le carnassier des liens qui l'assujétissaient au tronc de l'arbre.

Il se passe en ce moment un fait singulier, les deux animaux qui semblent pressentir le danger que chacun va avoir à braver, paraissent indifférents aux mouvements des hommes qui agissent à les toucher on dirait qu'ils concentrent leur fureur pour lui donner libre cours, dès qu'il leur sera permis de fondre l'un sur l'autre.

Enfin les derniers liens ont été enlevés par les cavaliers qui se sont lestement mis à l'écart.

En se sentant libres de leurs mouvements l'ours et le taureau, loin de tenter d'inutiles efforts pour s'éviter, se tournent brusquement et se font face.

Le taureau abaisse son front et présente à son adversaire la pointe de ses formidables cornes ; en même temps il creuse la terre de ses pieds de devant et pousse des mugissements rauques et prolongés.

L'ours, lui, s'est reployé sur lui-même et balance à droite et à gauche sa grosse tête ; ses petits yeux

luisent comme deux charbons ardents, et ses lèvres
retroussées laissent apercevoir les longues et fortes
dents qui arment sa mâchoire.

Durant quelques secondes tous deux restent ainsi
à s'observer ; mais il est évident que le taureau va
prendre l'offensive. Ses membres tremblent, on dirait ses muscles agités de mouvements convulsifs,
sa queue bat ses flancs, son souffle bruyant projette
comme un jet de vapeur hors de ses narines dilatées. Sur cette physionomie où ne respire d'ordinaire que la force brutale, se reflète une intradui-
sible expression de fureur.

Tout à coup il fait un bond, on entend un bruit
sourd, il a heurté l'ours, l'a renversé, et ses cornes
ont disparu dans l'épaisse fourrure de son ennemi.
Quand il se redresse, à l'une d'elles pendent des
intestins de l'ours éventré du premier choc.

De tous côtés partent de frénétiques applaudisse-
ments.

Cependant le carnassier s'est relevé, et comme le
taureau secoue la tête pour se débarasser des lambeaux sanglants qui l'aveuglent, l'ours saisissant
une des cornes l'abat à son tour sur les genoux les
naseaux dans la poussière. Avec une seule patte, il
paralyse toute la force de la puissante encolure de
son adversaire, tandis que les ongles de l'autre dé-
chirent le fanon et ouvrent profondément la gorge
du taureau depuis la tête jusqu'au poitrail.

Une fois encore l'ours a étendu sa monstrueuse
patte dégouttante de sang et de lambeaux de chair,
mais elle demeure inerte.

Le taureau, dégagé à ce moment de l'étreinte qui clouait sa tête sur le sol, veut la relever et fouler de nouveau son ennemi ; ses forces lui font défaut, il reste abattu sur la poitrine à côté de l'ours mourant.

Le combat était terminé, mais l'intérêt qu'il avait excité chez presque tous les spectateurs n'avait pas pris fin, car de nombreux paris avaient été engagés touchant le résultat de la lutte : aussi la galerie envahit l'arène dès qu'elle put le faire impunément.

Pour connaître les gagnants, il fallait constater lequel des malheureux animaux serait le vainqueur, celui-là ne devant mourir que le dernier, puisque tous deux étaient à coup sûr mortellement atteints.

Laissons maintenant ces hommes aux passions brutales suivre avec une anxiété fébrile les phases de l'agonie de ces pauvres bêtes ; pour nous l'étrangeté du spectacle, les émotions de la lutte n'existent plus, il ne reste que de la pitié et du dégoût, à ce point, que tous les quatre, cheminant vers notre ramatté, nous ne détournons même pas la tête, lorsque quelques minutes plus tard ces mots : *Bravo toro !* nous apprennent le dénouement du drame.

VIII

DIG

Il faux avouer que l'esprit de l'homme est soumis à de singuliers caprices. Je suis depuis peu de temps à la ramatte avec mes amis ; souvent, depuis que je partage leur existence, je me suis demandé si, en donnant satisfaction à tous mes goûts de liberté, cette vie ne résumait pas pour moi le bonheur absolu que l'homme cherche en vain sur cette terre, et pour que la réponse fût négative, il me fallait, faisant abstraction de mon individualité satisfaite outre mesure, laisser parler au fond du cœur la voix intime qui me rappelait là famille, les amis laissés bien loin de là. Cependant voilà qu'aujourd'hui les heures coulent déjà moins vite durant la journée, et que, pendant l'insomnie des nuits, je songe à la monotonie du lendemain, en me répétant qu'il ne me sera pas possible de demeurer encore longtemps à la même place.

Ce que j'éprouve, cet ennui qui fait évanouir les émotions distrayantes acceptées naguère avec tant

de plaisir, rend pour moi indiscutable la vérité suivante sur laquelle j'appelle l'attention de tous ceux
que sollicite la passion des voyages :

Avez-vous, au départ, quitté la terre natale sans
échanger d'autres paroles qu'un banal adieu avec
certains amis dont le cœur a moins tressailli que la
branche sur laquelle était posé l'oiseau quand il a
pris son essor? Avez-vous vu, sans éprouver d'indi-
dicibles tristesses, la grève que votre pied foulait il
y a peu d'instants, se noyer, disparaître dans l'horizon où le ciel et les flots se confondent? A ce moment suprême, toutes vos pensées, vos regards se
sont-ils tournés vers l'avenir? Oh! alors, vous étiez
prédestiné. Allez hardiment, vous ne laissez derrière aucun de ces écueils mille fois plus redoutables
que les rochers bordant les lointains rivages vers
lesquels se dirige votre navire, et deux mots résu-
ment tout ce que j'ai à vous dire : Bon voyage.

Les conseils que j'ai à donner vous regardent seuls,
vous, pauvres voyageurs à qui d'impérieuses néces-
sités ont commandé l'éloignement de tout ce qui
vous est cher; vous aussi, qui avez pu croire que le
souvenir des douces habitudes, des affections de
famille s'envolerait au souffle de la brise du large
comme la cendre du foyer domestique, lorsqu'au
contraire ces sentiments grandissent en raison directe de la distance qui nous sépare des êtres
aimés.

Eh bien! si vous voulez qu'ils ne soient pour vous
qu'un encouragement à lutter avec énergie contre
les difficultés, les périls de la route, et non une

obsession énervante, rappelez-vous mes paroles.
Fuyez le repos, redoutez beaucoup moins les fatigues
pour le corps que le calme pour l'esprit. Souvent j'ai
vu dans mes courses de fortes organisations phy-
siques céder et faiblir sous les préoccupations mo-
rales, lorsque certaines natures molles, efféminées se
fortifiaient au milieu de dures épreuves soutenues
avec insouciance.

Ne vous méprenez cependant pas sur mes paroles ;
je ne veux point vous prêcher un oubli impossible ;
mais vous dire que le passé ne doit être qu'une inci-
tation à marcher hardiment vers l'avenir, et ne doit
jamais peser sur le présent de manière à en aggra-
ver le fardeau.

Les réflexions qui précèdent avaient servi de
thème à une longue conversation entre mes amis et
moi, conversation qui aurait pu passer pour un
monologue, car j'en avais presque seul fait les frais.
A peine avais-je été interrompu par quelques plaisanteries du Parisien, tandis que Louis gardait un
absolu silence et qu'André, occupé à graver à l'aide
de son *bowie* des caractères hiéroglyphiques sur le
manche de sa hache, semblait ne prêter aucune
attention à mes paroles, cependant, ainsi qu'on va
le voir, c'était lui qui en avait le mieux saisi toute
la portée.

Après s'être levé, lorsque j'eus fini de parler, il
était entré dans la ramalte, et grande fut la surprise
de tous de le voir presque aussitôt en ressortir avec
armes et bagages, en un mot, prêt à entrer en campagne. Nous allions tous trois lui témoigner notre

étonnement, il prévint nos questions et, s'adressant à moi :

— Monsieur Henry, me dit-il, je n'ai pas très-bien compris tout ce que vous venez de nous expliquer ; mais il est clair que vous commencez à vous ennuyer ici ; d'un autre côté, le moment est venu de faire quelques chasses aux ours qui semblent avoir quitté nos environs ; je vous propose donc de venir avec moi pousser une reconnaissance dans la Sierra, ce sera l'affaire de trois ou quatre jours au plus ; dès que nous aurons bien reconnu les lieux que fréquentent maintenant nos anciens voisins, nous revenons chercher Louis et Charles. Que dites-vous de ma proposition ?

— Que je l'accepte avec empressement, mon cher André, avec reconnaissance même, si nos amis sont du même avis.

Je n'en doutais nullement ; Charles en effet n'était rien moins que porté vers les expéditions un peu aventureuses, et Louis tenait encore à ne pas trop s'éloigner du rancho californien où deux beaux yeux avaient sur lui l'influence attractive du pôle magnétique sur l'aiguille aimantée, de sorte que la réponse de nos amis ayant été affirmative, je n'avais plus, moi aussi, qu'à faire mes préparatifs.

Une courte digression est ici indispensable pour relier, dans l'esprit de ceux qui les ont suivis jusqu'à ce moment, nos précédents récits aux faits à venir, en rendant ceux-ci plus intelligibles.

On se rappelle l'inquiétude dans laquelle nous avait jetés la disparition de notre cheval et de notre

vache attaqués par un carnassier, tandis que nous
assistions à la prise d'un ours avec les Californiens.

Dès que nous fûmes rendus au vallon où était la
ramatte, André, qui avait toujours soutenu qu'un
couguard seul pouvait avoir fait invasion sur nos do-
maines, André, disons-nous, n'avait pas tardé à voir
ses prévisions confirmées, en trouvant au bord de
l'Aroyo les empreintes laissées par les pattes du
félin.

Toutefois, nous fûmes promptement rassurés sur
les suites qu'avait eues cette attaque inattendue, puisque les traces prouvaient clairement que la maudite
bête s'était attachée à la poursuite du cheval qui l'a-
vait distancée en gagnant la plaine, ce qui avait
permis à notre bonne laitière de fuir sous bois d'un
autre côté.

Nous devions donc, ce jour-là, en être quittes pour
un premier avertissement et, en effet, deux ou trois
heures plus tard, les joyeux aboiements de *Dig* nous
annonçaient le retour de nos serviteurs.

L'alerte, cependant, avait dû être chaude, car nos
pauvres animaux vinrent se ranger près de notre
cabane et, sans bouger de place, jetaient continuellement des regards inquiets autour d'eux, en ayant
l'air de réclamer notre protection.

Afin de la leur assurer, nous convînmes que,
durant la nuit, nous monterions la garde à tour de
rôle, ce qui ne laissait pas que d'être ennuyeux et
même fatiguant ; aussi, lorsqu'après quatre ou cinq
nuits nous eûmes perdu l'espoir de faire un beau coup
de fusil sur le couguard, nous avions repris nos habi-

tudes ordinaires, avec la persuasion que celui-ci dirigeait ailleurs ses promenades nocturnes.

L'animation que cet incident avait apporté dans notre vie, étant disparue, nous étions retombés en calme plat.

Sous l'influence des fraîcheurs de l'automne, l'herbe commençant à reverdir dans la plaine, nos environs n'attiraient plus, comme autrefois, la fauve qui se répandait partout, mise sur ses gardes par nos attaques réitérées.

Nous étions donc toujours, comme je l'ai dit au début de ces récits, dans un paradis terrestre, mais l'ange du mal s'y était introduit, et avec lui la défiance.

Tant qu'au petit gibier, lièvres, lapins, perdrix, nous en avions tellement détruit, que les survivants montraient une prudence largement motivée.

Nos gros voisins, les ours, naguère encore si familiers, perdant sans doute tout espoir de nous voir déguerpir, avaient pris le parti de déménager, et à peine si, à de rares intervalles, nous pouvions entendre les lointains échos de la Sierra répéter le soi leur cri d'appel.

Peut-être aussi ont-ils eu l'intelligente prévoyance de penser que nous ne resterions pas toujours inoffensifs à leur égard.

Dans ce cas, ils ne se sont pas trompés ; seulement, puisqu'ils ne veulent plus venir à nous, il nous fau aller à eux ; c'est ce que André et moi nous allons faire, car nous sommes prêts. Un troisième l'est aussi, c'est mon fidèle *Dig*, qui me voyant la cara-

bine sous le bras et ma couverture de laine roulée
sur le dos, paraît avoir deviné qu'il s'agit d'une absence de plus longue durée que celle de nos courses
journalières et témoigne vivement le désir de me
suivre; mais, comme André n'est pas du même avis,
il faut nous résigner à la séparation. Ce n'est pas
sans peine que je fais entrer *Dig* dans la ramatte,
où je l'enferme, et pendant que nous nous éloignons,
j'entends ses reproches qui m'arrivent sous forme
de plaintifs hurlements.

Si je ne conçois rien de plus fatiguant qu'une
longue course, durant le jour, sur les grandes routes
de nos pays civilisés quand, au moindre souffle du
vent, les nuages de poussière qu'il soulève vous
aveuglent et, pénétrant jusqu'aux poumons, rendent
la respiration oppressée, haletante, je ne sais, en
retour, rien de plus délicieux qu'une marche de
nuit au milieu de ravissantes campagnes comme
celles où nous cheminons.

Sur tout le premier plan de la chaîne de San-
Bruno que nous suivons, le terrain, mollement
ondulé, présente l'aspect d'une vaste prairie par-
semée de nombreux bouquets de chênes centenaires.
De loin, sur l'horizon encore éclairé, dans le couchant, au regard trompé par l'imagination, leurs
massifs de feuillage apparaissent comme des tours
crénelées dont le vent du soir agite le faîte, d'autres
fois on dirait les flèches d'une cathédrale ou le dôme
d'une basilique qu'argentent du côté de l'est les
pâles rayons de l'astre des nuits.

Le bruit de nos pas, assourdi par le moëlleux

tapis de verdure que nous foulons, ne saurait éveil
ler la pensée et la rejeter dans l'actualité.

Depuis plus d'une demi-heure nous marchons en
silence et je suis plongé dans mes rêves, mes illusions, à ce point que j'entends à peine André murmurer ces paroles à voix basse tout en s'arrêtant :
« Qui peut donc nous suivre ainsi ? » Son insistance
à suspendre la marche finit pourtant par attirer
mon attention, et je vais lui parler, quand il me
dit :

— Monsieur Henry, entendez-vous *Dig* qui nous
suit ? Aussitôt, je me détourne, prête une oreille
attentive, mais je n'entends rien.

— Mon cher, dis-je alors à mon compagnon, vous
vous trompez certainement, vous oubliez que j'ai
renfermé notre chien.

— Ah ! je me trompe ! reprend-il vivement, voilà
dix minutes que je l'ai entendu, je vous assure que
Dig est à cent cinquante pas derrière nous, sur notre
piste, et si le bruit qu'il fait ne nous arrive pas en
ce moment, c'est que, ne nous entendant plus
marcher, il est lui-même arrêté ; tenez, avançons
un peu et écoutez bien.

En même temps André se remet en route ; mais
à peine avons-nous fait vingt pas qu'il m'arrête
encore par ces paroles :

— Eh bien ! j'espère que vous ne croirez plus que
je me trompe, il est certain qu'il ne retournera pas
à la ramatte maintenant, il vaut mieux le garder
avec nous ; appelez-le.

Quoique rien ne fût encore venu me confirmer la

vérité de l'assertion d'André, il parlait d'un ton si convaincu que je n'hésitai pas et je répondis à ses dernières paroles par un sifflement prolongé auquel *Dig* était habitué d'obéir et qui ne devait plus lui permettre de se méprendre sur mes intentions.

Au son aigu succéda au moins une minute de silence complet, sans qu'il me fût possible d'acquérir la certitude que notre chien arrivait; enfin, sa marche causait si peu de bruit que je crois l'avoir vu avant de l'avoir entendu.

J'allais donc témoigner à André l'étonnement que me faisait éprouver son incroyable faculté à percevoir les moindres sons, quand *Dig* jugea enfin à propos de changer le cours de mes idées en faisant une entrée joyeuse et bruyante sur la scène.

Ma première pensée fut de répondre à ses prévenances et de lui reprocher sévèrement de m'avoir désobéi; je n'en eus pas le temps.

Non-seulement notre chien avait à son cou un collier, que je lui avais fait avec une lanière de peau de daim et qu'il n'avait pas, j'en étais sûr, lorsque je l'avais enfermé dans la ramatte; mais quelque chose de blanc paraissait y avoir été fixé. Je réussis, non sans peine, à m'en emparer, tandis qu'il bondit et me lèche les mains; c'était un morceau de papier; alors la vérité nous apparaît. Notre pauvre animal venait de remplir les fonctions de courrier. On devine notre surprise et notre empressement à savoir ce que pouvait contenir la missive qui nous parvenait d'une façon si singulière.

En un instant, André eut allumé du feu, et à la

clarté de la flamme je pus lire le billet que j'ai conservé et que je copie textuellement.

« Trois quarts d'heure après votre départ est arrivé
« ici un péon du rancho de *los Juanes*, pour nous dire
« de la part de son maître, que le diable lui enlève
« toutes les nuits quelques-uns de ses bestiaux. Si
« Charles et moi nous étions, comme André, batteurs
« d'estrade, chercheurs de pistes, nous partirions
« afin de vous rejoindre ; mais bien persuadés que
« nous ne saurions vous trouver, nous confions la
« présente à un commissaire qui a plus de nez que
« nous deux, — c'est une idée de Charles, — pour-
« tant ne sachant pas encore comment il s'acquittera
« de sa mission, vous êtes prévenus que nous vous
« laissons le soin d'en payer le port. Votre ami à
« tous deux,   LOUIS.

« Réponse, s'il y a lieu, par le retour du courrier. »

A peine avais-je fini de lire, que mon camarade
André se levait en me disant :

— Voulez-vous, Monsieur Henry, faire encore six
milles — deux lieues, — avant de prendre un peu
de repos ?

— Certainement, lui repondis-je, tout ce que vous
voudrez.

— Eh bien ! reprit-il, en route de suite ; tant qu'à
renvoyer *Dig*, il ne faut pas y penser, car il est
presque certain qu'il ne nous quitterait pas, alors
même que nous le voudrions, et d'ailleurs, ne le
voyant pas revenir à eux, Louis et Charles se diront
à coup sûr qu'il nous a trouvés. Allons, partons pour
le rancho de *los Juanes*, où nous arriverons demain

8

matin à l'heure du déjeûner, après nous être reposés
aux environs de la ferme de Buri, que nous n'aurions pas dépassés, sans la nouvelle que nous venons
de recevoir.

Pendant qu'il finissait de parler, nous avions déjà
repris notre marche en changeant un peu de direction, et nous rapprochant de l'immense plaine qui
s'étendait à notre gauche.

Notre bon chien, heureux des caresses qui l'avaient
récompensé de son intelligence, sautait devant nous
et poussait de petits cris de joie; et moi, tout fier
d'avoir, par les soins que je lui avais donnés, deve-
loppé ses instincts familiers, je ne songeais à rien
moins qu'à ne m'en séparer jamais, et je formais le
projet de ramener avec moi en France le pauvre
animal, sans me douter que si peu d'heures nous
restaient avant l'éternelle séparation. Pauvre *Dig !!!*

CHAPITRE IX.

INCENDIE.

Ce que je viens d'apprendre a vivement excité ma curiosité et, pendant que nous cheminons, fournit un aliment inépuisable aux questions que j'adresse à André.

Je voudrais qu'il me dît d'abord quels sont les carnassiers contre lesquels le péon du rancho de *los Juanes* est venu réclamer le secours de nos carabines ; mais je n'obtiens que cette réponse :

— Attendez, demain matin, lorsque nous aurons vu les débris d'une des bêtes tuées, je vous le dirai....

Impossible de le sortir de là et, de plus, mon ami André me paraît, je ne sais pour quel motif, si peu disposé à causer, que pour faire passer le temps je me laisse aller aux rêveries à peine interrompues par les caresses que me prodigue *Dig*, lorsqu'il nous rejoint, après avoir appuyé une vigoureuse chasse aux coyottes et aux loups, qui s'avisent de venir nous reconnaître de trop près.

A la suite de deux ou trois heures de marche, fort.

monotone, André m'avertit que nous sommes presque rendus sur les lieux où nous allons passer, en nous reposant, le reste de la nuit déjà très-avancée. Depuis que nous avons franchi à un gué le Rio San-Francisco, la plaine est derrière nous et le terrain est devenu assez accidenté, de plus, fréquemment embarrassé de buissons épais, nous obligeant à faire de nombreux circuits qui allongent notre route ; mais mon compagnon ne se perd pas dans ce dédale, et reconnaissant à peu de distance une colline dont le sommet paraît découvert :

— Gagnons cette hauteur, me dit-il, c'est là où nous ferons halte.

Au moment où il me parlait ainsi, nous étions dans une petite clairière couverte de tiges d'avoine sauvage desséchée par le soleil, qui auraient pu nous offrir une couche assez moelleuse. Je lui en fis l'observation, mais comme, sans me répondre, il continuait à s'avancer vers le but indiqué, je supposai qu'il avait ses raisons pour l'atteindre, et je le suivis sans hésiter.

Nous pouvions avoir dépassé la moitié de la hauteur du côteau où nous attendait notre chambre à coucher, lorsque, en jetant un regard vers notre droite, je vis au dessus de l'hozizon, dissimulé par le sommet qui nous restait à gravir, le ciel revêtir une teinte ardente enflammée, tellement vive, qu'elle absorbait la clarté des étoiles et celle de la lune ; plus haut, le ciel paraissait d'un noir obscur.

— Regardez donc, dis-je à André, ne dirait-on pas la lueur d'un incendie ?

— Attendez un peu, me répondit-il, lorsque nous
serons arrivés, nous verrons mieux que cela, si le
vent du nord-ouest ne pousse pas de notre côté les
nuages de fumée et de cendre, car nous allons découvrir toute la partie de la Sierra de Santa-Clara
qui est en feu.

Je compris alors pourquoi André avait décidé que
nous gagnerions, pour nous reposer, le point élevé
vers lequel nous nous avancions, il est certain que
le spectacle dont nous pûmes jouir, une fois rendus
sur le plateau, nous dédommageait amplement de
la fatigue de l'ascension.

Aussi loin que la vue pouvait s'étendre à droite et
à gauche, la chaîne de Santa-Clara, éloignée de nous
d'une demi-lieue environ, offrait aux regards une
immense ligne de feu couronnant ses hauteurs, et
en partie les versants qui nous faisaient face. Avec
un développement aussi considérable, l'incendie,
d'ailleurs alimenté par des matériaux plus ou moins
combustibles, et favorisé ou contrarié par les accidents du terrain, loin d'affecter sur tous les points
une intensité régulière et constante, présentait au contraire partout et à chaque instant des alternatives
d'assoupissement et de réveil incroyables; de sorte
que souvent on eût dit les intermèdes ou les reprises
d'un gigantesque feu d'artifice.

Tantôt une colonne de flammes, après avoir projeté à la même place une éclatante lumière, semblait s'abîmer au sein d'épaisses ténèbres d'où sortaient subitement des tourbillons d'étincelles et de
cendres rougies, soulevés par la chute d'un des

8.

grands arbres de la forêt. Plus loin, là où le feu paraissait enfin s'allanguir et laisser expirer sa rage, tout à coup jaillissaient comme des flancs d'un volcan en éruption de sombres nuages de fumée, puis des gerbes enflammées..

Enfin, un tiers au moins de notre horizon présentait sans discontinuer, tour à tour des clartés éblouissantes ou une profonde obscurité ; tandis que la partie du ciel immédiatement au-dessus ne cessait de refléter au loin les teintes ardentes qui la coloraient depuis longtemps.

J'avais, peu avant, été témoin d'un incendie qui avait consumé une moitié de la ville de San-Francisco, eh bien ! le souvenir que j'en avais gardé pâlissait devant cette scène silencieuse de dévastation qu'animait le seul fléau destructeur.

Aujourd'hui encore, malgré les années qui me séparent de cette nuit, si, ayant écrit ces lignes, je ferme les yeux, aussitôt m'apparaissent tous les détails du lugubre tableau, et je ne peux que maudire mon impuissance à en donner une idée à mes lecteurs par la description.

André, plus familier que moi avec ces épisodes de la vie du désert, après s'être enveloppé dans son *sarape* et étendu sur le sol, dormait profondément, avant que l'idée de me reposer me fût venue, et quand je l'imitai, je cédai plutôt à la fatigue que ressentaient mes yeux qu'à la lassitude du corps.

Le jour ne paraissait pas encore lorsque mon ami me réveilla en m'appelant à haute voix ; dans ce moment, les vapeurs du matin, qui s'élevaient des bas-fonds situés entre nous et la Sierra, nous la masquaient complétement, et nous dérobaient le spectacle qui m'avait si vivement impressionné pendant la nuit.

Tout en descendant le côteau sur lequel nous nous étions reposés, j'aurais bien voulu questionner André touchant les causes probables de l'incendie de la montagne; mais mon taciturne compagnon m'avait arrêté court en me disant:

— Chut! chut! nous causerons de cela plus tard; pour le moment taisez-vous; écoutons, et veillons, retenez *Dig*, afin qu'il n'aille pas courir au loin.

Maintenant, pendant que nous cheminons lentement, car le terrain est devenu difficile, la carabine en main, l'oreille aux écoutes, comme les enfants perdus d'une avant-garde près de l'ennemi, je peux répéter de suite ce qui se disait dans le pays relativement au feu qui dévastait les belles forêts de la chaîne de Sancta-Clara.

On prétendait qu'il avait été mis par des Américains désireux d'exploiter ces montagnes voisines des mines de mercure de *Nueva Almaden*, pour tenter d'y découvrir, une fois le sol nettoyé, quelques filons de cinabre. D'autres, l'attribuaient à l'incurie de plusieurs chasseurs d'ours, et à ce propos, le bruit courut même à San-Francisco, que l'incendie avait été allumé par nous; mais il nous fut facile de nous disculper en fournissant la preuve que les forêts au-dessus de la mission de Santa-Clara étaient déjà la proie des flammes plus de six semaines avant notre arrivée dans la contrée.

Toutefois, on aurait tort de croire qu'un semblable
événement, qui eut suffi en Europe pour soulever
de nombreuses populations, intéressât vivement,
dans un pays comme celui-là, à une époque où
tous les mois, on voyait les flammes dévorer dans
les villes des rues entières, l'incendie de la Sierra
passait pour une futilité, et j'ai entendu plus d'un
ranchero s'en réjouir en disant, que sur le sol ferti-
lisé par les cendres, l'herbe pousserait plus épaisse
l'année suivante et remplacerait les broussailles.

Pour moi, tandis que notre marche nous éloi-
gnait du théâtre désolé, je me sentais l'esprit attristé,
en songeant à tant de richesses végétales perdues à
tout jamais. Un incident, futile en apparence, et auquel sans André, j'aurais prêté peu d'attention, vint
me faire oublier tout cela.

Cinq ou six chevaux, formant un petit groupe
compacte et galoppant à fond de train, étaient
passés à nous toucher; ils suivaient une direction
opposée à la nôtre.

Sans me préoccuper du motif de leur course pré-
cipitée, je pensais avec raison qu'ils appartenaient
à une des nombreuses *cabelladas* vivant à l'état demi-sauvage dans l'immense plaine de Pueblo de los
Angeles dont nous étions très-près; je ne tournais
même pas la tête pour les suivre du regard, autant
que le permettait la faible clarté du jour naissant,
et comme je continuais à marcher, André me saisit
par un bras en me disant à voix basse :

— Arrêtez-vous! arrêtez-vous! écoutons...

Sa parole était tellement impérative, que je m'ar-

rêtai, je crois, un pied en l'air, sans rien comprendre
à l'attente inquiète qu'elle accusait.

Au moment où je voulais l'interroger, une seconde
troupe de chevaux, plus nombreuse que la première,
se fit entendre, et une vingtaine de ces animaux
passèrent encore près de nous suivant la même
ligne que les autres. La rapidité de leur allure, et le
jour encore très-faible nous permit à peine de les
distinguer, mais le bruit de leurs pas n'était pas
éteint, qu'André me disait :

— Êtes-vous sûr de votre carabine ? est-elle bien
chargée ?

— Oui, certainement, lui répondis-je, à moins
pourtant qu'elle n'ait pris de l'humidité cette nuit :
mais, qu'y a-t-il ? pourquoi cette question !

— Comment, vous ne devinez pas qu'une bête féroce a effrayé les chevaux que nous avons vu fuir, à
ce point même, qu'au lieu de gagner la plaine où
ils pourraient déployer leur vitesse pour rallier un
rancho, ils lui tournent le dos et vont comme des
fous vers la Sierra ; retenez *Dig* et suivez-moi.

On se rappelle que le chien avait un collier, je me
hâte de défaire la bretelle en cuir de ma carabine, je
la passe dans le collier, et nous voilà partis tous les
trois. Malheureusement, embarrassé ainsi que je
l'étais, tenant d'une main mon arme, de l'autre la
laisse improvisée, et cela au milieu d'épais fourrés
qui m'empêtraient, je restais derrière André, assez
loin même pour que, retournant vers moi, il vint
me dire :

— Vous ne pouvez pas courir avec *Dig* ?

— Ma foi, non, les buissons nous arrêtent.

— Alors il n'y a pas à hésiter, si vous voulez tirer une panthère ou un ours, attachez-le ici, et filons vite, je vous assure que le le temps presse.

Ah ? mon cher André, je ne vous adresserai pas plus de reproches aujourd'hui qu'alors ; mais je vous répéterai : pourquoi eûtes-vous donc cette maudite idée, de me faire laisser derrière mon pauvre *Dig* ? C'est que, bon camarade comme vous l'avez toujours été, incapable de comprendre l'égoïsme, vous vouliez m'associer au triomphe que vous auriez pu obtenir seul; et moi, la tête exaltée par la perspective que vous me faisiez entrevoir, je ne pouvais supposer quel résultat aurait fait votre conseil...

Enfin ! j'ai solidement attaché *Dig* à une forte branche. Pour qu'il demeure en paix et se couche, j'étends près de lui la couverture de laine que je portais roulée sur mon dos, et tout à fait libre, je suis André qui a pris le pas gymnastique.

Nous descendons une pente rapide parmi des halliers, des buissons épineux, et nous ne nous arrêtons que lorsque, rendus en bas, se découvre un vallon encaissé, parsemé çà et là de bouquets de chênes, de frênes et de massifs de lauriers. A traversla brume qui, à cette heure matinale, affaiblit encore le jour naissant, André me montre deux arbres qui s'élèvent au milieu de la Cagnade en me disant :

— Henry, allez vite au pied de ce chêne, de là vous pourrez voir jusqu'au côteau opposé à celui-ci où je vais rester, surtout ne remuez pas, et ne tirez qu'à coup sûr.

Je ne crois pas qu'il eût fini de parler, quand un hennissement aigu retentit à peu de distance, et deux juments, suivies de leurs poulains, passèrent comme des ombres, précisément près de l'endroit qu'il m'indiquait.

— Courez vite, reprit-il aussitôt, la bête vient à nous, ne vous pressez pas surtout... c'est vous qui la tirerez le premier, je vous en réponds.

Nous avions marché très-vite, depuis quelques moments, et je m'étais rendu au poste que m'avait assigné André, en courant de toutes mes forces; malgré cela, dès que je fus accroupi derrière un énorme tronc de chêne qui m'abritait entièrement j'avais déjà retrouvé tout mon calme physique; l'esprit seul trottait d'une étrange façon. Ces dernières paroles d'André : — « la bête vient à nous, vous la « tirerez le premier, je vous en réponds, » — résonnaient encore harmonieusement à mon oreille ; mais à qui allais-je avoir affaire ?

Je me trouvais dans la position du chasseur lorsque son chien, ferme à l'arrêt, semble lui dire : Attention ! sans que rien lui désigne la nature du gibier qui va partir.

Pauvre comparaison ! vous direz-vous peut-être, en vous rappelant que j'attendais un couguard ou un ours : eh bien ! vous auriez tort; car en semblable occurence, à l'époque où je chassais, mes émotions n'étaient nullement en raison directe de l'importance de la pièce attendue; mais bien du temps qu'elle mettait à se montrer, et j'atteste qu'un ours venant franchement à découvert sur moi, me trou.

vait beaucoup mieux préparé à le recevoir, qu'un
maudit râle ne se décidant à se lever sous mes pieds
qu'après une quête d'un quart d'heure.

Je commence donc à sentir l'impatience me gagner, et je crois qu'il en est de même d'André, je
l'aperçois, malgré l'épais brouillard qui rend un
peu confus tout ce qui m'entoure, se lever, se bais-
ser souvent ; mais chose singulière, son regard paraît
se fixer sur le coteau que nous venons de descendre
et selon ses prévisions ce n'est pas par-là que doit
arriver celui que nous guettons.

Je ne tarde pas à savoir à quoi m'en tenir en
voyant *Dig*, qui a réussi à briser son collier ou à en
dégager son cou ; en même temps André, qui le suit
me rejoint.

— Vous aviez mal attaché le chien, me dit-il,
maintenant faites votre possible pour qu'il ne courre
pas, je vais rester près de vous, je suis certain que
la bête n'est pas loin, veillez toujours.

Sur ce, il va, à vingt pas de là, s'arrêter derrière
un buisson qui dissimule assez bien sa présence,
tandis que je contrains mon chien à se coucher à
mes pieds ; y restera-t-il longtemps ? J'en doute ;
n'ayant rien pour le retenir.

Au diable soit *Dig !* J'ai beau lui parler, le flatter
de la voix et du geste, impossible d'obtenir qu'il demeure tranquille depuis qu'il a entendu comme
nous le bruit de pas d'une nouvelle troupe de chevaux venant sur nous ; mais sans doute arrêtée à
quelque distance, car les vapeurs couvrant le fond
de la Cagnada où nous sommes nous empêche de

les voir, j'ai toutes les peines du monde à le garder
près de moi.

A ce moment la *cabellada* arrive au triple galop ;
deux cents chevaux au moins, lancés à toute vitesse
apparaissent et nous dépassent en un clin d'œil ; au
fracas de leurs sabots heurtant le sol, se joignent de
nombreux hennissements. Je jette un regard vers
André que couvre un simple buisson, je crains qu'il
n'ait été foulé aux pieds dans cette formidable charge ;
mais je l'aperçois debout, son riffle presqu'à l'é-
paule, tandis qu'un de ses bras tendu me fait un
geste qui veut dire : Regardez devant vous.

Je m'avance, appuyant mon épaule gauche au
tronc du chêne derrière lequel je m'étais entièrement
abrité, et tout à la fois je vois *Dig* qui avait profité
de mes distractions pour s'échapper, il revient en
trottant lestement, la queue basse en tournant fréquemment la tête comme pour s'assurer qu'il n'est
pas suivi. A quinze ou vingt pas au delà m'apparaît
la forme indécise d'un autre animal couvert en partie par des herbes, et semblant se raser sur la terre.

Ce n'était certainement pas un ours, ce ne pouvait
être que le couguard.

Je me recule un peu derrière le chêne, ne me dé-
couvrant que ce qu'il faut pour mettre ma carabine
en joue, tout en essayant de retenir *Dig* entre mes
jambes, mais il m'échappe en aboyant avec fureur.
Je n'ai plus le temps de m'en occuper ; le puma est
tout au plus à vingt mètres, la tête tournée vers
André, et m'offrant l'épaule gauche ; à cette distance, ma balle conique doit le foudroyer, je presse

9

lentement la détente ; la capsule part seule, je reprends du second coup, mais un peu au hasard, pendant que le couguard arrive, je crois, jusqu'à moi d'un seul élan.

Alors, ma foi, tout se passe avec la rapidité de l'éclair. J'entends un cri perçant de mon pauvre *Dig*, qui a sans doute voulu faire face à la bête féroce, et aussitôt je vois celle-ci, dans un bond prodigieux, semblant à la lettre prendre le vol, disparaître au-dessus de ma tête, parmi les grosses branches du chêne, dont ses griffes labourent l'écorce.

CHAPITRE X

LE COUGUARD

Lorsque mon premier coup eut raté, tout en reprenant le cougard du second, je ne gardais aucun espoir de le tuer, car je n'avais dans l'autre canon qu'une charge de chevrotines dont quelques-unes, je l'espérais, devaient lui labourer la figure ; mais quand, au milieu de la fumée de la poudre, je le vis se détendre et arriver sur moi comme une flèche, je m'étais instinctivement abrité, en me rejetant derrière le tronc de l'arbre, non sans me dire tout bas : Je l'ai manqué, et proférant même, tout haut une parole plus énergiquement accentuée, j'avais à la hâte pris à ma ceinture mon couteau catalan, pour parer à tout événement.

Déjà, le dépit avait fait place à un sentiment de surexcitation, qui me prédisposait à provoquer la lutte par l'attaque. Je ne pensais plus à André, l'explosion de son rifle me rappela la présence de mon ami, et en même temps la chute du couguard tombant lourdement sur le sol, une balle dans le corps, m'avertit, à mon grand regret, que le drame était fini.

Je me trompe, il en restait encore la scène la plus
douloureuse.

Dig, mon pauvre chien, râlait de l'autre côté du
chêne, à trois pas de moi ; la bête féroce, avant de
s'élancer sur le tronc de l'arbre, lui avait presque
détaché une épaule avec ses griffes, en broyant d'un
coup de dents le derrière de sa tête.

A peine eus-je vu le malheureux animal qui ne
donnait, pour ainsi dire, plus signe de vie, et auquel tous mes soins étaient désormais inutiles, que,
sous l'empire d'un indicible mouvement de colère,
je me précipite sur le couguard et lui plonge, à deux
au trois reprises dans la poitrine, la longue et large
lame de mon couteau, en dépit des mouvements
convulsifs qui l'animaient encore.

Pour me rendre à moi-même, il fallut les paroles
suivantes d'André :

— Eh ! sacredié, vous voulez donc vous faire
mordre ?

Comme pour justifier l'avertissement, le puma,
dans un suprême effort, réussit à relever brusquement la tête en me montrant les dents qui arment
ses fortes mâchoires, elles arrivent presque à mes
jambes, mais cette dernière manifestation de ses
instincts féroces ne fait qu'exciter le besoin que j'é-
prouve de venger *Dig.* J'enjambe lestement le carnassier ; une fois derrière son dos, j'appuie un pied
sur sa tête que je cloue sur le sol, et en même temps
j'enfonce mon couteau dans sa gorge ; un flot de
sang jaillit, ses grosses pattes se raidissent, ses
doigts s'écartent, ses griffes acérées sortent de leurs

gaines, il demeure sans mouvement. Peut-être me serais-je encore acharné sur ce cadavre, si André, qui rechargeait sa carabine près de moi, ne m'eût dit tranquillement.

Vous souvenez-vous, Henry, de m'avoir plus d'une fois demandé pourquoi je conservais si soigneusement les scalps de deux des Pieds-Noirs qui ont tué mon père? Aujourd'hui, je peux vous le dire. Je suis sûr que vous me comprenez ; c'est pour ne pas oublier que je l'ai vengé.....

Je n'avais rien à répondre ; mais ce jour là, et à la suite de quelques autres circonstances, j'ai été à même d'apprécier la folle ivresse qui s'empare de l'homme dans les luttes de la force, et le ravale au niveau des autres créatures que son intelligence domine seule.

Tout ce que je viens de raconter n'avait pas duré deux minutes ; pendant ce court espace de temps, l'arbre derrière lequel j'étais abrité après mon second coup, m'avait empêché de voir ce qui s'était passé ; André me le dit en ces termes :

— Je vous assure que votre plomb ne doit pas s'être entièrement perdu, quoique vous ayez, pour ainsi dire, tiré la bête au vol ; elle m'a semblé, en effet, presque disparaître, en se tordant au milieu de la charge ; mais bien vous en a pris d'avoir mis le chêne entre vous deux, car il est très-probable qu'au lieu de s'abattre sur *Dig*, le couguard serait tombé sur vos épaules. Quant au pauvre chien, je l'ai perdu de vue une seconde sous le carnassier, qui s'est rapidement enlevé en le secouant de telle façon que j'ai cru qu'il allait l'emporter dans l'arbre.

Comme André finissait, je m'étais accroupi près de *Dig* ; il respirait encore faiblement. Penché sur lui, je prononçai son nom ; aussitôt, ses yeux presque ternes parurent se ranimer un peu, et sa langue sortie à travers ses machoires entr'ouvertes s'agita pour lécher ma main qui le caressait ; mais elle était déjà glacée et presque inerte. Je ne sentis qu'un léger souffle, c'était le dernier de notre malheureux compagnon.

Son oraison funèbre fut aussi courte que significative :

— J'ai vu, m'écriai-je, mourir plus d'un homme qui ne valaient pas ce chien.....

André, avec son froid bon sens qui faisait de lui un vrai type de philosophie pratique, m'arrêta dans l'expression peut-être trop exaltée de mes regrets en me répondant :

— Je vous crois, Henry ; mais combien d'autres, valant mieux que *Dig,* n'eurent pas, comme lui, le bonheur de recevoir en mourant les caresses d'un ami... Maintenant, continua-t-il, nous ne voulons, ni l'un ni l'autre, que les coyottes et les loups fassent curée de son corps ; eh bien ! pour le préserver de leurs dents, aidez-moi à l'emporter sur le coteau que nous venons de descendre ; ne pouvant creuser le sol faute d'outils, nous l'abriterons sous quelques grosses pierres.

Une demi-heure plus tard, après avoir été reprendre ma couverture, la bretelle de ma carabine et le collier de *Dig,* nous étions de retour à l'endroit où gisait le couguard.

— Ah! ma foi, me dit alors André, je ne m'étais pas trompé, vous l'aviez rudement touché; voyez vous-même.

En effet, trois chevrotines l'avaient atteint en pleine tête, deux à un pouce de distance au-dessus de l'œil droit et une troisième sur la lèvre supérieur avait brisé une des dents de devant. De plus, en cherchant avec soin, nous découvrîmes encore la trace de trois autres projectiles, le premier ayant glissé sur la croupe et les deux derniers profondément enfoncés dans la partie interne de la cuisse droite.

Six de mes chevrotines avaient donc bien été au but; malgré cela il est à peu près certain que si je m'étais trouvé seul, je me serais vu contraint de lutter à l'arme blanche avec le couguard, car je ne crois pas qu'il fut resté dans l'arbre assez longtemps pour me permettre de recharger, surtout étant blessé. Heureusement que la balle du rifle d'André était venue fort à propos à mon aide; je ne le regrettai pas.

Bien que le couguard soit le plus petit des individus, appartenant aux races félines, que l'homme ait à redouter, je suis persuadé qu'il est toujours prudent d'éviter une lutte corps à corps avec lui. Je crois que si j'avais été forcé d'en venir là, j'aurais fini par avoir le dessus, grâce à la solide lame de mon couteau; mais à quel prix aurais-je acheté la victoire? Il est sûr qu'aujourd'hui encore je m'estime fort

heureux d'être obligé de laisser mes lecteurs en
doute sur ce point. Ces animaux soutiennent le
combat avec tant de fureur, et sont doués de griffes
si acérées, de mâchoires si puissamment armées
qu'une seule de leurs atteintes doit presque toujours causer une grave blessure, aussi je regarde
comme contes à dormir debout les prétendues histoires de chasseurs qui ne les attaquent que le poignard à la main. De semblables mensonges peuvent
remplir de détails pittoresques les pages d'un ro-
man; mais ils ne sauraient trouver place dans un
récit auquel on tient à conserver un caractère vrai
et sérieux,

Les mœurs et habitudes du couguard sont moins
connues que celles de plusieurs variétés voisines,
appartenant au même genre, telle que le jaguar, la
panthère, le léopard, etc., etc. Ceci provient d'abord
de ce qu'il est toujours peu commun, même dans
les lieux les plus déserts des contrées qu'il habite,
et puis surtout de ce qu'il arrive très-rarement
qu'on le rencontre en plein jour. Soit défiance de
ses forces, soit tout autre motif, le couguard ne
chasse guère que dans l'obscurité et demeure, durant le jour, sous le couvert inaccessible des fourrés
où il a placé son repaire ; d'ailleurs sa dépouille a
si peu de valeur que les chasseurs de profession
eux-mêmes ne s'en occupent que lorsque le hasard
le met sur leur chemin.

Durant nos longues courses dans des parages où
pullulaient toutes sortes de carnassiers, nous n'avons,
mon ami André et moi, vu que deux autres pumas,

quoique nous ayons fréquenté pendant plus de six mois les parties les plus·sauvages de la Nouvelle-Californie ; cependant j'ajouterai qu'il nous est quelquefois arrivé la nuit d'entendre leurs cris.

A propos de celui que nous venons de tuer, André me confirme ce qui m'avait déjà été dit : tandis que les ours s'attaquent de préférence aux bêtes à cornes, le couguard paraît avoir une prédilection marquée pour les poulains et pouliches.

Sans vouloir ici mettre en discussion les instincts gastronomiques du félin qui nous occupe, je crois qu'on pourrait expliquer l'acharnement avec lequel il poursuit les jeunes chevaux par son caractère peu hardi, ce qui tient peut-être, ainsi que je l'ai dit, à la conscience de sa faiblesse, et le porte à éviter les cornes redoutables qui arment le front des bêtes bovines.

Enfin, d'après mes observations dans un pays où, depuis peu de temps, les couguards étaient exposés à rencontrer des hommes capables de leur tenir tête, et où, par conséquent, la frayeur qu'inspirent les armes à feu à toutes les bêtes féroces n'avait pas dû beaucoup modifier leur caractère, je suis porté à conclure que ces animaux, d'un naturel lâche, ne sont à redouter que lorsqu'une blessure les a mis dans l'impossibilité de fuir, ou qu'une meute de chiens aguerris leur coupe toute retraite.

Revenons maintenant à celui qui est étendu à nos pieds. Après l'avoir examiné sous toutes ses faces, — c'est le second qu'il m'arrive de voir d'aussi près en ayant déjà tué un [1], — je maintiens

[1] Voir *Mes chasses dans les Deux Mondes.* — Librairie Centrale, 24, Boulevard des Italiens.

9.

ce que j'ai avancé : le couguard est, sous tous les
rapports, un disgracieux animal. Rien en lui ne
rappelle l'harmonie qu'offre les formes des autres
félins, et la brillante livrée dont la nature les a dotés
depuis le grand tigre royal jusqu'aux variétés les
plus petites du genre.

La partie antérieure de son corps, largement
développée, n'est point en rapport avec le derrière
toujours grêle. Ses pattes de devant très-grosses,
très-musculeuses, sont tellement courtes, que, lorsque rien ne hâte sa marche, il semble, à la lettre,
ramper sur le sol qu'effleure sa large poitrine.

Au Mexique et dans l'Amérique du Sud, on lui
a donné le nom de *Leone* ; mais il faut que l'imagination de ceux qui l'appellent ainsi soit singulièrement portée à l'exagération, car il n'offre aucun
des caractères du roi des déserts de l'Afrique, son
pelage même n'a d'autre ressemblance avec celui
du lion que son uniformité.

Sa couleur est un jaune légèrement teintée de rouge
d'une nuance plus pâle sous le ventre et à la partie
interne des membres.

Le couguard est peut-être celui des animaux de
cette espèce qui s'avance le plus vers le Nord, puisque André m'a assuré qu'on en rencontrait jusque
dans l'Orégon, qui est situé entre les 42ᵉ et 54ᵉ degrés
de latitude nord.

Pour me résumer, je dirai que c'est une vilaine
bête au physique et au moral, mais je crois que
dans les parages de l'Amérique où il se trouve avec
le jaguar, on a dû souvent lui imputer des méfaits

commis par ce dernier, autrement fort et hardi.

J'aurais voulu donner ici en détail les proportions de celui qui vient de motiver cette digression, je les avait prises avec un soin minutieux à l'aide de la courroie en cuir qui me servait de ceinture, et sur laquelle se trouvaient les divisions du mètre; mais il m'est impossible de retrouver cette partie de mes notes, et je dois me borner, dans la crainte d'être trahi par mes souvenirs, à rappeler ce que j'avais transcrit ailleurs plus tard, c'est-à-dire sa longueur et sa hauteur. Mesuré du nez à la naissance de la queue, il avait un mètre vingt-trois centimètres, et cinquante et un centimètres de hauteur à l'épaule, toutefois cette dernière mesure prise, lorsque ses pattes de devant étaient roides, me paraît un peu forte.

Celui que j'avais tué trois mois avant, non loin du rancho de Don Castro, dans la chaîne des monts californiens, était plus grand et plus gros; c'était un vieux mâle, tandis que notre victime de ce jour est une femelle. Quoique sa fourure soit des plus communes, j'aurais été heureux de pouvoir la garder, mais il n'y faut pas songer, faute de moyen pour la conserver, et nous avons d'ailleurs assez de nos armes et de notre bagage à porter; nous laissons donc la bête sur la place et nous nous remettons en marche, afin de gagner au plutôt le rancho de *los Juanes*. A peine avions-nous fait cinquante pas qu'un grand-duc passant sur nos têtes, allait se poser à l'extrémité d'une branche morte, à la cime du chêne au pied duquel gisait le puma; en dépit des observations d'André, je n'avais pas encore déchargé

le canon de ma carabine, dont la capsule seule était
partie, me réservant, après en avoir mis une autre,
de tirer un loup ou un coyotte que nous étions certains de rencontrer bientôt. L'oiseau, parfaitement
immobile, m'offrait un but moins facile à atteindre;
cependant, comme pour moi il importait très-peu de le
manquer, je prie André de m'attendre un moment,
et faisant un léger détour, j'arrive à quinze pas
environ du chêne; à cette distance, j'ajuste avec attention le gourmand, que semble fasciner la vue du
sang répandu par le couguard, et je presse la détente...

J'en étais certain, une incroyable fatalité a seule
causée la mort de mon pauvre *Dig*, car mon coup
est parti, et la balle qui aurait sans nul doute tué le
carnassier, jette bas le nocturne qu'elle a traversé.
Je le ramasse et retourne près de mon compagnon,
en murmurant ces deux vers d'une chanson que
n'ont pas oubliée nos vieux soldats d'Afrique :

Ne croyez pas que c'est le plomb qui tue,
C'est le destin qui frappe et fait mourir...

Puisque je n'avais rien fait que de changer la
première capsule, il fallait qu'il fût écrit que *Dig* ne
devait pas aller plus loin... et j'en arrive presque à
répéter ce que me dit André, fataliste comme un
sectateur de Mahomet :

— Voyez-vous, Henry, le chien n'est pas mort
parce que votre carabine a raté; mais votre coup a
raté parce que le chien devait mourir.

Je comprends bien tout ce que cette croyance
dans l'inexorabilité du destin peut inspirer de rési-
gnation et d'aveugle courage aux hommes qui mè-

nent la vie aventureuse de mon ami, mais, néanmoins, je recharge mon arme avec le soin le plus
scrupuleux pour mettre, le cas échéant, quelques
chances de mon côté.

Nous étions rendus à l'extrémité du vallon où
s'étaient passés les incidents que j'ai racontés, et
qui avaient retardé notre marche, quand André me
demande si je tiens à aller, comme nous en étions
convenus, déjeuner au rancho de los Juanes.

— Nullement, lui répondis-je, vous ne devez pas
avoir oublié que je me plais fort peu dans la société
des rancheros, je suis donc à votre entière disposition, quoique vous modifieriez nos projets.

— Puisqu'il en est ainsi, continua-t-il, nous devons maintenant avoir dépassé la partie de la Sierra
qui est en feu, nous allons nous enfoncer dans la
montagne.

Les ours dont nous cherchons les passages, se
sont réfugiés sur le versant qui regarde la mer, et
en longeant les crêtes nous aurons, je le crois,
bientôt trouvé leur traces. Toutefois, nous ferons
une halte pour prendre des forces, en attaquant
notre provision de biscuit de bord dans un fort
joli endroit que je connais à deux milles d'ici à peu
près, et où nous ne serons pas dérangés, et je vous
l'assure, à moins que ce ne soit par quelqu'un de
ceux que nous voulons rencontrer.

— Comment ! m'écriai-je, tout joyeux, vous pensez que nous pourrions déjà trouver un ours ?

— Peut-être, me répondit-il, tout en hâtant la
marche.

CHAPITRE XI

L'ÉCUREUIL

— Encore deux milles, — ou un peu plus de deux kilomètres, — avait dit André, et nous ferons halte, — cependant voilà bientôt deux heures que nous marchons sans être arrivés ; il est vrai que le terrain, très accidenté, ne permet pas d'aller vite ; néanmoins je commence à croire que les deux milles doivent être loin derrière nous, ou que mon ami compte les milles, comme dans certaines contrées de France les paysans comptent les lieues. Vous adressant à l'un d'eux, lui demandez-vous :—qu'elle distance d'ici à tel endroit ? la réponse est invariable toujours la même. — Eh ! eh ! mon bon M'sieu, il peut bien y avoir une petite lieue. — Puis, quand après avoir couru durant une heure, tout surpris de ne pas voir le but, vous vous adressez à un second campagnard, vous recevez la même réponse ; encore une petite lieue ; qui souvent n'est pas la dernière.

Heureusement que pour faire passer le temps, les distractions ne manquent pas. Aucun chasseur n'a encore exploré ces parages, aussi y voyons-nous une incroyable quantité d'animaux de toute espèce.

Aux pieds de chaque buisson, des lapins, surpris par nous, s'arrêtent, et gravement assis sur leur derrière semblent attendre que nous leur adressions la parole. Dans les petites clairières, d'innombrables volées de colins nous laissent approcher jusqu'à les toucher, avant d'aller bruyamment s'abattre à la tête des chênes, où les mâles font entendre leurs cris perçants. Les lièvres eux mêmes, qui, dans la plaine, sont si prompts à fuir nous témoignent une confiance dont nous ne les ferons pas repentir aujourd'hui. Enfin, des hardes de cerfs et de biches, leurs grands yeux fixés sur nous, nous laissent avancer à portée, quoique rien ne nous abrite. On se croirait, en vérité, devant un semblable spectacle dans un parc hospitalier attenant à quelques princières demeures, et dont les hôtes n'ont d'autre mission que celle d'animer et d'embellir les abords du manoir seigneurial.

Ah! belles sierras, combien je vous ai regrettées, lorsque plus tard, de retour en France, je passais des demi-journées dans nos champs dépeuplés, sans qu'une occasion s'offrît de mettre à l'épaule le fusil que j'avais en main! Si quelquefois, au milieu de vos magniques solitudes, je me suis aperçu que l'abondance engendrait la satiété, en pensant à vos richesses, la disette a bientôt fait naître le dégoût, et je ne chasse plus que dans les rêves qui souvent me reportent vers vous. Pourtant je ne me plains pas, car je me dis que c'est encore presque du bonheur que de pouvoir opposer aux tristesses du présent le souvenir des jouissances passées.

— Eh bien, Henry, que diable avez-vous donc?
depuis une heure, vous n'avez pas dit un mot. Êtes-
vous déjà fatigué ?

— Allons donc, André, me prenez-vous pour une
jeune fille? Fatigué, parce que, depuis hier soir
nous avons peut-être fait sept à huit lieues... Non,
mon cher André, non, mais je regarde, j'admire
tout ce que je vois et je sens les regrets me monter
au cœur à la pensée que je ne peux pas finir ma vie
vers ici, et qu'il faudra probablement me séparer de
vous avant qu'il soit longtemps.

— Comment nous quitter, avant d'être allés ensemble faire une tournée vers les montagnes nei-
geuses où je vous ferai voir de si curieuses choses?

— Oh! non, certainement, mon cher André, mais
que l'heure de la séparation vienne dans six mois,
dans huit mois, dans un an, elle viendra toujours,
chaque minute qui passe l'approche, et voilà ce qui
par moment me rend triste.

— Oh! dam, cela vous regarde.... mais parlons
d'autre chose.... vous avez pris quelques coups de
petit plomb?

— Oui, ainsi que vous me l'avez recommandé.

— Eh ! bien, servez-vous-en, nous sommes bientôt
arrivés, et il nous faut à chacun une perdrix pour
déjeuner, qu'en pensez-vous ? je prendrai soin de la
cuisine, fournissez-moi seulement le gibier.

Je ne me le fais pas dire deux fois, je remplace les
chevrotines qui étaient dans le canon lisse de ma
carabine par une charge de plomb n° 4, et moins
de cinq minutes après, nous ramassions notre rôti;

seulement, quoique, pour ne pas faire un massacre
inutile, j'eusse évité de tirer sur le groupe le plus
épais d'une compagnie de colins, au lieu de deux,
mon coup nous en procura quatre, sans compter
quelques éclopés, qui se cachèrent en courant dans
les buissons. Comme je rechargeais avec attention.

— Ne mettez pas de chevrotines, me dit André,
ici, il est plus prudent d'avoir des balles à sa disposition. Je suivis son conseil et quand j'eus fini, nous
continuâmes notre route tout en plumant nos
perdrix.

A deux kilomètres à peu près, au-delà de l'endroit
où la sierra de Santa-Clara prend le nom de San-
Bruno, existe, dans la première de ces montagnes,
une longue coupure qui semble, par rapport aux
hauteurs qui la dominent à droite et à gauche,
comme une immense et profonde tranchée ouvrant du
côté de l'ouest sur la mer, et débouchant à l'extrémité opposée sur la plaine du *Pueblo de los Angeles*.

A droite et à gauche, les flancs de la montagne,
qui encaissent cet étrange défilé, offrent partout à
nu d'énormes blocs de rochers calcaires qui forment
la base de cette chaîne. Ils sont enchâssés dans des
couches argileuses qu'ont, sur certains points, mi-
nées les pluies de l'hiver, de telle sorte qu'une
partie d'entre eux semble ne devoir guères tarder
à aller rejoindre au fond de la gorge ceux qui y
sont déjà épars çà et là.

Les sommets de la sierra sont couverts de magnifiques sapins appartenant à la variété nommée dans
le pays *palos colorados :* sur les crêtes, leurs troncs

gigantesques et droits comme des flèches atteignent souvent jusqu'à cinquante à soixante mètres d'élévation ; mais beaucoup de ceux qui ont grandi sur les pentes au-dessus de la gorge, faute d'appuis suffisants pour leurs racines, se sont inclinés des deux côtés du ravin, les uns vers les autres, jusqu'à mêler leur sombre feuillage, en formant pour ainsi dire une voûte ; tandis que d'autres, au contraire, sont presque renversés sur les talus qui les dominent, de manière à ce que leurs branches pourraient à la rigueur servir d'échelons pour monter ou descendre.

Nous sommes à l'entrée du défilé, tournant le dos à la plaine, quand André me dit que nous allons faire halte et, tandis que je reste en extase devant l'aspect de désordre grandiose qu'offre ce site sauvage, il s'éloigne afin d'aller chercher quelques branches sèches destinées à nous fournir le feu de notre cuisine.

Je l'avais à peine perdu de vue parmi les arbres et, après avoir déposé mon bagage, je me disposais à vider nos perdrix et à les embrocher avec la baguette en fer de son rifle qu'il m'avait laissé, quand je l'aperçois, et je l'entends m'appeler du geste et de voix.

Sans savoir ce dont il s'agit, je reprends au plus vite ma carabine, et je me hâte d'aller à lui, aussi lestement que le permet le terrain.

— Venez, venez, me dit-il, dès que je l'eus rejoint, venez voir une preuve qu'ici il est des bêtes plus travailleuses et plus prévoyantes que beaucoup d'hommes, mais allons doucement.

A trente pas, André s'arrête derrière un gros
sapin, je l'imite, alors me montrant à portée du pis-
tolet un chêne complétement mort, et dont toutes
les branches étaient dépouillées de feuillage :

— Regardez au pied de cet arbre mort, ne voyez-
vous pas un écureuil ?

— Oui, certainement, eh ! bien, c'est un écureuil
gris, mais qui se livre à un singulier manége, il
monte, il descend, on dirait un amateur de gymnastique. Ah ! ça est-il fou ?

— Non, il n'est pas fou, seulement il est vexé.
Tenez, regardez maintenant sur la branche la plus
basse de l'arbre, celle qui s'avance de notre côté,
juste au-dessus de l'écureuil ; que voyez-vous ?

— Un oiseau, parbleu ! que je reconnais très-bien
d'ici pour être un pic, on dirait vraiment, à le voir
si tranquille, que l'écureuil est chargé de jouer pour
lui la comédie.

— Et, on ne se tromperait pas, seulement le plus
curieux, ce n'est pas de voir les acteurs, ainsi que
nous le faisons, il faut regarder de près le théâtre :
venez.

En même temps, André se découvre à l'oiseau et
au quadrupède, en s'avançant vers eux et je le suis.
L'écureuil, en nous apercevant, a vivement pris la
fuite ; le pic, au contraire, demeure immobile à la
même place, ce n'est que lorsque nous sommes arrivés à toucher l'arbre qu'il s'enlève, non pour s'éloigner, mais pour surveiller nos mouvements, en
voletant presque à nous effleurer, et en poussant ces
cris aigus particuliers à tous ceux de son espèce. Je

ne comprends rien à la colère inquiète que semblent
accuser les plaintes de l'oiseau et, pour me l'expliquer, il faut qu'André appelle enfin mon attention
sur l'arbre. A peine ai-je regardé que j'ai bientôt
deviné que nous avons sous les yeux un remarquable
exemple d'intelligence animale. — Pardon, si je
réunis ces deux mots; — mais voyez vous-même et
je ne crois pas que vous soyez d'avis qu'ils jurent de
leur accouplement.

A partir de la première fourche du chêne, c'est-à-
dirs d'une hauteur de dix-huit à vingt pieds ; jusqu'à
un pied de terre environ, l'arbre est entièrement dé-
pouillé de son écorce sur les trois quarts de sa circonférence, et toute sa surface est criblée de trous
contenant chacun un gland, la partie la plus grosse
du fruit, sa base, est à l'intérieur, tandis que la
pointe visible effleure le bord de la cavité.

Ces milliers de glands, occupant chacun une des
petites cellules creusées par le pic constituent sa
provision pour l'hiver.

Écoutez maintenant les explications que me donne
mon ami André pendant que j'admire en silence :

— Vous croyiez peut-être, Henry, qu'il serait
possible de dérober au pic le produit de ses peines
dès qu'on a découvert son grenier ; ce serait une
erreur, l'homme seul, avec un outil convenable, pourrait réussir à sortir un de ces glands de sa cavité,
quant aux petits rongeurs tels que rats, écureuils et
autres, avant de se mettre un des fruits dans l'estomac ils s'useraient les dents et les ongles.

Tout en écoutant André, j'essayai de saisir avec les

doigts l'extrémité d'un gland ; mais deux ou trois
tentatives m'eurent bientôt prouvé que c'était impossible, tant ils étaient exactement enchâssés dans
leurs alvéoles.

— Comment, demandai-je alors à mon ami, l'oiseau peut-il établir ainsi une précision presqu'absolue entre le contenant et le contenu, à ce point
qu'il n'est pas possible de faire remuer un de ces
glands ?

— C'est là un effet de sa prévoyance. Lorsqu'il a
trouvé un arbre qui lui convient, après avoir enlevé
son écorce ainsi que vous le voyez, il le crible de
trous pendant les fortes chaleurs de l'été, à l'époque
où la sécheresse a ôté au bois toute humidité ; l'automne venue, le plus difficile est fait, il ne lui reste
qu'à charrier ses glands qui trouvent chacun un
logement proportionné à leur grosseur, car le pic a
la précaution de donner aux trous différents dia-
mètres. Enfin, aux premières pluies de l'hiver le
bois gonfle à ce point d'emprisonner, comme vous
le voyez, les provisions de notre travailleur qui,
grâce à son bec, peut consommer sur place. Vous
ne serez pas étonné que, certain de jouir du produit
de son travail, il emmagasine des aliments de choix,
ainsi tous ces glands sont des glands doux, et l'oiseau est assuré, grâce à sa prévoyance, de ne pas
jeûner durant la mauvaise saison.

Comme je ne m'expliquais pas pourquoi le pic
n'avait pas transformé en garde manger la circonférence entière de l'arbre ; André m'en donna la
raison suivante :

— Je crois, ne dit-il, que le seul motif qu'ait l'oiseau pour agir ainsi est que la partie intacte du chêne se trouve exposée au vent de Sud-Est qui, en chassant la pluie qu'il amène toujours durant l'hiver, pourrait déterminer la germinaison des glands, peut-être même leur pourriture.

Depuis ce jour, j'ai eu encore deux fois l'occasion d'être témoin du fait que je viens de raconter ; la première c'était sur la route très-peu fréquentée, car elle était à cette époque bien peu sûre, qui conduisait du camp des Fourcades à *Sacramento-City* en passant par le placer du Pic et celui du *Rio-Secco* ; la seconde, plus au nord, sur les rives de la rivière *Feather*, un des affluents de la *Juba*.

Je voudrais pouvoir désigner maintenant à quelle variété des pics du Nord appartient l'intelligent travailleur dont je viens de parler ; mais, à mon grand regret, je ne saurais le faire, n'ayant rien lu sur ce sujet dans les ouvrages de nos naturalistes. Je ne peux que terminer en disant que son plumage est mélangé de couleurs d'un rouge éclatant et de brun [1].

Je serais encore resté sans doute un moment à la même place ; mais André, qui s'était éloigné, étant revenu en traînant quelques branches mortes, m'arracha à la contemplation pour me rappeler qu'il nous fallait penser aux préparatifs de notre déjeûner.

Moins d'un quart d'heure après, la broche était

[1] Peut-être trouverait-on quelques indications à cet égard dans Audubon, Richardson ou Townsend.

mise devant un feu clair, vif, qui colorait à merveille nos quatre perdrix, André s'était chargé de la tourner, tandis que, suivant son conseil, je recevais, sur nos galettes de biscuit, le suc et la graisse qui en découlaient.

Dans des circonstances telles que celles-ci, je n'ai jamais connu personne sachant, mieux que mon compagnon, suppléer par les ressources de son imagination à tout ce qui aurait pu paraître ailleurs indispensable. On va en juger.

Le moment est venu de faire passer le rôti de la cuisine dans la salle à manger, quand je dis en riant à André :

— Je crois, mon ami, qu'il est temps de saler nos perdrix.

La chose était malheureusement plus facile à dire qu'à faire. En fait de sel, nous n'avions à notre disposition que le salpêtre mêlé au soufre au charbon dans nos cornes à poudre, et l'idée de ternir les teintes appétissantes du roti à l'aide de la noire mixture, ne pouvait venir ni à l'un ni à l'autre ; pourtant j'avais émis une idée qui fut prise au sérieux par André.

— C'est vrai, me dit-il, vous qui n'êtes pas habitué, vous trouveriez cela un peu fade... cependant... ah ! j'y suis...

Nous avions chacun une gourde contenant à peu près les deux tiers d'une bouteille de rhum ; aussitôt André prend la sienne et arrose de deux ou trois petits verres de la liqueur nos perdrix chaudes et fumantes : puis encore deux tours de broche, et nous les déposons avec soin sur nos biscuits de bord qui, ce jour-là remplacent pour nous non-seulement le pain, mais aussi les plats et les assiettes.

Soutenir qu'André avait réellement trouvé le moyen de remplacer le précieux condiment qui nous manquait, je ne le ferai pas ; mais j'affirme que le parfum de l'excellent rhum dont nos collins se trouvaient imprégnés, mêlé à leur propre fumet, aurait permis à de plus difficiles de ne pas trop regretter son absence.

Je livre au reste à mes lecteurs ce raffinement culinaire enfanté par la nécessité dans une gorge sauvage de la Sierra de Santa-Clara, à l'autre bout du monde, et peut-être qu'après l'avoir mis en pratique, quelques-uns me sauront gré de la révélation.

Depuis notre départ de la Ramatte, j'avais éprouvé un étonnement très-motivé en voyant avec qu'elle aisance André circulait, même pendant la nuit, au milieu de cette solitude. Jamais une indécision, jamais un retour sur nos pas. S'il semblait quelquefois que nous nous enfoncions dans d'impénétrables fourrés. — En passant ici, me disait-il, nous abrégeons notre route et dans un quart-d'heure nous trouverons une longue clairière, — il arrivait bien que le quart-d'heure avait souvent trente minutes ; mais en fin de compte, la clairière annoncée ne faisait jamais défaut et me laissait oublier la peine prise pour l'atteindre. Maintenant, dans quelle circonstance mon ami avait-il pu se familiariser de la sorte avec cette contrée ?

Je venais de le lui demander, un incident retarda

la réponse qu'il allait me faire, et je le raconte malgré sa futilité, car il est empreint de couleur locale
et forme un trait intéreesant dans le tableau. Au
lieu de me répondre :

— Passez-moi donc mon rifle, me dit André, en
déposant sur le bloc de pierre qui nous servait de
table ce qu'il tenait à la main.

— Nos deux carabines étaient debout, appuyées le
long d'un sapin, à mes pieds, — en même temps, sa
main étendue vers les rochers qui nous faisaient face,
me montrait un objet encore invisible pour moi, et
il continuait en épaulant son arme :

— Ne voyez-vous pas, ce curieux, là bas, qui nous
regarde ? Eh ! bien, je veux savoir si, par hasard,
mon rifle, que j'ai rechargé ce matin quand il y avait
de l'humidité, ne me jouera pas un mauvais tour.

En suivant avec attention du regard la direction
du canon de l'arme d'André, je venais d'apercevoir,
à soixante pas environ, le nez et les oreilles pointues
d'un coyotte dont un rocher abritait le corps ; lorsque l'explosion retentit, mille fois répétée par les
échos du ravin, en même temps, à la place du nez
et des oreilles du carnassier, qui n'avait pu que faire
un saut sur lui-même, nous ne vîmes plus que sa
queue touffue agitée par le vent.

— Bravo ! bien touché, m'écriai-je, et laissant André recharger son rifle, j'allai sur les lieux regarder
de près le coyotte qui avait reçu la balle en plein
front.

Inutile de dire que je ne touchai pas même la
bête puante ; mais ayant vu quelques plumes de

10

perdrix dans sa gueule, j'arrivai près d'André, en disant :

— Je souhaite, mon cher, que notre digestion soit plus heureuse que celle du coyotte quoiqu'il ait fait le même déjeûner que nous.

— Comment cela ?

— Oui, le gourmand avait mangé, lui aussi des perdrix, et il a encore des plumes entre ses dents.

— Je ne le crois pas, Henry, si le coyotte avait eu l'estomac plein, il ne se serait pas avisé d'attendre notre départ, dans l'espoir que nous lui laisserions quelque chose ; et les plumes que vous avez vues, sont celles que nous avons semées nous-mêmes en venant ici, il s'amusait à les mâcher en espérant mieux ; mais revenons donc maintenant à ce que vous me demandiez tout à l'heure ; comment il se fait que je connaisse si bien ce pays.

CHAPITRE XII

LE CAÑON [1]

— Vous saurez, Henry, que je ne me suis pas toujours amusé à courir, ainsi que nous le faisons en ce moment, après le gibier. Lorsqu'il y a huit mois environ j'arrivai dans la contrée, en quittant les placers de la Sierra-Nevada, je voulais y trouver de l'or. J'avais cette idée fixe que je finirais par mettre la main sur quelques bons nids ; mais après de longues recherches qui n'aboutirent à rien, je m'en rapportai au hasard du soin de me faire découvrir ce que j'avais inutilement tenté d'obtenir au prix de bien des courses, et je m'associai avec Charles et Louis, me réservant de continuer, tout en chassant, à explorer le terrain.

Maintenant, quoique, jusqu'à ce moment, je n'aie pas été heureux, je crois que la chance seule m'a manqué, puisqu'à peu de distance, au rancho de San-Francisquito, un de vos compatriotes, nommé Baric, a découvert une mine d'or, et que plus près d'ici, à quelques milles du Pueblo, existe un filon

[1] On désigne sous le nom de cañon, dans l'Amérique du Nord les profondes coupures des montagnes.

d'argent : enfin, jamais je ne croirai qu'il n'y a rien dans ces montagnes valant mieux que les cerfs et les ours..... Le tout est d'y arriver. En attendant, voulez-vous que nous nous remettions en campagne ? et qui sait, peut-être vous est-il réservé de découvrir ce que j'ai vainement cherché jusqu'à ce moment.

— J'en doute, mon cher, car il existe très-peu d'affinité entre l'or et moi. Tenez , en voici une preuve :

Durant le voyage que j'ai déjà fait aux placers, un beau jour, fatigué par la marche et le soleil, j'avise sur un petit plateau un magnifique chêne dont le frais ombrage semble en vérité me convier au repos. J'accepte l'invitation, je dépose au pied de l'arbre mon bagage, mes armes, puis je m'étends sur le sol et, pendant trois ou quatre heures, un calme et profond sommeil délasse mes membres fatigués ; puis je quitte l'endroit continuant ma course de Juif-Errant sans même tourner la tête, et sans que rien m'ait dit : tu viens de dormir sur un trésor. C'était pourtant bien vrai.

Le lendemain deux nègres, chassés d'un placer voisin par les sottes plaisanteries des travailleurs blancs, arrivent au pied du chêne, y font un trou, et en sortent en huit jours cent onze livres d'or [1]. Malheureusement pour eux le bruit de leur bonne fortune se répandit promptement dans les environs

. [1] Historique. Le fait s'est passé sur la rive gauche du Mo; lumnès.

et, encore une fois, ils se virent contraints d'aller ailleurs continuer leurs recherches. Je me crois donc bien en droit de dire, que si dame Fortune veut jamais venir me trouver, elle devra se présenter bien ouvertement et sans voiles, sous peine de se voir méconnue, ce qui serait vexant pour elle et le serait encore plus pour moi.

Comme nous causions ainsi, tantôt sérieusement, tantôt en plaisantant, nous étions arrivés vers le milieu de la gorge à l'entrée de laquelle avait eu lieu notre déjeuner. Jusque-là nous avions pu avancer sans trop de peine, en contournant les blocs de pierres qui se trouvaient sur notre passage et en traversant à diverses reprises un fort ruisseau qui formait, dans ce terrain tourmenté, des lacs et des cascades ; mais le point où nous étions parvenus me paraissait désormais pour nous les colonnes d'Hercule, car le Cañon n'offrait plus que l'aspect d'un chaos inabordable.

A droite et à gauche s'élèvent presque perpendiculairement deux falaises qui atteignent en moyenne quatre-vingts à cent mètres de hauteur ; je ne crois pas qu'il serait possible même à un écureuil de les escalader. Entre ces deux murailles gisent, enchevêtrés dans le plus magnifique désordre, en quantité incroyable, des blocs énormes de rochers détachés de leurs flancs. Il y a là des masses compactes dans lesquelles on taillerait une maison à six étages, et pour les gravir, pas une aspérité, pas un angle pour le pied, pas une saillie pour la main. Toutes leurs surfaces sont lisses, polies comme celles des

10.

galets que l'Océan roule depuis des siècles sur les grèves.

L'Aroyo, dont nous avons suivi le cours, disparaît ici complétement, et nous l'entendons, sans le voir, gronder en se cherchant une issue parmi les formidables obstacles qui entravent ses eaux.

Le premier coup d'œil que j'ai jeté sur cet ensemble m'a étrangement surpris et je suis persuadé qu'il ne doit pas nous être possible d'aller plus loin ; mais à peine ai-je parlé de revenir sur nos pas qu'André me désabuse en me disant :

— Le passage que nous allons prendre n'est pas très-facile, c'est certain, toutefois une heure nous suffira pour le franchir et nous faire arriver sur la pente du côté de la mer où nous conduirait à peine une journée de marche, si nous voulions suivre les collines étagées de la Sierra. Faites comme moi, mettez votre carabine derrière votre dos, car nous aurons quelquefois autant besoin, pour avancer, de nous servir de nos mains que de nos pieds et en route.

— En route, répétai-je ; allez, André, je vous suis.

Je n'entreprendrai pas de décrire en détail toutes les péripéties du tour de force que nous accomplîmes heureusement, mais mon ami, en me disant que nous serions obligés d'user de nos mains, n'avait point exagéré. Il aurait pu même parler de certaine autre partie du corps qui nous servit à opérer plus d'une périlleuse descente, et je crois que nos pantalons se fussent trouvés fort endommagés à la suite

de semblables exercices sans nos couvertures de
laine, sur lesquelles nous avions la précaution de
nous asseoir.

Si j'avais un peu du talent de certains écrivains,
qui ont même l'heureux privilége de peindre en
traits ressemblants ce qu'ils n'ont jamais vu, je ne
quitterais certainement pas le Cañon sans en faire
une description pompeuse ; mais malheureusement
je crois qu'il me serait impossible de le décrire de
manière à ce que mes lecteurs pussent s'en créer
une idée : je me bornerai donc à leur dire comment
nous en sortîmes, ce ne fut pas, au reste, la partie
la moins curieuse du voyage.

Nous avions dépassé toutes les masses rocheuses
qui emplissaient près de la moitié de la gorge, esca-
ladant les unes en rampant sur le ventre comme des
lézards, pour les descendre de l'autre côté comme
des barriques, c'est à-dire en roulant sur leur surface ; quand nous nous trouvâmes au fond d'un
espèce d'entonnoir sans aucune issue apparente.

— Ah ! pour cette fois, m'écriai-je en regardant
André, je crois que nous sommes arrêtés, à moins
que les vilains oiseaux qui planent sur nos têtes ne
nous prêtent leurs ailes.

De nombreux vautours tournoyaient au-dessus du
précipice où nous nous trouvions.

— Comment, me dit André, vous ne voyez pas le
chemin que nous allons prendre ? — Et en même
temps il me le montrait du doigt.

J'ai répété le mot dont s'est servi mon ami pour
désigner la voie qu'il nous faut suivre afin de sortir

de cet affreux trou ; permettez-moi maintenant de
vous la décrire.

Représentez-vous d'abord une muraille demi-cir-
culaire, haute à peu près de quarante à cinquante
pieds. Au milieu existe une coupure perpendiculaire
pouvant avoir en moyenne trois mètres de profondeur sur une largeur qui ne dépasse pas un
mètre ; mais qui, en certains endroits, se rétrécit
tellement, que, regardant du bas en haut, il me
semble impossible que l'étroite ouverture livre passage à nos corps ; voilà le chemin de mon ami
André. J'espère que je vous en ai déjà assez dit pour
que vous acceptiez la qualification que je lui donnai
de suite de tuyau de cheminée, d'autant mieux que,
pour circuler là-dedans, nous allons être obligés
d'agir à la façon des ramoneurs, les reins appuyés
d'un côté, les pieds de l'autre.

Nous n'avons pas à redouter, il est vrai, d'être
asphyxiés par les cendres ou la suie, mais si nous
ne voulons pas arriver en haut trempés jusqu'à la
peau, il faut que nous évitions de trop nous enfoncer dans la fissure au fond de laquelle coule une
jolie petite nappe d'eau transparente.

Tandis que j'examine avec une curiosité qui se
conçoit ce théâtre de la dernière partie de nos exploits
gymnastiques ; André me dit très-sérieusement :

— Ici, Henry, nous allons changer l'ordre de
marche. Jusqu'à présent vous m'avez suivi, mais,
comme je tiens à ce que vous arriviez là-haut le
premier, vous allez prendre les devants, à mon tour
je vous suivrai.

Mon ami m'avait parlé d'un ton si naturel que
mon premier mouvement fut de me rendre à son
désir, et après avoir bien assujetti sur ma poitrine
tout ce que j'avais sur le dos ; ma carabine, mon sac
et ma couverture, de manière à prendre un point
d'appui solide sur une des parois de la crevasse,
j'allais attaquer l'escalade, lorsque la pensée me
vint que le motif donné par André n'était pas le
véritable, et de suite, le regardant en face :

— Jurez-moi sur l'honneur, lui demandai-je, qu'en
voulant que je passe le premier vous n'avez d'autres
préoccupations que de me voir atteindre là-haut
avant vous.

— Non, ma foi, Henry, je ne le jurerai pas,
reprit-il en riant, et puisque vous êtes si curieux,
je préfère vous dire mes raisons. La première, c'est
qu'il peut arriver que celui qui sera devant fasse
tomber sur l'autre quelques pierres ; la seconde, si
par hasard la tête vous tournait en voyant le vide,
mon corps vous le masquerait ; enfin, pour finir, sup-
posons que vous soyez un peu fatigué, vous pourrez
vous appuyer sur mes épaules. Êtes-vous content ?

— Oui, mon brave camarade, lui dis-je en lui
prenant la main, mais je le serai bien plus quand
vous m'aurez donné une preuve de confiance en
montant le premier.

— Vous le voulez sérieusement ?

— Je l'exige, ou je ne bouge d'ici que pour retourner sur mes pas.

— Oh ! c'est bien ! c'est assez, suivez-moi donc,
alors, et attention !

Je ne sais pas ce que je ferais aujourd'hui, s'il me
fallait absolument tenter d'exécuter encore une semblable prouesse, ou plutôt, je crois bien que malheureusement la tête et les jambes me refuseraient
leurs services ; mais à l'époque, dans toute la force
de l'âge, le corps assoupli par l'exercice et endurci
par les fatigues de toutes sortes, je peux dire que
j'accomplis en jouant la périlleuse et pénible ascension ; j'en sortis si bien à mon honneur, qu'André,
bon juge en semblable occurrence, lorsque nous
fûmes arrivés, me témoigna toute sa satisfaction en
me rendant avec effusion la chaleureuse poignée de
main que je lui avais donnée un moment aupara-
vant. J'avais déjà son amitié, je venais de grandir
dans son estime.

Entre nous deux existent, au reste, des sympathies
qui sembleraient ne devoir résulter que d'une communauté d'idées puisées à une source unique, ou
provenir au moins d'une vie antérieure semblable
ou d'une même éducation, tandis qu'elles prennent
leur origine dans une prédisposition naturelle,
inexplicable, qui soumet également nos esprits à
certaines influences.

Après le travail que nous venions d'exécuter, pendant un moment de repos, j'en acquis une nouvelle
preuve.

Nous étions tous les deux assis sur le haut de la
muraille à pic que nous avions escaladée, et nous
fumions nos pipes en humant de temps à autre une
gorgée de rhum, tout en échangeant seulement
quelques phrases insignifiantes ayant à peine trait

DU NOUVEAU-MONDE   183

à ce que nous avions fait, lorsque André me dit :

— Ah ! ça, je ne vous ai pas encore complimenté,
savez-vous Henry, que vous vous êtes admirablement tiré du mauvais pas que nous avons traversé,
pourtant je voudrais savoir une chose...

— Merci ! d'abord pour le compliment, André ;
quant à ce que vous désirez apprendre, si je peux
vous en informer, vous le saurez bientôt, je vous le
jure ; parlez.

— Eh bien ! dites-moi franchement, n'avez-vous
rien éprouvé quand nous gravissions ce que vous
avez, avec raison, appelé un tuyau de cheminée ?
est-ce que la tête ou les jambes ne vous ont rien dit ?

— Les jambes, non ; j'aurais monté à cinquante
pieds plus haut ; la tête, c'est différent, vous allez
rire....

— Je ne le crois pas.

— Que m'importe, après tout ; on ne saurait être
maître de certaines sensations, et je soutiens que
tout ce qui est naturel doit être à l'abri du ridicule.
Sachez donc, mon ami, que j'ai ressenti quelques
minutes de dépit causées par l'impossibilité où
j'étais de ne pouvoir me servir de ma carabine contre ces abominables vautours....

Je n'eus pas le temps d'ajouter un mot de plus
qu'André s'écriait :

— A la bonne heure ! J'aurais, je le crois, été jaloux de vous, si ces maudits *zopilotes* [1] ne vous
avaient pas agacé les nerfs.

[1] Nom que l'on donne aux vautours dans le Mexique et une partie
de la Californie.

— Oh! alors, vous pouvez être content. Figurez-
vous, en effet, qu'il me semblait parfois, lorsqu'ils
s'approchaient de nous, presqu'à toucher nos figures
avec la pointe de leurs ailes, que je respirais leur
haleine empestée ; puis il me venait à l'esprit qu'un
faux mouvement me faisant dégringoler, ces horri-
bles oiseaux s'abattraient sur mon corps brisé pour
le déchiqueter. Mais, ma foi, pourtant, dans ces mo-
ments-là, j'aurais, je le crois, plutôt mordu les pierres que lâché prise. Maintenant, pourquoi avez-vous
tenu à savoir cela ?

— Pourquoi? Comment, vous ne devinez pas ?
mais c'est que moi aussi j'ai éprouvé absolument les mêmes impressions que vous. Quoique
j'aie aujourd'hui accompli ce trajet pour la cinquième fois, je ne peux pas m'habituer à
voir ces enragés *zopilotes* venir pour ainsi dire
me flairer, comme si je sentais déjà le cadavre.
Tenez, Henri, rappelez-vous mes paroles: je vous
prédis que vous les reverrez encore en rêvant.

André ne se trompait pas ; il m'est souvent arrivé depuis, durant un pénible sommeil, de revoir le Cañon et ses lugubres habitants.

On ne saurait croire combien on se trouve léger de corps et d'esprit, après être sorti sain et
sauf d'épreuves dans le genre de celles que nous
venons de traverser. Tout en nous éloignant du
théâtre de nos exploits, il me semblait avoir des
ailes et à peine effleurer la terre ; pour un peu,
j'aurais tenté de faire assaut d'agilité avec les nombreux écureuils qui, autour de nous, couraient en

se jouant jusqu'aux cîmes les plus élevées des sapins sous lesquels nous cheminions. Je ne pouvais me lasser d'admirer leur souplesse, la rapidité vertigineuse de leurs mouvements. André rappela mon attention vers quelque chose d'autrement positif, en me disant :

— Enfin, nous sommes rendus : nous voilà dans le pays des ours, c'est ici qu'il nous faudra venir camper. Il n'y avait pas à en douter, ceux que nous cherchions devaient en effet avoir au moins choisi pour leur salle de récréation l'endroit où nous nous trouvions : mais, selon toutes les apparences, leurs jeux ne paraissaient pas avoir toujours été parfaitement innocents, puisque sur plusieurs points le sol était jonché de touffes de poils longs et épais. Partout, autour de nous, les buissons broyés, piétinés, gardaient les traces évidentes de leurs ébats. Aux chênes pendaient d'énormes branches sur lesquelles s'étaient sans doute exercées leurs forces, et l'écorce des arbres conservait les profondes empreintes des griffes qui l'avaient déchirée.

. — Ici, reprit André, nous n'aurons qu'à choisir ; mais il sera difficile de transporter les animaux que nous pourrons tuer, afin d'en tirer parti ; peut-être réussirons-nous, néanmoins, si Pérez, dont le rancho n'est qu'à trois milles, veut nous prêter une paire de ses bœufs de travail ; le moment venu, nous aviserons. Le plus pressé maintenant est de retourner à la Ramatté chercher nos amis et, pour y arriver demain de bonne heure, nous allons faire

11

route vers les pentes de la montagne regardant la mer.

Nous étions alors sur la crête de la Sierra. D'un côté nous pouvions distinguer à l'horizon les flots agités du grand Océan boréal. Le vent qui les soulevait venait expirer en murmurant dans le vert rideau formé par la sombre forêt de sapin dont son souffle balançait lentement les rameaux les plus élevés. A l'opposé, à travers les troncs nus et élancés des conifères, nos regards découvraient au loin l'immense plaine du Pueblo de los Angeles, chaudement éclairée par les rayons du soleil, pendant que sous le couvert des sapins nous ressentions la brise du large, humide et froide.

Après avoir marché le reste du jour, nous nous trouvions un peu avant la nuit, à un endroit où la montagne, au lieu de se terminer du côté de la mer, ainsi que nous l'avions vue jusqu'à ce moment, par de hautes falaises escarpées dont les flots baignaient le pied, descendait en pente douce vers une petite plage sabloneuse.

— Ma foi, me dit alors André, puisqu'il nous faut encore passer cette nuit à la belle étoile, si vous le voulez, nous n'irons pas plus loin ; nous serons dans cinq minutes au bord d'un ruisseau, nous y camperons et, demain, en quatre ou cinq heures, nous arriverons à la Ramatte.

Je ne me fis pas répéter deux fois la proposition. Il me serait difficile, en effet, d'estimer en kilomètres la distance que nous avions parcourue depuis la veille, mais à cela près de trois ou quatre

heures de sommeil et de quelques courtes haltes, il
y avait vingt-quatre heures environ que nous étions
sur nos jambes ; or si bonnes qu'on puisse les avoir,
on comprendra sans peine, que les miennes de-
mandassent un moment de repos. L'estomac, de
son côté, avait oublié les deux perdrix du déjeûner, sous l'influence apéritive de l'air de la mer
et de l'exercice.

Dans un pli du terrain, parmi quelques roches
entourées de buissons, coulait le petit *arroyo* dont
m'avait parlé André, ce n'était à la lettre, durant
cette saison, qu'un maigre filet allant, à quelques
pas à peine de sa source, disparaître en humectant
le sable du rivage, mais, grâce à lui et au rhum
que contenaient encore nos gourdes, une partie
essentielle de notre dîner nous était assurée, nous
avions le liquide pour arroser nos provisions com-
posées de saucisson sec comme un morceau de
bois, et de biscuit de bord durs comme pierre.
Maigre régal ! ont certainement déjà pensé plusieurs
de mes lecteurs ; c'est vrai, si on l'envisage au point
de vue d'appétits blasés par des jouissances gastronomiques souvent répétées ; mais pour des cou-
reurs comme nous, la certitude de ne pas nous endormir l'estomac vide, suffisait amplement. Quant
à moi, bien des fois depuis il m'est arrivé, devant
des tables somptueusement servies, de regretter
ma sobre nourriture dans les montagnes califor-
niennes, et surtout la robuste santé qui me permettait de lui faire fête,

Notre repas terminé, nous nous éloignâmes un

peu du ruisseau, afin de ne pas être dérangé par les animaux sauvages qui pourraient venir s'y désaltérer pendant la nuit, et après avoir allumé un énorme brasier, nous nous étendîmes sur la terre nue, en attendant le sommeil, mais non sans causer du passé, du présent et surtout de l'avenir.

Au début de nos relations, c'était toujours moi qui le premier faisais des projets. J'aurais voulu visiter avec André les deux Amériques ; alors, sans avoir l'air de partager mes idées enthousiastes, mon ami gardait le plus souvent un silence réservé, et la plupart du temps il changeait brusquement la conversation en me parlant de la France qu'il désirait tant connaître. Aujourd'hui c'est lui, au contraire, qui cherche à exalter ma curiosité et mon humeur vagabonde.

En vain, pour résister à l'entraînement et détourner mes regards des horizons infinis que m'ouvrent ses récits et promesses, ma pensée vole au-delà de l'Océan qui gronde près de nous, en vain, tout en l'écoutant, il me semble presque entendre les bruits qui vivifient mon foyer domestique et voir s'agiter à l'entour les êtres bien aimés qui l'animent. La passion des voyages, la soif de l'inconnu l'emportent, et André reçoit de moi, ce soir-là, la parole solennelle que nous ne quitterons pas sans avoir ensemble visité la Sierra Nevada.

Au reste, je m'excuse de prolonger ainsi l'absence en me disant : que dans cette patrie de l'or, avec un guide expérimenté et dévoué comme l'est mon ami, la fortune me permettra peut-être de rapporter

pour les miens un peu de ces trésors, qui paie-
raient largement les fatigues, les privations, les
dangers même que j'entrevois.

La nuit noire, encore augmentée par un brouillard épais et froid, était venue; tous deux, enveloppés dans des couvertures de laine et accroupis
près de notre feu, nous ne pensions plus à dormir.
Au dessus de nos têtes, sur les hauts sommets de
la Sierra de Santa-Clara, les ours, sortant de leurs
tannières, échangeaient de sonores appels ; au bas
des falaises, le long du rivage, les loups, les coyottes, en quête des épaves jetées par la mer, leur répondaient en mêlant leurs cris, leurs hurlements
et au milieu de ce concert, plus harmonieux que
beaucoup d'autres aux oreilles d'un chasseur, per-
çaient de temps à temps les sifflements aigus des
oiseaux aquatiques ; mais le besoin de sommeil par-
la enfin plus haut que tous ces bruits, et je passai
des projets de la veille à la réalité des songes.

CHAPITRE XIII

LES OURS DE LA SIERRA DE SANTA CLARA

Je touche enfin à quelques-uns des plus beaux jours de ma vie de chasseur, et j'ai tellement hâte d'évoquer leur souvenir que je passerai rapidement sur les heures qui nous en séparent encore.

Adieu! aux pauvres êtres inoffensifs que notre plomb a épargné: perdrix, lapins, lièvres, désormais croisez et multipliez en paix pour combler les vides que nous avons faits dans vos rangs, autrefois si pressés, et par nous éclaircis. Vous aussi cerfs, daims, qui avez trop souvent vu votre confiance innocente trompée, revenez en toute sécurité dans notre vallée tondre son herbe naissante, abreuvez-vous sans crainte au frais ruisseau qui l'arrose, reprenez tous possession de ce pauvre petit coin de terre où nous n'avons que trop semé l'effroi et la mort; vivez-y, tranquilles sous l'œil de Dieu, les méchants n'y sont plus.

Je ne peux pas pourtant quitter notre ramatte sans lui faire également nos adieux et, tout en abrégeant le plus possible, dire quelques mots des derniers instants que nous y avons passés.

André et moi nous y sommes arrivés hier dans l'après-midi, nos amis nous y attendaient avec impatience, ayant également des nouvelles à raconter ; aussi, à peine avions-nous annoncé la mort de *Dig* que Charles s'écriait :

— C'est triste, mais que voulez-vous? ce bon *Dig* n'aura pas comme nous à regretter la soupe au lait qu'il aimait tant.....

— Comment cela, demandai-je, que voulez-vous dire ?

— Parbleu ! que la source en est tarie ; tandis que vous couriez après les ours, la nuit de votre départ un d'eux a mangé notre vache ; hier matin au jour, après l'avoir longtemps cherchée, Louis et moi, nous avons trouvée ses débris à l'extrémité de la vallée, à l'entrée de la plaine, et ils n'étaient pas lourds, je vous assure, le plus gros os ayant été broyés comme des allumettes.

La triste fin de notre bonne laitière ne nous fut pas indifférente : mais étant décidés à nous enfoncer dans la montagne, nous aurions été obligés de l'abandonner et sa perte ne pouvait nous causer autant de regret que celle de *Dig*; de plus, nous étions fort heureux d'avoir conservé notre cheval, qui devait nous être très utile pour notre déménagement.

Ce fut une curieuse chose que ce déménagement. Notre camarade Louis, habitué au bien être relatif que nous avait offert notre rustique demeure, aurait voulu pouvoir emporter jusqu'à la ramatte, tandis que le Parisien, imprévoyant comme un gamin de la grande ville, aurait tout laissé en place sans préoccupation des besoins à venir.

Par bonheur, entre ces deux extrêmes, veillait l'intelligente expérience d'André, toujours sûr de me trouver de son avis, et quand nous eûmes, peut-être dix fois, fait et défait le chargement de notre cheval, nos amis durent accepter le résultat de notre volonté.

Pour mon compte, ce que je regrettai le plus, en quittant la ramatte, c'était le magnifique massacre du cerf tué par Louis et que nous avions placé au-dessus de la porte ; on n'en sera pas étonné si je rappelle que les bois, d'une régularité parfaite, avaient six pieds de hauteur en suivant leur courbure et autant d'écartement ; mais force me fut d'abandonner aux rongeurs des environs ce superbe trophée par trop lourd et surtout encombrant.

Tous nos préparatifs sont enfin terminés, nous nous sommes partagé ce qui n'a pu trouver place sur le dos de notre cheval, et nous allons partir, lorsque Charles, qui depuis un moment se tenait à l'écart, arrive gravement en portant un morceau de planche transformé en écriteau qu'il accroche au-dessus de la porte de la ramatte et sur lequel nous lisons : — *A vendre ou à louer présentement. — S'adresser en face.* — Quel insouciant garçon ! Dieu veuille qu'il n'ait jamais été forcé de regretter le modeste abri que lui seul peut-être quittait sans arrière-pensée. Sa gaieté, au reste, était si franchement naturelle, qu'elle ne pouvait manquer de devenir communicative et, moins d'un quart d'heure après notre départ, c'était à qui rirait le plus fort à l'aspect que présentait notre petite troupe.

Nos vêtements, fatigués outre mesure, à la suite de nos courses incessantes dans les fourrés, laissent à peine deviner quelle furent leurs formes et leurs couleurs primitives. Pour les raccommoder, nous avons eu recours à des morceaux de peau de daim plus ou moins artistement cousus et qui en font des mosaïques aux nuances passablement disparates.

Maintenant, nos longs cheveux, nos barbes depuis longtemps affranchies du rasoir, notre teint hâlé, brûlé par le grand air et le soleil nous donnent quelques ressemblance avec les Peaux-Rouges dont nous avons presque adopté le genre de vie. Tout cela, qui jurerait à coup sûr dans un autre cadre, se trouve paafaitement en harmonie avec la nature sauvage qui nous environne ; mais notre cheval, avec son grotesque chargement, forme le trait le plus pittoresque du tableau et, grâce à lui, armés comme nous le sommes jusqu'aux dents, nous devons donner l'idée d'une troupe de routiers du moyen âge venant de dévaliser quelques pauvres demeures de paysan.

En dépit du soin avec lequel nous avons arrimé nos bagages, nous sommes à chaque instant obligés d'y mettre la main afin de maintenir ou de rétablir l'équilibre, et cela, au grand désespoir de Charles, qui déclare que nous ne réussirons jamais à conduire le tout. Parfois il n'est pas le seul à le croire ; heureusement que l'esprit inventif d'André tourne

11.

la difficulté en émettant l'idée de laisser sur notre
route une partie des objets dont nous aurons le
moins pressant besoin dès notre arrivée. En conséquence, nous cachons dans un fourré les quatre
paquets formés par les peaux de bœufs qui nous
servent de lit, de plus, un sac de haricots secs, une
paire de grande bottes de marais, — mon bien personnel, — enfin d'autres menus objets que nous
reviendrons chercher plus tard, et le reste, désormais à l'aise, solidement lié sur le dos du cheval,
nous avançons sans encombre vers notre but, c'est-à-
dire la partie de la sierra précédemment visitée par
André et moi, où nous arrivons à la chute du jour,
vingt-quatre heures après notre départ de la ramatte.

Bientôt, à l'endroit où nous sommes arrêtés, au
milieu d'une petite clairière, resplendit la flamme
claire et vive du feu allumé pour préparer notre
souper ; un beau quartier de cerf que nous avons eu
la précaution d'emporter en fera les frais. Chacun
de nous met griller sa part sur les charbons ardents,
mais nos occupations culinaires, bien loin de nous
imposer le silence, donnent lieu aux plus comiques
interpellations ; deux ou trois grognements étouffés
s'élevant sous bois, à peu de distance, nous remettent
en mémoire qu'en ce moment ce ne sont pas les
ours qui viennent chez nous, et que nous sommes
au contraire chez eux, qui s'en plaignent.

L'avertissement, sans nous effrayer, a causé une
minute de trouble, de confusion pendant laquelle
Charles ayant, par mégarde, marché sur une des

grosses branches qui alimentent notre foyer, la
marmite contenant l'eau destinée au thé se trouve
chavirée sens dessus dessous, et il faut aller à
cinquante pas de là la remplir au ruisseau.

Tandis que je surveille sa tranche de venaison, le
Parisien part en courant afin de réparer sa maladresse ; mais nous le voyons revenir presque aussitôt et nous l'entendons crier :

— Les ours ! les ours ! prenez vos carabines !

En dehors du large cercle éclairé par le brasier,
la nuit est sombre à ne pas distinguer un éléphant ;
nous ne comprenons rien à l'alerte. Cependant, la
respiration bruyante de notre cheval attaché près
de nous semble être aussi un avertissement, car il a,
probablement, éventé l'ennemi, et Charles s'exprime
d'une manière tellement affirmative, que l'ombre
d'un doute n'est plus permise.

— Ah ! mille diables ! nous dit-il d'une voix légèrement émue, je les ai vus à quatre ou cinq pas ;
un d'eux est haut comme notre cheval, et quand
je leur ai tourné le dos, ils se sont mis à me suivre.

Comme, tout en parlant, notre ami avait exposé
sa figure à la clarté de la flamme, il nous fut facile de
lire sur ses traits l'impression qui l'agitait encore ;
elle excita même une hilarité peu contenue, surtout
lorsque, oubliant la cause de son épouvante, notre
Parisien, pour nous prouver qu'il n'avait pas perdu
la tête, ajouta :

— Et ma grillade ! je parie que vous l'avez laissée
brûler....

Tout ce que je viens de raconter avait duré moins

de temps que j'en ai mis à l'écrire ; toutefois, les ours ne paraissant pas, nous avions déposé nos armes, afin de continuer le repas interrompu ; quand je dis nous, j'entends Louis et moi, André n'ayant pas perdu un coup de dents ; seulement, interpellé par nous pour savoir s'il croit que nous pouvons être attaqués :

— Je ne le pense pas, nous dit-il ; d'ailleurs, nous monterons la garde chacun à notre tour cette nuit, pour éviter toute surprise ; et en attendant, qui vient avec moi au ruisseau ? car nous ne pouvons pas nous passer de thé.

Nous étions tous prêts à le suivre ; mais nous dûmes céder le pas à Charles, à qui revenait de droit l'honneur d'une revanche et, ce dernier sa carabine en main, pendant qu'André portait notre marmite, ils s'éloignèrent dans la direction de la source, nous laissant l'oreille aux aguets et préparés à leur porter secours s'il était utile.

Bientôt des éclats de rires vinrent nous apprendre qu'ils avaient heureusement accompli leur mission. Nous allions avoir de l'eau ; mais les maudites bêtes, avant de s'éloigner, en avaient tellement altéré la limpidité, que nous discutâmes pour savoir si nous ne renoncerions pas à notre boisson favorite. Il n'en fut rien ; néanmoins, j'avouerai que ce soir-là, en buvant mon thé, je fis un vrai sacrifice à l'habitude.

Avant de nous endormir, nous avions tiré au sort les heures de faction : le hasard m'avait désigné pour la première garde ; comme aucun de nous n'avait de montre, il était demeuré convenu que chacun réveillerait celui qui devait le remplacer, dès qu'il se sentirait fatigué ; André venant après moi, j'étais certain de ne pas avoir cette peine.

Moins de dix minutes après s'être drapés dans leurs couvertures de laine, mais trois amis ronflent avec un ensemble admirable ; les bruits qui s'élèvent dans la montagne ne troublent en rien leur sommeil. Ces bruits me sont si familiers que, devinant sans peine leurs auteurs, je ne prête qu'une oreille distraite ; par exemple, il n'en est pas de même lorsqu'en dehors de la clairière j'entends les feuilles mortes et les menues branches craquer sous les pas pesants des animaux que mes mouvements et la vue de notre feu tiennent à l'écart ; je suis bien sûr que plus d'un ours est déjà venu nous reconnaître, il m'a même semblé, à plusieurs reprises, distinguer leur respiration, à moins que j'aie été abusé par les gémissements de la brise qui court parmi les hautes cimes des sapins. Je n'ai encore vu qu'un grand loup blanc qui a eu l'audace de s'avancer vers notre cheval, jusqu'à ce que j'aie fait mine d'intervenir en me posant entre eux deux ; il est alors parti, mais lentement et non sans détourner la tête à plusieurs reprises.

La position est si pittoresque que je passerais voloutiers toute la nuit, dans le cas où André ne se réveillerait pas. C'est ici que la chasse est bien réellement une image de la guerre. Comme dans ces rudes épreuves où les hommes se heurtent entre eux, il faut la vigilance, le sang-froid, la confiance qui assurent le succès. L'ennemi que nous venons chercher n'attaquerait peut-être pas, il est vrai, mais une fois la lutte engagée, il est plus impitoyable que celui que l'on trouve sur les champs de bataille ordinaires.

Mon ami André, à qui je ne pensais plus, coupe court à mes réflexions.

— A votre tour de dormir, me dit-il, n'êtes-vous pas fatigué?

— Non, certainement, lui dis-je. — Je n'éprouve en effet aucun besoin de repos ; je suis même content que l'occasion se présente de causer un instant avec lui de ce que nous ferons le lendemain. — Aux premières paroles que je lui adresse à ce sujet, André me donne en ces termes l'explication que je désire.

— Avant le jour il faudra que nous soyons tous les quatre au bord de l'Aroyo, formé par la source qui est près d'ici ; en suivant son cours un mille environ nous arriverons à une petite vallée ; je suis certain que les ours doivent y passer avant de gagner le plateau où nous sommes, parce que la profondeur du ruisseau et la largeur de son lit leur permettent de se baigner à l'aise. Il nous importe enfin de ne pas leur donner le temps de déménager sans en avoir tué un, car soyez certain que notre présence ici ne tardera pas à les éloigner. Sur ce, Henry, allez-vous reposer, si l'envie me prend de recommencer à en faire autant avant que le moment de partir soit venu, je réveillerai Louis, et vous n'oublierez pas que votre carabine ne devra pas rater comme sur le puma.

Enfin, le jour ne tardera guère à paraître ; nous sommes tous debout apprêtant nos armes aux lueurs de notre feu. Le temps est sombre, froid, brumeux; le vent du sud-est souffle avec violence en froissant les grands arbres qui nous entourent, quelques branches mortes s'en détachent et tombent pesamment sur le sol, où tourbillent les feuilles mortes. Nous jouons de malheur; l'hiver, cette année en retard, va peut-être nous surprendre tout à fait au dépourvu, sans le moindre abri contre les pluies torrentielles qui signalent d'ordinaire son arrivée, et il nous sera impossible de demeurer en place, il faut donc nous hâter de clore dignement nos belles chasses.

Il ne nous reste plus qu'une précaution à prendre avant le départ ; nous détachons notre cheval afin qu'il puisse, en cas d'attaque, se dérober en fuyant et sous la conduite d'André nous nous mettons e marche.

L'obscurité est si profonde que nous nous voyons à peine, quoique nous soyons près à nous toucher. Notre chef de file s'arrête souvent pour écouter, mais on n'entend au loin que les clapissements des coyottes en maraude et, à l'entour de nous, les gémissements de la brise qui fraîchit sans cesse et fouette sur nos figures la brume en pluie fine et serrée.

Triste temps ! ma foi ! et sans l'espoir de tuer un ours, je suis certain que l'idée nous viendrait de rallier la plaine au plus vite ; mais nous sommes rendus, du moins André l'affirme, et forcé est de le croire sur parole, puisqu'il est impossible de dis-

tinguer même les buissons peu élevés dans lesquels
nous nous empêtrons à chaque pas.

Nous avons tous fait halte et, tous les quatre accroupis sur nos talons, le dos tourné au vent, les
uns près des autres, nous attendons en chuchottant
à mi-voix.

Ici une courte explication est indispensable, elle
fera comprendre au lecteur l'à-propos de l'ordre
de bataille qu'André nous recommande d'observer
si l'ennemi vient.

Mes trois compagnons sans compter les couteaux,
ont pour armes des rifles qui portent loin et avec une
admirable précision, mais, à mon avis, leurs balles de
quarante à cinquante à la livre ne peuvent faire de
blessures rapidement mortelles, qu'à la condition de
léser des organes importants, comme le cerveau ou
le cœur ; de plus, il faut un assez long temps pour
enfoncer, à coup de baguettes en fer, les projectiles
dans leur long canon rayé, de sorte qu'après avoir
tiré, le chasseur doit, tout en rechargeant, battre
prudemment en retraite, quand il a affaire à un
ours. Eh bien ! mon rôle aujourd'hui se bornera,
après le feu de mes amis, à protéger cette retraite
jusqu'à ce que, pressé de trop près, je juge utile de
prouver à messire ours que ma courte carabine à
double canons contient d'autres dragées que les rifles.

Pendant que nous sommes convenus de nos faits
les ténèbres se sont un peu dissipées, c'est-à-dire,
qu'au lieu d'une nuit noire comme celle qui régnait
tout à l'heure, nous avons maintement une nuit
blanche : la brume est tellement épaisse qu'on la

dirait palpable, et nous n'y voyons pas plus après
qu'avant. Par un temps pareil, on manquerait un
bœuf à le toucher ; je ne distingue seulement pas,
quand je mets à l'épaule, la moitié des canons de
mon arme.

Nous nous sommes séparés, et chacun de nous
s'est blotti à tâtons dans une touffe de broussailles.
Nous ne donnons signe de vie, qu'en laissant échapper par intervalles d'énergiques exclamations à l'a-
dresse de la maudite brume. André calme notre
impatience en nous assurant à voix basse que les
ours, avec cette obscurité, se seront attardés dans
la plaine.

Heureusement le vent, qui avait molli au lever du
jour, recommence à souffler par brusques rafales, si
bien que nous n'entendons plus rien, mais nous
commençons à découvrir le terrain aux environs.

Nous mettons à profit la première éclaircie pour
dissimuler notre présence aux regards de ceux que
nous attendons.

Tous les quatre, sur la même ligne, nous occupons
un espace de quelques mètres au bas d'un coteau
couvert de halliers, et devant nous est le vallon au
milieu duquel coule, à cinquante pas tout au plus,
le ruisseau où les ours doivent venir, d'après André,
faire leurs ablutions matinales.

Quel beau site ! mais quel guignon ! la brume s'est
dissipée, chassée par le vent qui nous amène la pluie.
Aux premières gouttes nous avons tous levé le nez
en l'air, la distraction, toutefois n'a pas été de durée.
Trois ours, dont deux énormes, viennent de faire

apparition sur notre droite, à l'extrémité de la vallée.
Deux cent cinquante à trois cents pas au plus nous
séparent.

Tous trois marchant d'assurance, à la suite les uns
des autres, avec ce dandinement particulier à ceux
de leur espèce, arrivent à un coude de l'aroyo le
long duquel ils cheminent, et là commence une scène
qui, en dépit de la gravité de la situation, nous
oblige à nous mordre les lèvres pour ne pas pouffer
de rire.

Avez-vous vu quelquefois, dans les fossés du Jardin des Plantes, l'ours Martin, ce phénix qui, depuis
plus d'un demi siècle, renaît toujours de ses cendres?
Quand les gamins du quartier, ses visiteurs assidus,
lui crient : — Fais le beau! Martin, fais le beau!
— Le prisonnier ne manque jamais de s'asseoir sur
son derrière, puis, la tête haute, le nez en l'air, il
paye à l'avance par ses contorsions, ses grimaces, la
bouchée de pain qu'un des spectateurs jette dans sa
large gueule entrouverte. Eh! bien, on dirait que
les trois animaux que nous voyons, veulent nous
donner une répétition de cette comédie. Ils sont
accroupis, leurs grosses pattes de devant reployées
sur leurs poitrines, et leurs mâchoires béantes semblent demander au ciel, qu'ils regardent, l'aumône
d'une friandise ; en même temps ils bercent en tous
sens leurs larges têtes et poussent des soupirs de fen-
deurs de bûches.

Charles, qui est auprès de moi, me dit à voix basses : qu'ils font en commun leurs prières du matin.
J'en doute fort ; quoi qu'il en soit de la cause l'effet

produit est tellement plaisant, qu'en attendant le drame nous rions à la comédie.

Près de deux cents pas encore nous séparent, Louis et Charles voudraient à toute force tenter d'aller vers ceux qui ne paraissent pas décidés à venir à nous : André les arrête, et sa voix est tellement impérative, qu'elle suffirait à faire taire toutes les velléités aventureuses de nos amis, lors même qu'un nouvel incident ne viendrait pas lui donner raison ; mais à peine a-t-il fini de recommander le repos, que, sur le côteau qui nous fait face, précisément vis-à-vis des trois ours, nous en distinguons deux autres descendant rejoindre les premiers, et ceux-là sont encore de dimensions respectables.

L'affaire, on le voit, menaçait de se compliquer.

— Sacredié ! me dit à l'oreille le Parisien, tout à l'heure il en manquait un pour que nous ayons chacun le nôtre, maintenant qui en veut deux ?

Un geste brusque d'André suspend ces plaisanteries pendant qu'il nous rappelle par ces quelques mots au sérieux de la situation.

— Vous n'avez qu'à remuer, si vous voulez courir la chance de nous faire écharper......

Tout chasseurs d'ours que nous sommes en ce moment, il est clair que nous avons la conscience de l'inégalité des forces, car personne ne bouge. Les mains qui étreignaient la poignée de nos armes se sont détendues, les doigts qui s'allongeaient déjà pour trouver les détentes se sont repliés, nous suspendons autant que possible nos respirations dans nos poitrines oppressées, et quoique, si j'en juge par

moi, personne n'ait peur, je crois que les cœurs bat-
tent plus vite que de coutume.

Les trois premiers animaux sont sur la rive du
ruisseau où nous nous trouvons également, les deux
derniers venus s'arrêtent sur le bord opposé, le cours
d'eau seul les sépare. Maintenant, ils témoignent
tous par leurs mouvements et leurs cris l'envie de
se réunir, s'ils le font et demeurent ensemble, nous
aurons joué de malheur, puisqu'André nous signifie
que nous ne devrons pas alors penser à les attaquer ;
mais dans le cas, où, nous reconnaissant, les animaux viendraient à nous, il faudrait nous défendre ;
or, cette éventualité ne laisse pas que de faire naître
dans nos esprits certaines réflexions assez piquantes.
Je ne suppose pas, en effet, qu'il puisse nous rester
l'espoir de sortir sain et sauf d'une mêlée générale à
laquelle prendraient part les cinq ours. Quatre d'entre eux sont énormes et pour en abattre un seul,
il nous faudrait nécessairement réunir sur lui tous
nos efforts.

Ce qui peut donc nous arriver de moins malheureux, c'est qu'ils s'en aillent tranquilles sans nous
avoir aperçus et sans que nous les dérangions ; mais
figurez-vous quelle déception, s'il nous faut subir
une semblable extrémité, et rien en ce moment ne
peut nous faire espérer le contraire. Les animaux
descendus dans l'eau des deux côtés paraissent s'entendre à merveille, en échangeant de doux propos qui
nous arrivent sous forme de grognements, de ronflements, de petits cris peu harmonieux, c'est vrai ; mais
qui n'en accusent pas moins une entente cordiale.

Charles qui plaisantera, je le crois, jusque dans la vallée de Josaphat, s'est penché vers moi pour me communiquer à l'oreille ses réflexions ;

— Ah ! sapristi, me dit-il, il y a des gens qui soutiennent qu'abondance de biens ne nuit pas ; je voudrais les tenir ici.

— Parbleu ! mon cher, tout est relatif.

— Oui, mais ce qui est positif, c'est que mes jambes sont engourdies à ce point que je ne les sens plus.

J'allais lui faire la réponse de l'empereur Guatimozin à son ministre qui se plaignait, pendant que les Espagnols attisaient le feu sur lequel tous deux rotissaient, lorsqu'une manœuvre des ours arrêta notre conversation.

Les trois premiers que nous avions vus, après être sortis du ruisseau, toujours de notre côté, paraissaient vouloir longer la rive dans notre direction, et les deux derniers venus se tournaient en sens opposé comme pour reprendre le chemin qu'ils avaient suivi. Une minute encore et le doute n'est plus permis ; la séparation est accomplie. Dieu soit loué ! Nous voilà pourtant encore dans l'embarras ; tout à l'heure les trois animaux, qui s'approchent de nous, marchaient lentement sur une seule ligne à une assez grande distance les uns des autres pour nous permettre de choisir facilement celui que nous voulions tirer, et les voilà maintenant réunis à se toucher et ne formant plus qu'un groupe confus qui s'arrête ; on dirait qu'ils se consultent sur la route à prendre.

Enfin, à notre grande satisfaction, un des plus gros, laissant les autres continuer le long du cours d'eau, se dirige obliquement vers nous.

Un frisson de bonheur nous fait à la fois tressaillir tous les quatre, car, s'il ne dévie pas, il passera à une trentaine de mètres de notre embuscade ; mais lui permettra-t-on de venir jusque-là.

Je ne dois pas, ainsi que je l'ai dit, prendre part au début de l'action, et je jette un regard aux amis qui ajustent à leur aise.

— Visez bien, dit André, à la tête et à l'épaule. Je ne sais si Louis et Charles l'ont entendu ; mais j'atteste qu'à ce moment décisif, ils me paraissent garder l'un et l'autre un calme admirable. Leurs longues carabines seraient prises dans un étau qu'elles ne conserveraient pas une immobilité plus absolue. J'ai vraiment peur qu'ils tuent l'ours raide, car il approche, approche toujours.... Je ne peux plus détacher mes yeux de sa tête et de son épaule gauche, il me semble déjà voir frapper les balles : l'impatience me gagne, j'en ai la fièvre....

Ah! il était temps.... Louis a profité d'un arrêt de l'animal, fait feu presque aussitôt, Charles et André ont également tiré ; mais l'ours.... l'ours.... que devient-il?... La fumée de la poudre me l'a complètement caché, je ne peux rien voir que le maudit nuage blanc qui borne mon horizon à une enjambée. Il m'a semblé pourtant qu'un cri de douleur a répondu à l'explosion des armes.

— A vous, Henry, me dit vivement André, il est blessé. Puis tout en parlant, il gagne vers Louis et

Charles qui rechargent leurs rifles. Je compris
bientôt, malgré la manière adroite et heureuse avec
laquelle mes amis avaient engagé l'action, que la
part qui me restait devait être aussi belle que je
pouvais le désirer. L'ours arrivait en grognant et il
avait déjà atteint les premiers buissons, quinze à
vingt pas au plus restaient entre nous : sa large
échine m'apparaissait au milieu des massifs qu'il
fourrageait d'une étrange façon en se frayant un
passage. Je recule aussitôt en lui faisant face, tout
au plus pendant quinze secondes ; mais, n'entendant
plus rien, ne voyant plus rien remuer, l'idée me
vient qu'il est peut-être mort. Afin de m'en assurer,
je vais à mon tour au-devant de lui, en contournant
un massif de broussailles épineuses ; je ne fus pas
loin. L'affreuse bête m'apparaît tout à coup à trente
pas, arrêtée dans une touffe de chênes verts rabou-
gris.

Je mentirais si je disais que je n'éprouvai point un
léger moment de joie en voyant encore l'ours sur
ses pattes, mais pour être franc jusqu'au bout, il me
faut avouer qu'il me parut monstrueux et terrible-
ment de mauvaise humeur ; ses petits yeux brillaient
comme s'ils eussent lancé des flammes. Une sorte de
rictus convulsif crispait sa lèvre supérieure et, se
communiquant à la peau du front, lui faisait renverser en arrière ses oreilles ; un plus long examen
m'aurait peut-être révélé quelqu'autre de ses charmes, je n'eus pas le temps d'y songer.

A peine m'a-t-il vu, qu'il se jette en avant en vrai
furieux, et il n'en faut pas plus pour me convaincre

que l'heure de la plaisanterie est passée. Instanta-
némeñt mes espérances, ma crainte, tout a disparu,
faisant place à cette conviction que dans une minute
ce sera une bête morte.

J'ai rapidement fait deux ou trois enjambées à
reculons et je me sens arrêté par les branches épineuses du buisson que j'avais dépassé, je suis à l'ac-
cul. Ah! ma bonne petite carabine, tous les trésors
du monde ne te valent pas en ce moment... dix pas
peut-être me séparent encore de l'ours qui fonce toujours tête baissée. Je distingue autour de sa gueule
une écume sanguinolente... puis je ne vois plus rien,
que la place où va frapper ma balle conique, car il
s'est dressé, et les bras étendus vers moi, il m'a découvert sa large poitrine.

Quand je pressai la détente, nous n'étions pas à
plus de quatre mètres l'un de l'autre.

Au milieu de la fumée je le vois chanceler, tourner
à demi sur sa droite et s'abattre lourdement. Ses
grosses pattes de derrière seules s'agitent faiblement.
Pour en finir, je lui envoie à bout portant dans l'o-
reille les deux balles de mon second coup. Le drame
était accompli.

Maintenant, puisqu'il est écrit que l'homme mê-
lera toujours un peu de ridicule aux choses mêmes
les plus sérieuses, pardonnez-moi ce qui suit, en
faveur de la franchise qui me fait vous le raconter.

J'ai entendu mes amis, avertis par la double explosion ; ils arrivent en criant : Nous voilà ! Henry,
nous voilà ! — et je veux leur donner une haute idée
de mon calme, de mon sang-froid.

Assis sur la croupe de l'ours, j'ai rapidement tiré de ma poche pierre, amadou, briquet pour allumer ma pipe ; mais l'acier au lieu de heurter le caillou m'enlève tout simplement la peau des doigts, si rudement même, que je reconnais *in petto* que s'il est fort naturel de rester calme en tirant un ours, il l'est tout autant d'éprouver, après le succès, une certaine émotion.

Il me resterait à présent encore à dire la joie de mes amis, d'abord en me voyant sain et sauf et en contemplant à l'aise les monstrueuses proportions de notre victime. André lui-même, malgré son habitude de semblables triomphes, partageait le bonheur de notre réussite, ce qui ne l'empêcha de me répéter à diverses reprises, sous forme d'avertissements lorsqu'il eût vu à quelle distance j'avais tiré :

— C'est très-bien, cependant n'oubliez pas, Henry, que si une bête de cette force n'était pas tombée raide, vous étiez étouffé et mis en pièces en un instant.

Pas une de nos balles ne s'était perdue, Louis et Charles avaient touché les poumons, et il s'en fallut de bien peu que le projectile d'André n'eût causé un prompt dénoûment en atteignant le cerveau ; mais l'épaisseur de la boîte osseuse, qu'il avait fracturée, avait causé une légère déviation ; enfin ma balle conique avait traversée le sternum, déchiré le cœur, et s'était logée dans la colonne vertébrale.

Avant de l'avoir vidé pour le mettre en état d'être descendu de la montagne, nous estimâmes d'accord

12

son poids à près de cinq cents kilogrammes, et, en
unissant nos forces, nous éprouvions bien de la
peine à le tourner d'un côté sur l'autre. S'il nous
avait été possible de le conduire à San-Francisco,
nous en aurions au moins retiré deux cents piastres,
soit mille francs.

Il n'en fut malheureusement pas ainsi: un peu
avant la nuit, André qui était allé au rancho de
Perez, afin de lui emprunter deux bœufs, revint en
compagnie de trois péons, amenés plutôt par la curiosité que par le désir de nous être utiles. Quant à
l'attelage que nous avions espéré, il ne fallait pas
y penser, Perez était en voyage, les bœufs je ne
sais où.

Pour comble de malheur, le temps qui avait été
menaçant toute la journée, devint tout à fait mauvais dans la soirée ; la pluie tombait à torrents ; la
sierra n'était plus tenable.

Après avoir grelotté toute la nuit devant un feu
qu'une pluie diluvienne éteignait sans cesse, trempés jusqu'aux os, nous décidâmes de nous mettre en
route dès qu'il ferait jour, pour descendre dans la
plaine et aller prendre nos quartiers d'hiver chez
deux Français qui avaient monté un *bar-room* à peu
de distance de la mission de Santa-Clara.

Il était dur de renoncer aussi brusquement aux
résultats que nous promettait notre début ; mais la
prudence l'exigeait.

En conséquence, après avoir enlevé un jambon de
notre ours, nous abandonnâmes le reste aux péons
de Pérez, qui se le partagèrent, et nous commen-

câmes notre retraite; elle nous coûta plus de peines, de fatigues, et nous exposa à plus de dangers que ne l'avait fait depuis plus de trois mois notre aventureuse existence.

Quelques heures de pluie, comme elle tombe dans ces contrées, avaient suffi pour remplir tous les chemins creux par où la descente eût été praticable. Dix fois nous fûmes contraints de traverser des cagnades dans lesquelles l'eau s'engouffrait mugissante, comme celle d'une écluse. Tout juste si nous pouvions nous en sortir sans perdre pied, et nous ne réussissions qu'à peine à faire franchir ces dangereux passages à notre cheval, quoique nous eussions abandonné tout ce qui ne nous était pas absolument indispensable.

Rendus à la plaine, un autre embarras surgissait. Les terres basses étaient déjà complétement submergées, et pourtant il fallait nous hâter plus que jamais, puisqu'il continuait à pleuvoir sans cesse et que les torrents, descendant des montagnes, menaçaient la contrée qu'il nous fallait nécessairement passer d'une complète inondation.

Enfin, quarante-huit heures seulement après notre départ du haut de la sierra, nous arrivions chez nos compatriotes, et dans quel état, grand Dieu ! Pas un fil de nos vêtements n'avait séché pendant ce temps; nos vivres, nos munitions étaient perdus. Charles ressentait déjà les symptômes précurseurs d'une terrible dyssenterie, qui le mit à deux doigts de la mort. Plus heureux que lui, nous en fûmes quittes pour un peu de repos forcé; mais huit jours durant, notre dévouement, notre amitié, qu'il méritait si bien, furent aux prises avec l'affreuse maladie qui menaçait de nous enlever notre pauvre camarade. Grâce à sa jeunesse et à son énergie morale, qui ne faiblit pas une minute, nous eûmes pourtant le bonheur de le voir revenir à la santé, et j'espère qu'aujourd'hui encore, ainsi que mes autres chers compagnons, il se rappelle les dures épreuves qui suivirent la mort de l'ours de la sierra de Santa-Clara.

FIN.

UNE JOURNÉE DE CHASSE SUR LA COTE DE COROMANDEL

(Indes orientales)

Après une traversé de cent trente-six jours, le petit trois-mats barque sur lequel j'étais embarqué venait enfin de laisser tomber l'ancre sur la rade de Pondichéry : j'avais vingt-quatre ans, au fond de ma mälle un sac assez bien garni de qraduples et de piastres à colonnes, et pour tirer parti du tout, un goût prononcé pour les aventures et une imagination folle. Pauvres choses ! . . . . Aussi, après avoir remis quelques lettres de recommandation, visité la ville, les *aldées* qui l'entourent, un matin j'appelle mon *daubachi*, — mais vous ne savez peut-être pas, lecteur, ce qu'est un *daubachi*, et pour le moment je n'ai pas le temps de vous le dire; qu'il vous suffise donc de savoir que lorsque je me séparai du mien, afin de reconnaître son dévouement, je lui délivrai un certificat constatant que pendant toute la durée de son service près de ma personne ses soins, ses prévenances même ne m'avaient rien laissé à désirer. Rien, entendez-vous bien ? . . . . . .

12.

— Ce jour-là, Simon, lui-dis-je, je suis las de la
ville et je ne suis pas venu dans l'Inde pour boire,
manger, dormir et me faire porter en palanquin ; je
veux aller chasser dans l'intérieur.

— *A ma doré.* — Oui maître.

— Quand pourrai-je partir ?

— Ce soir, à neuf heures.

— Mais, quels préparatifs ai-je à faire?

— Cela me regarde, maître. Ce soir, à neuf heures, la charette sera devant la porte.

— Hein ! la charrette ! Que dis-tu ? N'ai-je pas
mon cheval ?

— Oui, maître ; mais il faut que vous dormiez. Le
coudrégara (palefrenier) conduira votre cheval ; vous
le prendrez demain, s'il vous convient, mais la nuit
il faut se reporer.

Vous le voyez, mon *daubachi* pensait à tout.

— Va donc pour la charette, lui dis-je. A neuf
heures précises elle était à ma porte, et autour se tenaient les gens de ma maison qui allaient voyager avec
moi. Elle était ainsi composée : le *coudrégara*, grand
escogriffe appartenant à je ne sais quelle caste, tenant en main ma monture ; deux *herbaires*, femmes
dont l'emploi consistait à ramasser de l'herbe pour
l'animal ; Bastien, valet de chambre, que m'avait
imposé mon *daubachi* en dépit de mes protestations.
Heureusement qu'une occasion se présenta promptement de me défaire de cet objet de luxe ; enfin, un
jeune drôle tenant à la main une corde faite en fi-
bres de palmier dont l'extrémité, sans cesse allumée
et brûlant lentement, lui servait pour répondre à cet

appel: *Nerpou conda!* — donne du feu, chaque fois qu'il me plaisait de fumer une *chiroutte.*

Maintenant, allant, venant voyant, à tout, mon majordome, le *daubachi* Simon finissait d'arrimer dans ma charrette le matériel de l'expédition.

N'allez pas croire au moins que mon véhicule ne fût autre chose qu'une de ces informes machines faites pour transporter dans notre pays le blé au moulin ou les veaux à l'abbattoir. Oh! non, ce que j'appelle ma charrette, faute de me rappeler le mot usité dans le dialecte *tamoul* pour la qualifier, est une caisse oblongue de six pieds à peu près sur trois de hauteur et autant de largeur ; l'extérieur est peint et verni comme un de nos équipages de luxe. Je me glisse dedans par la portière placée à l'arrière et m'étends sur un bon matelas qui, joint à l'oreiller, en fait un lit de repos confortable. Je trouve autour de moi armes et bagages, et lorsque, bien installé, le cigare à la bouche, j'ai donné le signal du départ, la charrette est enlevée au trot par deux petits bœufs blancs comme neige, vifs comme des poneys du *Pegu,* pendant que mon automédon, moitié assis sur la flèche, les stimule du fouet et de la voix. Je ne sais pas comment il peut se tenir, car la suspension laisse fort à désirer ; mais, après tout, cela le regarde.

Pour moi, mollement étendu, je fume une *chiroutte* et commence à m'initier aux habitudes paresseuses des Européens de ces contrées, et pendant que tous trottent, galoppent même pour suivre le pas allègre de mon attelage cornu, je jette un regard nonchalant sur le paysage.

Nous avons déjà dépassé les longues avenues bien tracées qui s'alignent au dehors de la ville ; les cocotiers formant de délicieuses allées ont disparu dans la nuit ; nous voilà en rase campagne : nous avons quitté les chemins frayés ; aussi les bœufs ont ralenti leur marche, et mes gens, restés un peu en arrière, accélérant la leur, me rejoignent au moment où, mollement bercé par les inégalités du terrain, presque malgré moi mes yeux se ferment et pendant qu'il me semble encore ressentir le balacement monotone de mon hamac à bord du navire que je viens de quitter ; je m'endors.

Je ne fus pas le seul probablement à le faire, car en m'éveillant tout à coup, je me sentis fatigué par un poids qui m'oppressait à m'étouffer. Bientôt, en promenant mes mains au hasard, je reconnus, à mon grand étonnement, que tout avait changé de place ; mon matelas sur lequel je m'étais étendu, à son tour s'étendait sur moi, et l'oreiller qui supportait ma tête la couvrait si bien que j'avais de la peine à respirer ; par dessus le tout gisaient pêle-mêle armes et bagages ; en même temps je ne tardai guère à m'apercevoir que nous ne marchions plus.

Autour de moi un silence complet.

— Eh! Simon, m'écriai-je ? en me dépétrant tant bien que mal.

— Voilà, maître, voilà.

— Qu'est-il donc arrivé, nous sommes arrêtés ?...

Je n'eus pas besoin d'attendre sa réponse pour savoir à quoi m'en tenir, mettant la tête à la portière, je vis ma boîte littéralement chavirée sans dessus dessous, mes bœufs dételés et mes gens accroupis sur leurs talons attendant avec patience qu'il me plut de leur donner signe de vie.

— Eh bien! Simon, m'écriai-je, nous avons versé.

— Oui, maître.

— Y a-t-il longtemps?

— Une demi-heure environ.

— Comment! une demi-heure, et tu ne m'as pas réveillé?

— Oh! non, maître, je n'ai pas voulu vous déranger...

— Que pensez-vous de la réponse? pour moi qui ne savais pas encore avec quelle indifférence les Hindoux acceptent tout ce qui leur paraît l'expression de la volonté du destin; je demeurai un instant abasourdi: pour cette fois, du reste, le destin avait arrangé la chose au mieux: ma charrette avait glissé le long d'un talus, et s'était sans doute si doucement renversée, que je ne m'en étais pas aperçu.

Il n'en fallait pas moins pour nous remettre en route d'abord redresser l'équipage, ce qui fut promptement fait; puis, comme l'air était tiède, pour jouir de la belle nuit et me dégourdir les jambes, je montai à cheval et je pris les devants de quelques pas.

Le terrain sur lequel nous avancions lentement était sablonneux, inégal, autour de nous rien ne pouvait fixer mon attention; je ne distinguais, çà et là, clairs semés, que de chétifs *palmiers éventails* dont le peu de hauteur indiquait la stérilité du sol;

parfois nous passions a travers des buissons formés
de *cactus raquettes*, et leurs longues épines me
faisaient regretter de n'avoir, pour protéger mes
jambes, qu'un léger pantalon de toile blanche ; il ne
me restait pour me distraire que les évolutions que je faisais faire à mon cheval afin d'é-
viter leurs atteintes, et la contemplation d'un ciel
splendidement étoilé.

Ma monture était un cheval de six à sept ans, issu
d'une jument arabe et d'un étalon persan, il avait
hérité de la distinction de la mère, mais, sous le
rapport du moral, il tenait de son père et avait
parfois le caractère difficile. Lorsque je l'eus acheté,
on m'avait bien prévenu qu'il lui arrivait assez
fréquemment de s'emporter, cependant, l'ayant
monté plusieurs fois et trouvé docile, j'avais oublié
l'avertissement et lui témoignais une confiance qu'il
ne méritait pas entièrement, ainsi qu'on va le voir.

Nous étions sortis des terres arides dont j'ai parlé
pour nous engager dans un espace boisé, quand tout
à coup il fait un violent écart de côté ; bien m'en
prit d'avoir mis un peu de souplesse à suivre son
brusque mouvement; sans cela j'eus été sans nul
doute désarçonné. Ainsi surpris, je n'eus que le
temps de rassembler les rennes qui flottaient sur
son cou, de m'affermir en selle pendant qu'arrêté
il soufflait avec bruit, donnait des signes de frayeur,
et au lieu d'avancer, tentait sans cesse de se jeter
sur ma gauche, en dépit de mes efforts pour le maintenir.

Je ne tardai pas à être fixé sur la cause de son

effroi; j'entendis à la fois le bruit que fit un animal s'élançant hors d'un fourré à ma droite, et deux cris prolongés ressemblant à une espèce de ricanement. C'était une hyène qui, avertie par le bruit du pas de mon cheval de notre approche, s'était probablement postée en embuscade pour jouer un mauvais tour, et que notre présence avait épouvantée.

Sa voix, jointe aux émanations de la vilaine bête, avait mis le comble à la peur de ma monture que je sentais frissonner entre mes jambes, tout en ayant de la peine à l'empêcher de se dérober complète-ment.

Je vis de suite qu'il me fallait tenter de rassurer mon cheval pour le ramener à l'obéissance sans employer la violence, et me voilà à le flatter de la parole et de la main pendant que son palefrenier, qui nous avait rejoints, lui tenait, dans un langage qu'il eût dû mieux comprendre que le mien, un long discours.

Mais ce fut inutile, il me fut bientôt facile de voir que la frayeur avait fait place à l'entêtement, et que la lutte était inévitable si je voulais rester le maître et le faire avancer.

Je fis en conséquence signe au *coudregara*, qui se tenait près de sa tête, comme s'il lui eût parlé à l'oreille, de s'écarter, et je commençai à lui faire sentir vigoureusement les *aides*, pendant que Simon me criait à tue-tête :

— Descendez, maître, desendez.

Descendre devant ces moricauds, je me serais plutôt fait tuer sur place; aussi fatigué de leurs cris

et de la résistance que j'éprouvais, je rendis à la fois
la main en l'attaquant violemment de l'éperon.

Ce moyen réussit au-delà de mes souhaits, il fait
deux ou trois bonds, et me voilà emporté par un
galop effréné qu'interrompaient de temps à autres de
vigoureux coups de reins. A ce moment me revint
en mémoire ce qui m'avait été dit : que mon cheval avait l'habitude de s'emporter, et je demeurai
convaincu qu'on ne m'avait pas menti. J'étais bien
ce qu'en termes de manége on appelle *emballé*.

Le maudit animal, en ployant l'encolure, avait
ramené la tête sur son poitrail et échappait ainsi à
l'action du mors beaucoup trop doux pour lui.

Je compris de suite ce qui me restait à faire. Loin
de l'irriter d'avantage par une compression inutile,
j'excitais au contraire sa course, et bientôt sa respiration bruyante m'indiquait qu'il ne la soutiendrait
pas longtemps.

Mais en attendant nous allions avec une rapidité
toujours croissante, et, autour de nous, tout semblait
tourbillonner ainsi que les personnages fantastiques
des légendes allemandes. Quoique bien certain de
ne pas être jeté à terre, j'éprouvais un peu d'inquiétude sur les suites de cette course folle pouvant
aboutir à une chûte du cheval et du cavalier, ou à
un obstacle infranchissable sur lequel nous irions
nous heurter l'un et l'autre, car j'avais toutes les
peines du monde à lui faire éviter les arbres, qui
devenaient de plus en plus épais.

Je donnais, on peut le penser, le cheval et la hyène
à tous les diables. Nous courions depuis au moins

huit ou dix minutes et je commençais à m'apercevoir que la respiration du cheval devenait sifflante, embarrassée; quand je sentis son encolure s'assouplir, au lieu de répondre à l'éperon en s'étendant ventre à terre, comme il avait fait jusqu'alors il venait de me détacher deux ruades; enfin, après quelques coups de jarret, une légère pression de la main suffit pour l'arrêter.

J'étais rendu, où? Dieu seul le savait; mais ce n'était pas trop tôt, tous deux nous étions ruisselants de sueur.

Maintenant, où étais-je? Je ne pouvais pas espérer revenir exactement sur mes pas en suivant le chemin parcouru, rester en place à attendre mes gens eut été une folie. Je les supposais avec raison devoir être demeurés à l'endroit où avait eu lieu la séparation, et peut-être occupés à terminer mon oraison funèbre en traduisant en *tamoul* cette pensée : *Sic fata voluerunt.*

Il me fallait absolument tenter de les rejoindre en m'orientant tant bien que mal; c'est ce que je fis plus heureusement que e ne l'espérais : en effet, tantôt guidant mon cheval, le plus souvent guidé par son instinct, je pris au plus court et me retrouvai au milieu d'eux, aussi surpris de me revoir sain et sauf que moi de les rencontrer si promptement. Comme je l'avais supposé, ils n'avaient pas changé de place.

Peu après la caravane reprenait sa marche, pendant que, dans ma charrette, je souriais à l'avenir que me promettaient mes débuts dans l'Inde; en

13

effet, en bien peu de temps, j'avais versé, rencontré une hyène, et trouvé l'occasion de mettre à profit mes leçons de manége.

Deux ou trois heures de sommeil, non interrompu, m'avaient déjà fait oublier tout cela, quand Simou m'avertit que nous étions arrivés à la *Chauderie des Bergers*, où je devais passer ma première journée. Je me hâte de descendre, et, à la lueur des torches que mes gens avaient allumées, je prends possession d'une partie du vaste hangar en pierre, pendant que ceux qui m'accompagnent y installent mon matériel.

Les *chauderies* ou *chaulteries* sont les *caravenserails* de l'Inde, destinés à fournir un abri aux voyageurs qui parcourent le pays.

Leur fondation a d'ordinaire, pour origine, les largesses des riches Hindous, qui ont pensé sur leurs vieux jours à racheter, par ces philantropiques fondations, les peccadilles, qui chargeaient leur conscience; plus tard, j'ai pu en visiter de fort bien installées, mais celle que j'occupe en ce moment n'a dù exiger qu'un grand déploiement de forces pour remuer les blocs énormes dont elle est formée.

La voûte plate se compose de dalles massives, soutenues en arrière par le mur du fond, sur le devant, par de forts piliers d'une douzaine de pieds de hauteur.

Le jour venu, j'examine en détail tout cela et découvre sur les assises de l'édifice, sous les moisissures de l'humidité et à travers les dégradations du temps, de grossières images dues au ciseau du sculpteur; le délire d'une imagination déréglée a pu seul enfanter de pareilles monstruosités · je demande à Simon ce que signifient les signes bizarres qui les accompagnent, il me répond que ce sont des textes sacrés ; si je m'en rapporte aux illustrations, je croirais plutôt que ce sont de s..... textes...... Bref, je tourne le dos à ces abominables obscénités, capables de faire rougir un gabier de grand'hune, et vais dehors admirer les merveilles de cette riche nature, elles seules peuvent faire oublier que le fanatisme et la domination étrangère souillent encore ces riches contrées.

A une trentaine de pas de la *chauderie*, un magnifique *banian* ou *figuier d'Inde*, étend les massifs de son épais feuillage, les racines qui descendent de ses branches horizontales pour s'implanter dans le sol, et devenir de nouveaux troncs, forment des arches, des voûtes de verdure sous lesquelles je circule avec étonnement, tout en cherchant à deviner à quelles espèces appartiennent de gros oiseaux que je vois s'enfoncer sous les feuilles : faute de pouvoir les reconnaître, j'appelle Simon, mais ne peux en tirer autre chose que ces mots :

« *Patchi-Porra*, maître. »

Je l'envoie chercher mon fusil et ramasse bientôt deux beaux pigeons verts, dits pigeons de *Pagode*.

Je cherchais à en découvrir d'autres quand arrivèrent les batteurs, que mon *daubachi* avait fait prévenir de se rendre, pour m'accompagner à la chasse.

Ils étaient une dizaine, tous armés de longs bambous destinés à sonder les buissons et à en déloger le gibier.

Ces hommes, désignés sous le nom de *vilis* ou hommes des bois, présentaient un tout autre type que ceux de la ville ; à l'air humble, commun à tous les habitants du littoral, ils joignaient de l'assurance dans la démarche, plus de hardiesse, de vigueur dans leurs mouvements ; en eux, ou devinait l'indépendance de caractère que donne l'habitude des exercices du corps.

Leur chef, le nommé *Venglassalon*, s'avança vers moi la tête haute, et après m'avoir salué d'un *salam*, en portant la main à son front, se mit à ma disposition. Par l'intermédiaire de mon *daubachi* il me demanda ce que je voulais chasser, et lorsque celui-ci m'eut traduit les mots suivants que j'entendais sans les comprendre : *mossellæ couaroulan,* — lièvres, bé cassines. — Je décidai que le matin nous irions tirer quelques lièvres, et plus tard des bécassines. Puis nous nous mimes en route.

Neuf de mes limiers ouvraient la marche, je les suivais m'efforçant de comprendre mon grand-veneur, qui ne cessait de me répéter :

« *Poulcman, caje de corti, varvoucogi rombo irquedé,* et en même temps il me montrait des montagnes, qui dessinaient à notre horizon leurs cimes en teintes bleuâtres, et Simon m'ayant expliqué que cela signifiait que là-bas se trouvaient beaucoup de cerfs, de hyènes, de faisans, je lui promis de m'y rendre plus tard.

En attendant j'allais me contenter de me faire la main et le coup d'œil sur le gibier de ce canton.

Il se trouvait que j'en avais grand besoin, car je

manquai les trois premiers lièvres que me firent
partir les batteurs ; mais aussi figurez-vous un pareil
tiré.

Nous étions rendus dans une plaine couverte de
broussailles peu élevées, fort épaisses, à peine sépa-
rées par d'étroits sentiers. Là, m'étant placé d'un
côté du buisson, mes Indiens entouraient l'autre et
poussant des cris assourdissants, plongeaient leurs
bambous parmi les feuilles, les branches, ou les
frappaient à tour de bras. En voyant un pareil manége, je m'attendais à ce que les lièvres sortiraient
près de moi. Ah ! oui, les rusées petites bêtes, qui
avaient sans nul doute l'habitude de cette chasse,
partaient toujours dans les jambes de mes batteurs.
Il fallait alors voir quel tumulte, quelle confusion ;
les hommes sautaient, les bambous se levaient et
retombaient comme des fléaux à battre le blé ; au
milieu du désordre, maître lièvre passait, couchant
les oreilles, comme s'il eut deviné que le danger
n'était pas là où était le tapage, et moi, le fusil à
l'épaule, après avoir en vain cherché une éclaircie
pour le tirer, n'y parvenais que lorsqu'il était déjà
très-loin, ou même sous un autre couvert.

Cependant, il est dit que presque toujours l'homme
aura pour le moins autant d'esprit que les bêtes,
aussi après trois coups inutiles, je vis qu'il fallait
changer l'ordre de bataille.

Je fus donc me placer derrière mes estafiers en
les faisant avertir par Simon que, s'ils ne voulaient
pas recevoir du plomb dans les jambes, ils eussent à
rester immobiles au départ de l'animal.

Le résultat de ma nouvelle manœuvre outrepassa
mes espérances ; une heure plus tard j'avais tué huit
lièvres, et cette chasse ne laissait pas que de devenir
très-amusante ; mais il en est de tuer toujours des
lièvres comme de manger toujours des allouettes ;
on s'y habitue, et la monotonie et la satiété arrivent;
je commençai à m'en apercevoir. Afin de varier mes
plaisirs, je laissai mes batteurs pour aller à la remise
d'un fort gros oiseau de nuit, qui, ayant passé en
volant sur nos têtes, était allé se reposer à quatre
ou cinq cents pas de nous. A son envergure, je supposai que ce devait être un *grand-duc*, et me voilà
lancé à sa poursuite. Je me faufile à travers les buissons, arrive à une forte portée de lui, et reconnais
bien que c'était en effet un de ces rois des voleurs de
nuit. Perché sur une branche morte, il m'apparaissait énorme quand je le vis encore étendre ses
grandes ailes et faire un autre vol, qui l'éloigna de
nouveau et le fit disparaître derrière des arbres. Mais
en me retournant du côté de mes gens, avant de
pousser plus loin, je devinai à leurs gestes qu'ils voulaient me dire quelque chose ; ils me faisaient signe
d'attendre. Dès qu'ils m'eurent rejoint, *Venglassalon*
me fit expliquer par mon daubachi que l'oiseau devait s'être remis parmi des rochers au-dessus d'un
ravin, et qu'en m'avançant par la colline je pourrais
à coup sûr le surprendre ; en même temps il se mit
en marche pour m'indiquer le chemin à suivre.

Un léger détour nous conduisit en effet à l'entrée
d'une longue crevasse dans un terrain couvert d'é-
normes quartiers de roches, et la vue perçante de

mon guide eut bientôt reconnu sur l'une d'elles ce que je cherchais.

Le grand-duc dominait précisément le bas-fond, où je m'engage en dissimulant mon approche derrière les arbres du fourré. J'avance, j'avance en me courbant et arrive assez près enfin pour distinguer parfaitement le magnifique oiseau presque au-dessus de ma tête, seulement plusieurs hautes tiges de cactus rampantes sur les pierres le couvraient un peu ; pour éviter qu'elles n'amortissent mon plomb, il faut que je traverse encore des broussailles. Je me glisse parmi elles, et m'arrête à l'entrée d'une caverne dans le flanc du talus. Une seconde de repos me remet un peu de la fatigue, et de l'émotion causées par les positions forcées que j'avais été contraint souvent de prendre. Le bras bien ferme, j'ajuste à quarante pas mon grand-duc en pleine poitrine, et fais feu.

Mais à peine ai-je eu le temps de voir dans la fumée, l'oiseau se débattre, agitant ses grandes ailes, que se passe une de ces scènes qui laissent dans la mémoire un durable souvenir.

Les échos du bas-fond résonnaient encore de l'explosion, quand autour de moi s'élèvent des cris étranges ; en même temps je me sens assailli par une bande d'animaux, que je n'ai pas le temps de reconnaître, avant d'être bousculé, jeté à terre ; les uns trépignent sur moi, d'autres m'évitent en bondissant, et, comme une légion de diables, tous fuient et me laissent les oreilles pleines de miaulements, d'aboiements incroyables : l'impression que je reçus

du choc fut si subite, si inattendue, si confuse, qu'il
me semblait sentir chacun de ces animaux emporter,
en se sauvant, une bouchée de mon corps.

Qu'était-il arrivé?

J'avais précisément lâché mon coup de fusil à
l'entrée de la caverne dont j'ai parlé, et elle servait
ce jour-là d'abri à une nombreuse bande de chacals;
se croyant sans doute assiégés, ils avaient fait une
sortie et passé sur le ventre de l'ennemi; bien leur
en prit, du reste, car ils étaient déjà loin quand
je me relevais en colère, furieux de n'avoir pas pu
saluer les fuyards d'un coup de gros plomb.

Heureusement, que mes Indiens ne furent pas
témoins de ma triste figure lorsque je servais de
tremplin aux chacals, étendu sur un lit de branches
épineuses; mais il m'en resta sur le cœur, à l'endroit
de ces vilains animaux, une rancune qui coûta cher
à plus d'un.

Enfin, comme je réparais le désordre qu'avait
causé à ma toilette l'assaut si mal soutenu, et es-
suyais même — Dieu me pardonne — l'empreinte
boueuse de plusieurs pattes, un cri poussé au-dessus de moi me fit lever la tête, et je reconnus Bastien, le valet de chambre, tenant mon grand-duc —
ou plutôt tenu par lui.

Arrivé le premier pour ramasser l'oiseau blessé,
il avait voulu le saisir par l'extrémité des ailes;
mais celui-ci, se retournant, venait d'implanter ses
longues et vigoureuses serres dans le bras nu de
l'imprudent, au point d'en faire jaillir le sang.

Je hâtai le pas pour aller à son secours et surtout

l'empêcher de détériorer l'oiseau, dont je voyais voler les plumes ; j'arrivai trop tard. Les autres Hindous, rendus avant moi, n'avaient rien imaginé de
plus expéditif, afin de le débarrasser, que de couper
les pattes du grand-duc ; mais telle était la puissance
de contraction des tendons, que ce fut encore avec
peine que nous réussîmes à les étendre ; les ongles
acérés et longs de près d'un pouce, avaient chacun
fait une profonde trouée.

Je le pansai avec mon mouchoir imbibé d'eau et
d'eau-de-vie, et laissant sur place l'oiseau trop mu-
tilé pour qu'il me fut possible de préparer sa dépouille, nous nous dirigeâmes vers les rizières où je
devais chasser les bécassines.

Mais, chemin faisant, pour abréger la route, de
temps en temps mes batteurs, après les avoir en-
tourés, exploraient encore quelques buissons sur
notre passage.

Machinalement je me plaçais parmi eux. Après
plusieurs coups heureux, je venais enfin de signifier
à Simon que j'étais las de cette chasse, lorsqu'une
rencontre imprévue vint en rompre la monotonie.

Les étrangers nouvellement arrivés dans l'Inde,
qui veulent, ainsi que je faisais, battre la campagne,
ne manquent pas de recevoir de leurs connaissances
l'avertissement d'avoir à se défier des serpents ve-
nimeux qu'on y rencontre fréquemment ; en conséquence, je m'étais muni d'une paire de longues
guêtres en cuir léger ; mais au début, par moments,
me revenaient à l'esprit les lugubres histoires que
j'avais entendues raconter, et surtout les méfaits at-

13.

tribués à la célèbre couleuvre que les Français appellent *la capelle*, ou serpent à lunettes, et les Portugais *cobra di capello*.

Cependant, n'ayant aperçu aucun reptile après quatre heures de chasse, il m'était déjà passé par l'esprit que les rencontres avec ces redoutables animaux étaient beaucoup plus rares qu'on se plaisait à le dire.

Autour de quelques troncs de palmiers dont les stipes élancés sortaient d'un amas de grosses pierres, grimpaient les tiges sarmenteuses de lianes aux feuilles découpées ; parmi la verdure, le rouge vif des fleurs de la *gloriosa superba* avait fixé mon attention, et pendant que les batteurs, avec leur vacarme ordinaire, tentaient de déloger du massif des lièvres, qu'ils supposaient sous ce brillant abri, indifférent à leur manœuvre, je faisais mon possible pour atteindre une des grappes brillantes suspendues sur ma tête, j'allais réussir, quand ces mots se firent entendre, *Pambou, pambou !* Ne sachant ce qu'ils signifiaient, je me détourne tranquillement vers mes gens, et les vois fuir sans que rien put m'expliquer leur frayeur, pas même leurs cris, il me semblait, en effet, les entendre prononcer *bambou, bambou*.

Je n'avais pas changé de place et tenais toujours d'une main une liane que je cherchais à attirer, afin d'en cueillir la fleur, de l'autre mon fusil ; il ne me fallait plus, pour réussir que peu d'efforts, au moment où une odeur fétide, nauséabonde, se répand autour de moi, et en même temps se dresse, parmi le réseau de rameaux que mes secousses avaient

violemment agités, la tête d'un énorme serpent ; six
pieds à peine nous séparaient. Oh ! là, ma foi, tout
me fut expliqué, et d'une façon si claire, que lâchant
avec précipitation branches et fleurs, rapide comme
la pensée, je me trouvai en quelques bonds parmi
ceux qui avaient cru m'avertir en criant : *Pambou,
pambou !* ce qui voulait dire : Serpent, serpent !

A ce premier mouvement d'épouvante fort naturel,
et bientôt dissipé, ne tarda pas à succéder le désir
de m'emparer de l'animal que j'avais aperçu.

Il m'était apparu comme une colonne mobile d'un
mètre et demi environ de hauteur, et surmontée au
lieu de chapiteau, d'une forte tête hideuse aux yeux
vifs, le tout revêtu de brillantes couleurs sur une
teinte générale grisâtre; mais la vision avait eu une
si courte durée qu'il ne fallut rien moins que la
suite de l'aventure pour me persuader de sa vérité.

J'avais donc rejoint mes hommes, tous parlaient,
gesticulaient à l'envi, montrant sans cesse le massif où, sans nul doute, était encore le serpent, mais
fort peu d'envie d'aller au-devant de lui.

— Simon, dis-je à mon daubachi, il faut que nous
tentions de tuer le *pambou*...

— Ah ! maître, reprit celui-ci, il est bien gros....

— Que m'importe, avertis Venglassalon que je le
veux absolument, et demande lui si quelqu'un de sa
troupe sait se servir d'une arme à feu, il prendrait
mon autre fusil que porte le *Coudregara*.

A peine eut-il traduit une parole, que le chef de
mes batteurs jetait son bambou, et, après s'être em-
paré de l'arme mise par moi à leur disposition, l'exa-

minait, la portait à l'épaule et en faisait jouer la
batterie en vrai connaisseur ; puis il me fit demander
comment elle était chargée, en me faisant entendre
qu'il fallait mettre dedans du plomb de la grosseur
de petits cailloux qu'il avait ramassés.

Je pus lui donner satisfaction, m'étant muni d'un
sac de grosses chevrotines dont je coulai deux bonnes charges dans son fusil et le mien, et me réservant d'organiser l'attaque, une fois près du hallier,
je me mis en marche. J'avais déjà fait plusieurs pas
quand, à ma grande surprise, je vis mes Hindous,
au lieu de me suivre, s'accroupir tranquillement sur
leurs talons, malgré les arguments que leur
prodiguaient probablement Venglassalon et le daubachi.

A cette vue, j'éprouvai un tel dépit, qu'après les
avoir traités de fainéants, de lâches, je serais peut-
être allé plus loin, si Simon ne m'eût glissé à l'oreille
le mot *bath* — récompense. J'étais exploité. Témoins
du désir que je manifestais, mes batteurs avaient
jugé à propos d'en tirer profit en m'arrachant un
supplément de paie.

— Dis-leur, Simon, répliquai-je vivement, que si
nous réussissons, au lieu d'un *fanon* que je leur de-
vrai, ce soir tu en compteras deux. C'était porter
de six sous à douze le prix de la journée de chaque
homme.

Il n'en fallait pas plus pour opérer un changement complet ; il n'avait pas fini de parler que
tous debout m'entouraient en riant..... de moi
sans doute, mais je n'avais pas le temps d'y penser.

Sur les lieux, je plaçai Venglassalon d'un côté, et me mis de l'autre, de sorte qu'un de nous devait nécessairement voir et tirer le serpent, si mes hommes parvenaient à lui faire prendre la fuite, ce qui était encore douteux, puisque leurs bambous étaient trop courts pour atteindre le centre du buisson, et qu'il pouvait peut-être même, y avoir trouvé un abri parmi les pierres.

Sitôt à nos places, je donnai le signal de commencer l'attaque ; elle fut, il faut l'avouer, aussi ardente et bruyante que si nous n'eussions cherché que notre gibier ordinaire.

Mais rien ne paraissait, pendant de courts instants de repos pas une branche, pas une feuille ne bougeait. J'éprouvais une inquiétude partagée sans doute par Vanglassalon, qui fit lentement, et à deux reprises différentes, le tour du repaire, examinant soigneusement le sol sablonneux, sans apercevoir les traces fraîches que n'aurait pas manqué de laisser un aussi gros reptile, et la battue recommença. Enfin, s'animant au jeu, un homme pénètre un peu dans le fourré, se baisse, regarde dessous l'épais feuillage, et nous le voyons brusquement se jeter en arrière, nous montrant du doigt que le serpent occupe le centre du buisson ; en même temps, afin de nous donner une idée de ses proportions, il nous indique un jeune palmier, près de nous, ce qui le ferait, d'après lui, de la grosseur de la cuisse d'un homme.

Je pensais bien qu'il exagérait, mais comment s'en assurer ?

D'après l'Hindou, il paraissait fort tranquille et nullement disposé à sortir ; il fallait le forcer dans ses retranchements, c'est-à-dire le tirer et peut-être le tuer sur place : je pris le parti de le tenter, d'autant plus que Vanglassalon, fier de la bonne arme que je lui avais confiée, paraissait vouloir m'enlever l'honneur du coup.

Sans hésiter, je fais suspendre le jeu des bambous et m'engage parmi les broussailles, jusqu'à ce que l'odorat et la vue m'avertissent de m'arrêter.

Je ne reconnus d'abord qu'une masse ronde formée par des replis superposés les uns aux autres, et affectant la forme d'un petit tonneau, mais de tête ou de queue, point. Il fallait même une attention soutenue pour ne pas confondre sa teinte grisâtre avec celle des blocs de pierres couverts de mousse, de lichens qui l'entouraient.

Cependant, le voir n'était rien, je voulais le tirer et pour cela abaisser mon fusil parmi les branches, le redresser, le porter à l'épaule, et, afin de réussir, me mettre à genoux à huit ou dix pieds de lui. Je devais nécessairement le couper en morceaux à une aussi faible distance.

Le temps me manqua ; mes mouvements agitèrent une liane qui le touchait, et, avant d'être en bonne position, je le vis commencer à dérouler lentement ses anneaux, puis s'agiter plus vivement, et disparaître, en se lançant en l'air, comme s'il eut pris le vol, en même temps un coup de feu retentit à me toucher, et les projectiles me sifflèrent aux oreilles.

Quand je me jetai hors du fourré à peine si je pus le voir s'y replonger encore, lâchant le tronc du palmier autour duquel il s'était enroulé en s'exposant aux regards de mes hommes, et au coup de fusil de *Venglassalon*, qui ne l'avait que fort légèrement atteint.

Je demandais des explications à Simon, il n'eut pas le temps de me répondre.

Le boa inquiété par l'explosion, averti du danger par la piqûre d'une chevrotine, sortait précisément à nos pieds, mais ce n'était plus ce mouvement lent que j'avais vu dans le buisson, il partit à la lettre comme un trait, décrivant des ondulations d'un mètre au moins de hauteur, et passant à me toucher sur ma droite.

Jamais les personnes qui ne connaissent ces animaux que par les échantillons qu'ils ont vu en Europe, là, où enveloppés sous des couvertures de laine, ils semblent faire la transition entre leurs pareils cloués au plafond des musées zoologiques, et ceux qui s'ébattent aux brûlants rayons du soleil de l'équateur, ne sauraient se créer une idée de l'incroyable rapidité de leurs mouvements sur leur terre natale.

Je n'avais pas encore réussi à l'ajuster, qu'il était au moins à soixante pas de moi, et je fis feu, je l'avoue, un peu au hasard, vu son excessive mobilité; aussi grande fut ma joie, il était arrêté; comme nous le découvrîmes plus tard, deux chevrotines faisant balle lui avaient cassé la colonne vertébrale à quatre pieds de la tête.

Tous à l'envi nous nous précipitâmes vers lui, et
je pus me convaincre alors qu'aucun animal n'offre
au même degré la vitalité et l'énergie musculaire :
pendant que la partie antérieure de son corps restait paralysée, inerte sur le sol et que ses mâchoires
seules en se distendant, comme s'il eût voulu avaler
une proie, donnaient signe de vie, sa queue fouettait
les buissons en faisant voler les feuilles et les branches brisées, ou bien enroulée autour d'une tige
grosse comme le bras, la déracinait aussi facilement
que vous pourriez arracher, dans un frais guéret,
une touffe de mauvaise herbe.

Bientôt nous eûmes une preuve encore plus con-
vaincante de sa force ; je ne voulais pas l'écraser
d'un coup de fusil à bout portant, il me vint à l'idée
de le faire étrangler, quand j'eus reconnu que les
bambous dont les coups pleuvaient comme grêle sur
sa tête, étaient impuissants pour l'achever.

Pour réussir, à l'aide d'une gaule, nous engageâmes
son cou dans un nœud coulant fait avec une corde
de la grosseur à peu près d'une baguette de fusil, et
deux hommes tirèrent chacun de leur côté en l'étreignant à faire boursouffler les chairs, à deux reprises
sa gueule dilatée s'ouvrit d'une manière démesurée,
ses yeux s'injectèrent de sang, sa queue resta immobile, nous crûmes que c'était fini, quand un suprême
effort fit casser le nœud double avec un bruit sec
comme un coup de fouet, et de rechef commencèrent
ses mouvements convulsifs.

Alors je changeai de plan, le fis encore attacher et
commandai à deux hommes de le traîner jusqu'à la

chauderie où je jugeai qu'il était l'heure de me rendre trouver mon déjeuner.

La route fut pleine d'incidents curieux qui me mirent vingt fois sur le point de casser la tête du boa ; tantôt sa queue entortillée autour d'une tige suspendait la marche des remorqueurs ; une fois, un imprudent ayant voulu la saisir, en fut enveloppé et étreint à ce point de le faire crier, et de nous donner une peine extrême pour le dégager.

Enfin, nous arrivâmes et le serpent pendu à une branche d'un figuier d'Inde, après deux heures de convulsions, demeura immobile, et je pus l'examiner à l'aise. Il avait seize pieds de longueur, c'était un fort beau spécimen du genre boa. Malheureusement lorsque je voulus le faire dépouiller, sa peau, usée par le frottement, se déchira en plusieurs endroits ; du reste, les vives nuances qui la coloraient, avaient après sa mort, perdu leur éclat, et pour me débarrasser de l'odeur fétide propre à ces animaux, je le fis emporter et n'en entendis plus parler que le soir, quand il fallut régler le compte de mes batteurs.

DEUX JOURS AU BRÉSIL

Février 185..

Nous sommes depuis quarante-huit heures en relâche dans la baie de Sainte-Catherine, au Brésil ; notre beau trois-mâts, qui a déjà tracé sur l'Océan un rude sillon, puisque nous comptons soixante-quinze jours de mer, se repose de ses fatigues à une encâblure de l'îlot sur lequel s'élève le fortin de Santa-Cruz, tandis que son vaillant équipage repasse avec soin les détails de la mâture, du gréement et prépare le navire aux luttes qu'il lui faudra bientôt soutenir contre les mers orageuses du cap Horn.

Laissons nos braves matelots à leur prévoyant travail, notre sécurité future en dépend, et jetez avec moi un coup-d'œil sur la dunette et le pont du bâtiment, je vous assure que le spectacle qu'ils présentent à cette heure en vaut la peine.

Près de deux cents passagers sont là, parlant, riant, criant, les yeux fixés vers ces rivages qui étalent à leurs regards un fouillis incroyable d'orangers, de bananiers, de palmiers, de caféiers ; d'ar-

bres, d'arbustes, de plantes aux feuillages variés, et
couvrant si bien les hautes terres qui nous entourent, qu'on ne saurait distinguer du sol un espace
large comme la main.

Chacun de nous subit donc le supplice de Tantale,
car la quarantaine qui nous a été imposée, nous
cloue à bord jusqu'à demain au lever du soleil.

Heureusement, pour tromper l'attente, les distractions ne nous manquent pas.

Une foule de pirogues, montées par les habitants
du littoral, nous apportent sans cesse les produits
du pays, des fruits, du laitage, des légumes, des
coquillages, des volailles qui viennent fort à propos
faire diversion au bœuf et au lard salé dont nous
ont pourvu les armateurs.

A ce sujet, remarquez en passant combien la
sollicitude des autorités de la province de Sainte-
Catherine est intelligente, elles redoutent la con-
tagion dont nous pourrions déposer le germe chez
leurs administrés, mais il est permis à ceux-ci de
communiquer avec nous et, par conséquent, de
puiser directement à la source du mal, si le mal
existe.

Outre leur côté positif, nos relations commerciales
avec les Brésiliens en ont une autre qui nous égaie
souvent. Personne à bord ne comprend le portugais
corrompu que parlent les vendeurs ; les marchés
n'en sont pas moins rapidement conclus, seulement
il arrive parfois qu'à celui qui a cru payer une bouteille de lait, on livre une corbeille d'oranges, et à
celui qui avait acheté les fruits, un panier d'huîtres ;

de là des récriminations, des discussions auxquels les Brésiliens, qui ont empoché l'argent, se hâtent de mettre fin en gagnant le large sous un feu roulant de jurements et de malédictions.

D'autres incidents viennent encore abréger les heures ; nos chasseurs ne peuvent se lasser de contempler les innombrables bandes d'oiseaux aquatiques qui, par moments, forment de véritables nuages.

Des milliers de frégates, de cormorans, planent, tourbillonnent sans cesse au-dessus des eaux tranquilles de la baie, qu'effleurent les pélicans et les échassiers, cherchant sur la rive une station à leur convenance. Tout en réservant notre poudre et notre plomb pour le moment où grâce à notre liberté, il nous sera possible de faire la guerre aux acteurs emplumés qui animent la scène, nous nous livrons aux jouissances plus calmes de la pêche.

La nuit, le jour, nos passagers, à cheval sur les *lisses*, jettent leurs lignes et les retirent presque toujours bien garnies ; toutefois, cet exercice deviendrait promptement monotone, car les poissons que nous prenons appartiennent tous à une même espèce et ne peuvent avoir de mérite que pour des estomacs fatigués comme le sont les nôtres par le régime échauffant du bord ; mais quelques requins, qui se tiennent sournoisement à une certaine profondeur, sous notre carène, nous offrent de temps en temps de plaisants intermèdes. Ainsi, voyez, dans les *porte-haubans* de *misaine* à *tribord*, ces quatre individus dont les bras tendus cherchent en vain à sortir de. l'eau leurs lignes qu'attire vers le fond, une puissante traction.

Chacun de nos hommes, plein d'espoir, rêve une capture extraordinaire ; les lignes, faites avec une forte ficelle de la grosseur d'une plume d'oie, sont agitées, mêlées, tordues ensemble et suivent évidemment la même impulsion ; sans rien comprendre au phénomène, ceux qui les tiennent unissent leurs efforts ; peines inutiles ! cèdent-ils un peu, les lignes filent avec un ensemble admirable ; mais dès qu'ils tentent de les haler à eux, on les dirait solidement fixées au fond ; rien ne bouge.

Après avoir en vain usé leurs forces, ils appellent des amis à leur aide, et sur chaque corde agissent jusqu'à six vigoureux bras ; à ce moment décisif, le requin, sans doute las de lutter par son inertie et se sentant peut-être, d'ailleurs, le gosier trop fortement chatouillé par les quatre hameçons qui s'y sont enfoncés, le requin, disons-nous, referme simplement ses mâchoires et les lignes arrivent coupées comme avec des ciseaux, pendant qu'un violent remous des eaux atteste que le squalé s'éloigne emportant l'espoir de nos pêcheurs.

Tout à coup, les éclats de rire des spectateurs sont interrompus par de bruyantes clameurs partant du côté du navire, opposé à celui où vient de se passer le fait que nous avons raconté. Par le travers du grand mât, à *babord*, un groupe de passagers se montre, à une profondeur de deux mètres à peu près, une incroyable quantité de poissons archarnés autour des intestins d'une vache qui vient d'être

tuée pour la nourriture de l'équipage, et dont on a
jeté à la mer les parties inutiles.

Tout cela forme, entre deux eaux, une masse
flottante, grouillante sur laquelle un coup d'épervier
obtiendrait, j'en suis sûr, un magnifique résultat.
Je n'ai pas plutôt émis cette pensée à haute voix,
qu'un de ceux qui m'entourent s'écrie : — Voulez-
vous un épervier ? J'en ai un. — Eh bien ! allez
promptement le chercher ; — mais dépêchez-vous.
— Je craignais, en effet, de voir arriver, attiré par
le carnage, un des mangeurs d'hameçons dont j'ai
parlé. Il n'en fut rien.

Quelques minutes après, muni d'un très-grand
épervier, je m'installais sur le petit *caillebotis*, à
l'avant d'une baleinière amarée le long du navire,
et malgré les oscillations de la frêle barque, je
lançais l'épervier assez largement déployé ; mais il
me fut impossible de le sortir de l'eau, tant j'avais
réussi au-delà de mes espérances.

Deux robustes matelots viennent prendre ma
place dans l'embarcation et amènent, non sans
peine, le filet et le poisson qu'il contient en telle
quantité qu'au lieu de se refermer, l'épervier reste
arrondi comme une barrique depuis la corde jusqu'aux poches.

Beaucoup de prisonniers glissent, s'échappent en
retombant à la mer ; toutefois il en reste assez pour
fournir amplement les gamelles du bord.

Nos passagers poussent des hurrahs, des exclamations de surprise et de joie, et se précipitent à l'envi
afin de mieux voir et surtout de toucher ; mal leur

en prend ; tous ces poissons, en effet, ont pour
appendice de leur nageoire dorsale un long rayon
épineux qui blesse plus d'une main imprudente ou
maladroite, et malheureusement il en résultera de
douloureux abcès.

Notre attention est bientôt détournée de ces incidents par l'arrivée des bateaux brésiliens. C'est
l'heure du marché du soir, et ce qui est pour tous
bien plus important, il nous faut arrêter pour
demain matin, les embarcations qui nous conduiront
à terre. On se presse, on se bouscule, on échange
des paroles, des promesses dans un langage burlesque qui n'a pas eu, j'en suis sûr, l'honneur de
figurer parmi tous ceux que répétèrent les échos de
la tour de Babel ; néanmoins, on a fini par s'entendre, et demain, au jour, chacun de nous a la
certitude qu'il pourra aller, en toute liberté, vaga-
bonder à l'aise sur le sol brésilien.

Les chasseurs apprêtent leurs armes en prévision
de rencontres avec les bêtes féroces que doivent
nécessairement, selon eux, abriter les forêts vierges
qu'ils vont hardiment explorer. J'ai beau leur dire
que le peu de temps accordé, deux jours seulement,
ne leur permettra pas de s'avancer dans l'intérieur ; ils jurent de ne rallier le bord que chargés
des dépouilles arrachées aux conguards et aux
jaguars.

D'autres, de fringants jeunes gens, prennent à
voix basse sur le beau sexe brésilien des renseignements quelque peu indiscrets. Bref, la nuit est très-
avancée quand le sommeil vient calmer les imagina-

tions et remplacer la folie de projets impossibles par la trompeuse réalité des rêves.

Comme tous les autres, moi aussi, j'ai tiré mes plans et j'ai associé à leur réalisation le marquis de F..., dont les goûts, le caractère sympathisent très-bien avec les miens. Tous deux, peu jaloux de nous mêler à la foule qui encombrera demain les bourgades de San-Miguel et de Santa-Crux, situées sur le continent, nous avons décidé que nous nous rendrions à San-Antonio, village distant de deux milles à peu près, et qui se trouve sur le rivage de l'île Sainte-Catherine.

J'ai retenu pour nous transporter, une barque du pays, c'est tout bonnement un tronc d'arbre creusé ; le vide qu'il présente peut avoir une longueur de quatre mètres, sur une largeur de soixante centimètres et une profondeur égale. Il est convenu avec son propriétaire que, moyennant une indemnité, le bateau restera à notre disposition pendant toute la durée de notre séjour à terre et, grâce à sa construction primitive, j'espère qu'il me permettra de raviver le souvenir de curieuses parties faites autrefois à bord des pirogues en usage parmi les naturels des archipels sauvages de l'Océanie.

Le jour est encore loin, nous distinguons encore, parmi les massifs de verdure qui couvrent le rivage, les lucioles phosphorescentes, leurs essaims resplendissent dans la nuit comme les étincelles d'un feu d'artifice.

La brise de terre nous apporte encore les phalènes dont le vol décrit autour de nous de capricieux

14

méandres, et en même temps les effluves embau-
mées des orangers, des citronniers, couverts à la fois
de fleurs et de fruits.

Déjà, pourtant, tout le monde est debout sur le
pont du navire; tous les préparatifs sont faits pour
le débarquement, on attend l'heure avec une vive
impatience, et cependant, à l'agitation bruyante de
la veille, a succédé sinon un silence absolu, au
moins une attitude réservée, un recueillement relatif.

Presque toujours, en effet, c'est un moment solen-
nel que celui où, la première fois, on va poser le
pied sur le sol étranger bien loin de la terre
natale.

Après avoir compté les mois, les semaines, les
jours qui vous séparaient encore de ce moment entrevu alors comme un rêve, lorsque quelques minutes seulement vous en séparent, l'esprit naguère
si impatient ne se repose plus seulement sur ce qui
l'attend de curieux, d'imprévu; mais il se rappelle
aussi tout ce qui a été quitté il y a longtemps et
loin de là. Chacun se demande ce que cette première
étape du grand voyage qu'il a entrepris va lui offrir
de réalités ou de déceptions, et prêts à devenir un
peu fou pendant les quarante-huit heures que nous
allons passer à terre, on devient presque sage durant quelques minutes.

Mon compagnon, le marquis de F.... qui est près
de moi sur la dunette, occupé à inspecter, pour la
centième fois peut-être, son sac de campagne, bourré
outre mesure de munitions de bouche et de guerre,

me fait en ce moment une réponse qui résume bien les pensées intimes de presque tous.

— Parbleu! mon cher, me dit-il, je comprends à merveille qu'il vous tarde de revoir cette luxuriante végétation du Brésil que vous avez plusieurs fois déjà admirée; tout cela est pour vous vieille connaissance; quant à moi, je ne trouverais parmi vos palmiers, vos orangers, vos bananiers que des inconnus, et je donnerais de grand cœur les deux jours que nous allons passer en leur compagnie pour deux heures de promenade à l'ombre des peupliers, des saules, des frênes qui abritent les rives de la Jordanne. Le marquis de F... était d'Aurillac (Cantal).

Certainement il y avait beaucoup de vérité dans ces paroles; pourtant, en dépit de mon habitude des longues absences, malgré les souvenirs qu'allait éveiller la vue de cette splendide nature, moi aussi je refoulais au fond du cœur de chères pensées qui me reportaient vers des rives moins fleuries il est vrai, mais sur lesquelles étaient restés les objets de mes plus douces affections.

Enfin, au-dessus des hauteurs qui encadrent la baie, on commence à distinguer les cimes empanachées des palmiers; elles se dessinent d'abord confuses sur les teintes diaphanes du ciel qu'éclaire l'aube naissante; peu à peu les lignes droites, régulières de leurs troncs se détachent également dans l'éther, on dirait de frêles colonnes portant encore les dernières franges du voile de la nuit qu'agite la brise du matin.

Les lampyres ont dissimulé, sous leurs élytres

reployés, leurs étincelles phosphorescentes et aux
sombres phalènes succèdent les papillons dont les
ailes resplendissent de si brillantes couleurs qu'elles
semblent refléter l'éclat du soleil qui éclaire ces heu-
reuses contrées.

Le long du rivage, parmi la verdure, court déjà
une longue ligne argentée qu'agite mollement la
faible ondulation des flots, et en deçà apparaissent
quelques points noirs, d'autres les suivent, ce sont
les embarcations qui viennent chercher nos passagers.

A cette vue éclate un chœur de hurrahs, de chants
de joie à faire vibrer la mâture du navire, tandis
que les sauts, les trépignements font crier les plan-
ches de son pont.

Je passe sous silence les curieux épisodes qui signalent le transbordement de tout notre monde, car
j'ai hâte d'arriver, moi aussi, au moment de quitter
notre prison flottante, et voilà le long du bord la
pirogue que j'ai retenue, seulement je ne reconnais
pas dans celui qui la conduit le Brésilien son propriétaire, et au lieu du jargon peu intelligible des
gens du pays, notre batelier nous salue par un :
Bonjour, Messieurs, très-nettement accentué, ce qui
n'est pas étonnant, puisque nous avons affaire à un
Français établi depuis quelques années sur l'île
San-Antonio. Chemin faisant, le pauvre garçon nous
apprend que séduit par l'espoir de faire fortune, il
a déserté d'un bâtiment sur lequel il était embarqué
pour exercer au Brésil sa profession de sabotier.
Malheureusement, ajoute-t-il, les nègres ne veulent

pas de mes chaussures, j'ai beau leur fabriquer de
vrais bijoux en citronnier, en acajou même, autant
vaudrait faire des bottes à l'écuyère pour les singes :
ils aiment mieux toujours marcher nu-pieds.

Le pauvre diable aurait pu longtemps continuer
sur ce ton le récit de ses déceptions ; depuis un moment, de F... et moi nous étions préoccupés de bien
autre chose que de l'écouter. De grandes frégates,
aux ailes étendues, passaient et repassaient en tour-
noyant au-dessus de nous, et tous deux, nos fusils
en main, nous guettions l'instant où quelqu'une d'entre elles abaisserait un peu son vol.

Nous sommes au reste dans de pitoyables con-
ditions pour nous servir de nos armes avec certitude,
car au moindre mouvement de notre part, la pirogue
roule de manière à redouter de la voir chavirer, et
afin d'éviter ce désagrément, j'ai recommandé à mon
compagnon, qui n'a pas le pied très-marin, de tirer,
ainsi que je compte le faire, en restant assis.

J'allais lui réitérer la recommandation, lorsque
trois cormorans passent à belle portée. J'ajuste celui du milieu, qui tombe comme une balle. Aussitôt
les frégates, que le bruit n'a nullement effrayées, le
croyant posé pour saisir une proie, s'abattent sur
lui ; leur vue fait oublier à de F... ce que je lui ai
dit ; il se lève précipitamment pour mieux ajuster,
perd l'équilibre, son plomb nous siffle aux oreilles,
et notre pirogue roule d'un bord sur l'autre, à ce
point que l'eau entre des deux côtés. En toute hâte
je me sers de la crosse de mon fusil comme d'un
balancier, afin d'amortir un peu les oscillations ; le

14.

sabotier, qui tient la pagaie, en fait autant, et, Dieu merci ! nous l'échappons pour cette fois. Néanmoins, comme nous pourrions plus tard n'être pas aussi heureux, il est convenu immédiatement que les fusils resteront au repos jusqu'à ce que nous soyons à terre.

Je n'ai pas de peine à faire apprécier à de F... la sagesse de cette décision ; tout bon nageur qu'il est, il comprend que la conséquence du bain forcé que nous avons failli prendre eût été la perte de nos armes, de nos bagages, et il est encore tout ému en pensant que son plomb est à peine passé à quelques pieds au-dessus de nos têtes.

Tout en filant vers le rivage, nous prenons possession de mon cormoran que je trouve à peu près semblable à ceux de ces oiseaux que l'on rencontre sur le littoral de la France, peut-être un peu plus petit, mais en retour, doué d'une odeur nauséabonde encore plus prononcée.

Trois quarts d'heure après avoir quitté le navire, nous arrivions enfin aux attérages de l'île Sainte-Catherine, vis-à-vis du petit village de San Antonio; mais, la mer étant basse, pour ne pas traverser une plage vaseuse, nous dûmes débarquer sur une pointe de rochers avancés dans la baie et à l'embouchure d'une petite rivière.

Placé à l'avant de la pirogue, je sautai le premier sur les roches, et tandis que de F... s'extasiait devant un bouquet d'aloès semblables à des asperges de vingt pieds de hauteur et de cactus cierges de dimensions colossales, mon fusil en main, je suivais de remise en remise un échassier qui s'était levé à peu de distance. Dès le second vol, j'avais reconnu une spatule rose, mais ses ailes si gracieusement colorées portaient toujours l'oiseau et bien vite et bien loin, au gré de ma convoitise.

Enfin je l'ai vu abaisser son vol derrière un énorme bloc de rocher qui me sert à masquer mon approche ; toutefois, avant de le gravir, il faut que je traverse une petite flaque d'eau qui m'en sépare. Sans hésiter je quitte souliers et chaussettes, relève mon pantalon, et me voilà à patauger. Je ne vais pas loin ; dès les premiers pas, il me semble que j'appuie mes pieds sur des épingles fichées la pointe en l'air ; je saute d'une jambe sur l'autre, pas moyen d'avancer ; alors plongeant une de mes mains, je sors du fond de l'eau des oursins dont les piquants ne sont pas sans analogie avec la fourrure peu moelleuse de nos porcs-épics.

Reprendre mes souliers et broyer sous leurs fortes semelles ces vilains coquillages fut l'affaire d'un instant, et pendant que mon camarade, qui me suit, se frotte lui aussi les pieds à leurs épines, j'en suis venu à mes fins ; un coup de fusil a mis en ma possession la spatule que le plomb n'a pas endommagée ; aussi je me propose de la dépouiller et de la conserver avec soin.

Au même instant de F... ramasse une frégate qu'il vient d'abattre, et tout à l'enthousiasme de nos débuts, il me crie en me rejoignant :

— Eh ! regardez donc ! regardez donc ! des baleines tout près d'ici.......

De dessus les rochers, nous dominions en ce moment l'embouchure de la rivière dont j'ai parlé, et là ses eaux, qu'un banc de sable presque à découvert séparait de celles de la baie, formaient comme un petit lac. Dès le premier coup d'œil je fus persuadé que de F... devait s'être trompé ; il n'était pas probable que des baleines se fussent aventurées dans un pareil bassin, où elles se seraient trouvées, comme une carpe de deux livres dans une cuvette ; aussi lui répondis-je en riant :

— Allons donc, mon cher, est-ce que le soleil du Brésil vous a déjà dérangé le cerveau au point de vous faire prendre des sardines, peut-être, pour des....?

Je n'eus pas le temps de finir, de F... s'était bien trompé, mais pas autant que je le croyais, car une *game* de cinq à six black-fishes (souffleurs) se montrait, au même instant, presque à toucher la petite plage de sable au bas des rochers. C'était à ne pas en croire ses yeux, puisque les black-fishes, sans être de la taille colossale d'une baleine, pouvaient avoir de six à huit mètres de longueur, et figuraient dans cet espace restreint comme le ferait une bande de gros saumons dans un bassin des Tuileries. Notre batelier, qui venait de nous rejoindre, nous expliqua le fait en nous disant que ces souffleurs, attirés pendant que la marée était haute sur ce point par la grande quantité de petits poissons dont ils faisaient leur proie, s'y trouvaient forcés d'attendre le flux suivant afin de regagner la baie dont le banc de sable leur barrait le chemin à mer basse.

Après avoir écouté attentivement ces détails, de F... me demande si je veux que nous allions tenter de tuer un des black-fishes à coups de fusil, et l'idée lui sourit tellement qu'il me dit être décidé à y aller seul si je ne veux pas le suivre.

— Notre tronc d'arbre, ajoute-t-il, passera très-bien sur le banc de sable ; quelle jolie chasse, qu'en pensez-vous ? une balle conique de votre carabine, en pleine tête, doit suffire ?

— J'en doute ; pourtant je veux bien essayer, si vous y tenez encore, lorsque je vous aurai donné certaines explications ; mais d'abord allons à San-Antonio commander notre déjeûner, porter nos bagages, et puis si le cœur vous en dit de courir sus aux black-fishes, nous reviendrons.

Ma proposition acceptée, j'apprends, chemin faisant, à mon compagnon qu'un des souffleurs qu'il veut attaquer peut fort à l'aise couper notre pirogue en deux d'un coup de queue ou la tourner lestement sens dessus dessous, sans effort, et que les plus adroits harponneurs baleiniers aiment autant avoir affaire à une rigth whale (baleine franche) qu'à une *game* de black-fishes, et je conclus en lui disant :

— Soyez certain que si nous en blessons un, le moins qu'il puisse nous arriver sera un bain forcé ; mais il nous faudra prendre des précautions pour ne pas perdre nos armes, si, ce qui est très-probable, nous chavirons.

De F...., qui avait cru d'abord que je plaisantais en lui parlant des risques à courir si nous attaquions un des black-fishes et parvenions à le blesser, ne tarda guère à voir, à mon ton sérieux, qu'il s'agirait, dans ce cas, de tout autre chose que de la pêche aux truites des rivières du Cantal, peut-être même aurait-il renoncé à son projet si, à mon tour, un peu piqué par quelques-unes de ses paroles, je n'avais déclaré que l'idée me souriait tellement que rien au monde ne m'y ferait renoncer.

Quant à notre compatriote, notre batelier, je crois qu'il n'eût pas été fâché de nous voir les laisser en paix. Toutefois, lorsque je lui demandai si les requins de la baie s'avançaient jusque dans les eaux de la petite rivière, il me dit que non, sans hésiter ; une réponse contraire aurait suffi pour m'empêcher de tenter l'aventure ; car je n'aurais jamais été assez fou pour courir la chance de nous faire happer par un requin, alors même que j'aurais été sûr de tuer un des cétacés.

Il n'existait pas de chemin tracé entre le point où nous avions quitté notre pirogue et le village de San-Antonio ; aussi nous cheminions au milieu d'un délicieux pêle-mêle d'orangers, de citronniers, de caféiers, de cotonniers croissant sur ce sol béni sans aucune culture, avec une vigueur échevelée que ne connaissent pas sous nos latitudes les végétaux les plus rustiques.

Les capsules épanouies des cotonniers, semblables à d'énormes flocons de neige, et tranchant par leur blancheur parmi la sombre verdure, attiraient surtout l'attention de mon ami de F...., qui dut emmagasiner ce jour là dans ses poches, au moins de quoi faire une ou deux douzaines de paires de chaussettes.

Comme nous touchions au village, le sabotier après nous avoir servi de guide jusque-là, et indiqué la case où nous étions attendus, nous demanda de nous quitter un moment, afin d'aller chez lui avertir qu'on ne l'attendît pas à déjeuner, car nous l'avions invité à partager le nôtre ; mais à peine fut-il parti qu'une idée fort naturelle me vint à l'esprit.

— Ah ! ça, dis-je à mon compagnon ; comment allons-nous nous faire comprendre des Brésiliens ?

— Rien de plus facile, mon cher, me répondit-il, vous verrez cela ; je leur parlerai le patois du Cantal et vous êtes certain que nous nous comprendrons.

Mon ami avait réellement pour idée fixe que le susdit jargon dérivait d'une langue mère ayant dû enfanter toutes les autres ; malgré son aplomb, je n'étais pas sans quelques inquiétudes. On verra si elles furent justifiées.

Enfin, nous entrons dans une grande chambre dont pour tous meubles une longue table entourée de bancs occupe le centre.

Une vieille femme s'avance au-devant de nous, en grimaçant un sourire de bon augure et en baragouinant quelques paroles ; je réponds au sourire, et de F.... aux paroles. Je m'aperçois de suite qu'il existe très-peu de conformité dans les consonnances de leur langue réciproque ; néanmoins peut-être s'entendront-ils, car ils échangent une poignée de main et de F.... se tourne tout joyeux vers moi, en me disant :

— Parbleu ! mon cher, la bonne femme comprend l'auvergnat comme un enfant du Cantal.

— S'il en est ainsi, commandez notre déjeûner...
une omelette, une volaille rôtie, tout ce que vous
voudrez, enfin, surtout n'oubliez pas que nous serons
trois.

— Très-bien! soyez tranquille.

Et le voilà derechef à gesticuler et à baragouiner
avec notre hôtesse, tandis que j'ai toutes les peines
du monde à préserver mon cormoran et surtout ma
spatule rose des attouchements indiscrets de quatre
petits négrillons, sortis de je ne sais où, et qui grim-
pent comme des singes le long de mes jambes pour
atteindre mes oiseaux. Je ne réussis à m'en débarrasser que grâce à une distribution de calottes, dont
pas une ne se perd. Elles tombent si bien d'aplomb
sur leurs corps nus des pieds à la tête, qu'ils se dé-
cident à me laisser en paix pour aller se tapir sous
la table où ils forment le plus drôle de groupe qui se
puisse imaginer. On ne distingue que des yeux bril-
lants comme des escarboucles et des dents d'une
blancheur éblouissante, je crois bien que tout cela
me fait la grimace, que m'importe! J'ai accroché
mes oiseaux aussi haut que possible à un clou auprès de la muraille de manière à ce qu'ils soient hors
d'atteinte, et par surcroît de précaution je prie de
F.... de les recommander à notre hôtesse. Il ne me
reste plus qu'à faire de sérieux préparatifs en prévision des éventualités menaçantes de notre chasse.
Pour commencer, je me munis d'une forte corde de
deux mètres de longueur, qui doit me servir à attacher ma carabine à l'embarcation, de sorte que si
nous chavirons il ne résultera qu'un bain pour mon

arme ainsi que pour nous. En outre j'enduis de suif
les platines afin d'empêcher l'eau de mer de pénétrer
jusqu'aux ressorts, et cela terminé, je dis à mon ami
que nous pouvons partir; quant à lui, n'ayant qu'un
fusil dont la perte serait irréparable, il se décide facilement, sur le conseil que je lui donne, à le laisser
à la case; il est convenu que l'on avertira le sabotier, qui tarde bien à venir, que nous l'attendrons
auprès de la pirogue, et nous voilà en route, de F....,
bourrant toujours ses poches avec les houppes de
coton qu'il peut atteindre, et moi me demandant si
nous n'allions pas faire une sottise? Heureusement
que j'ai encore un espoir.... un regard le fait vite
évanouir, car nous sommes rendus à l'embouchure
de la rivière, et les black-fishes sont toujours là près
de terre, sautant, soufflant à qui mieux mieux. Un
moment j'avais pensé qu'ils auraient peut-être gagné
le large, et la poursuite eut été impossible, mais
l'heure des doutes, des indécisions est passée, et
voici notre sabotier qui arrive. Je l'engage ainsi que
de F. ... à laisser à terre tout ce qui pourrait, en cas
bain forcé, être cause de gêne et à ne conserver que
chemise et pantalon.

Ceux que nous allons chasser sont bien vraiment
pour ainsi dire emprisonnés et dans l'impossibilité
de rejoindre la baie, car notre tronc d'arbre, qui
cale à peine un pied d'eau, laboure le sable en passant la barre, qui se trouve à l'embouchure de la
rivière.

Au delà, il glisse presque sans rider l'eau qui est
calme, unie comme une glace. Nulle autre agitation

15

que celle causée par les jeux des black-fishes vers lesquels nous nous dirigeons. Déjà j'ai reconnu leur *graissin* [1] et je donne à voix basse mes dernières recommandations au sabotier qui rame avec sa pagaie le plus doucement possible.

— Faites bien attention, lui dis-je, à suivre tous mes commandements, à avancer, à reculer, à tourner sur tribord ou babord au premier mot et je réponds de tout.

Le moment est venu de faire preuve de confiance; pour de F.... son rôle doit se borner à servir de lest volant en se portant avec précaution du côté où son poids sera nécessaire, afin de maintenir notre pirogue en équilibre. Quant à moi, je suis debout sur l'avant, ma carabine à la main, je l'ai solidement attachée par la sous-garde avec la corde dont je me suis muni, et dont l'autre extrémité est fixée à un banc. Ah! si au lieu de ma bonne arme j'avais un harpon et une lance, je répondrais du résultat.

Déjà à deux reprises différentes un des cétacés est venu souffler à trois ou quatre mètres de nous, mais à cette distance j'ai eu peur que mes balles ne fissent que ricocher sur sa peau épaisse, je ne veux tirer qu'à bout portant. Tout en veillant attentivement, je ne peux pas m'empêcher de rire à la réflexion que sa vue inspire à de F...., qui répète à mi-voix : — Mon Dieu! comme c'est gros...

Enfin, voilà, je crois celui que j'attendais. Une

---

[1] Les baleiniers appellent ainsi les larges taches huileuses que laissent tous les cétacés sur l'eau, quand ils viennent à la surface.

longue houle s'est levée devant nous, elle progresse,
grossit en venant à notre rencontre. Je n'ai que le
temps de murmurer : Attention ! de commander
un moment d'arrêt, et, sous les flots transparents, je
distingue l'énorme tête du cétacé qui vient droit sur
nous et, surgissant au-dessus de l'eau, me souffle
littéralement à la figure. Une formidable explosion
lui répond. J'ai lâché mes deux coups à la fois, il doit
avoir quatre onces de plomb dans la tête.

A travers la fumée de la poudre, il m'a semblé le
voir s'enfoncer en reculant, et pour nous en éloigner
de notre côté, je commande scie partout [1] !

Malédiction ! de F...., que la scène a un peu émo-
tionné, perd la tête et s'avise de crier le comman-
dement que j'ai fait entendre ; or, dans son affreux
jargon auvergnat ces mots : *Scie partout* se transfor-
mant en une expression que je ne saurais décemment
écrire, il en résulte pour le batelier une seconde de
surprise, d'indécision, et nous restons en place, mais
pas longtemps.

Le black-fish, blessé, fou de douleur, revient avec
la vitesse d'un trait à la surface, heurte de la tête le
devant de la pirogue que je sens sous mes pieds se
mâter debout comme un cheval qui se câbre et va se
renverser ; le reste se devine. Je me trouve entre
deux eaux, forçant des pieds et des mains pour m'é-
loigner de la scène et gagner la terre tout au plus à
quinze pas de là. Cependant j'ai conservé toute ma
présence d'esprit, et il me tarde de savoir ce que sont

---

[1] Nager à rebours avec l'aviron.

devenus mes compagnons d'infortune. Je veux revenir à fleur d'eau ; mais je me heurte à un corps
que je crois d'abord être l'embarcation, et qui n'est
autre que le cétacé, mes mains se promènent sur sa
peau lisse et froide ; ce fut la seule impression désa-
gréable que me causa l'aventure.

Je me laisse encore couler jusqu'au fond, que cette
fois je trouve, et deux vigoureux coups de pied me
ramènent enfin à la lumière. Trois ou quatre brasses
plus loin, je vois de suite de F... et le sabotier,
cramponnés à notre pirogue qui flotte sens dessus
dessous et qu'ils poussent vers le rivage où nous
l'avons bientôt fait échouer, en réunissant nos forces.

Grâce aux précautions que j'avais prises, je rentre
en possession de ma carabine qui n'a éprouvé aucun
dommage, et à l'entrée de la rude carrière qu'elle est
appelée à fournir plus tard, elle en est quitte pour
un baptême à l'eau salée.

Maintenant, tandis que nous sommes étendus
comme des phoques sur le sable de l'étroite plage,
en attendant que le soleil ait séché nos vêtements,
on doit penser aux commentaires, aux récriminations et aux plaisanteries que provoque notre mésa-
venture.

Au premier moment, je ne peux m'empêcher d'a-
dresser au sabotier de vifs reproches sur ce qu'il ne
m'a pas obéi et n'a pas imprimé à la pirogue, ainsi
que je lui avais ordonné, un mouvement de recul,
qui nous eût évité de faire le plongeon ; de F.... crie
encore plus fort que moi ; mais alors c'est à lui que
le coupable s'en prend.

— Parbleu! Monsieur, lui dit-il, je vous trouve plaisant, mais toute la faute est à vous qui me criez aux oreilles un mot que je ne veux pas répéter, si bien que j'en suis resté ahuri, ne sachant ce que vous vouliez dire, et ma foi . . . .

Il n'en fallut pas plus pour me remettre en mémoire tous les détails de l'affaire et provoquer, de ma part, un fou rire, pendant que de F.... sans s'émouvoir, répondait tranquillement à notre batelier :

— C'est juste, j'avais oublié que vous ne parlez que le français et n'entendez pas l'auvergnat.

Enfin, pour les mettre d'accord, je suis obligé de leur dire : Nous n'avons éprouvé, je le crois, que ce qui pouvait nous arriver de moins malheureux. En effet, il est probable que si le choc du black-fish contre notre pirogue n'eût pas suspendu l'élan du cétacé, peut-être se serait-il entièrement enlevé au-dessus de l'eau pour retomber sur nous, qui, dans ce cas, aurions pu être écrasés par sa masse.

— Vous voyez bien, leur dis-je, que tout est pour le mieux dans le meilleur des mondes possibles et il ne nous reste plus, ajoutai-je, en les regardant qu'à aller voir où est notre gibier. Qu'en pensez-vous ?

Je n'avais pas fini, que prenant au sérieux ce qui n'était qu'une plaisanterie, le sabotier se levait et ramassant son pantalon et sa chemise à demi-secs me répondait :

— Allez où vous voudrez, quant à moi, je m'en vais.

De F.... repoussait de son côté encore plus énergiquement ma proposition en ces termes :

— Ah! pour cette fois, je veux bien que le diable
m'emporte, si je vous suis! Allons donc, vous êtes
fou, courir, montés sur une coquille de noix, après
des bêtes grosses comme des moulins, et qui sautent
comme des truites... merci! J'en ai assez...

Mon ami oubliait qu'en tentant ce que je lui avais
tout de suite dit être une imprudence, je n'avais fait
que céder à ses sollicitations.

LE CHIEN DU BRACONNIER

Nous avions chassé tout le jour, quatre d'entre nous le lièvre à tir avec des chiens courants, et les trois autres ou chiens d'arrêt les bécasses et les perdrix rouges nombreuses dans les taillis de la contrée. Le soir, tous les sept réunis dans la salle à manger de la maison de campagne de notre ami commun, nous devisions, selon l'usage, des incidents de la journée.

Il n'y avait qu'une voix pour la proclamer très-heureuse puisque nous avions rapporté cinq lièvres, huit bécasses et une quinzaine de superbes perdrix rouges, le tout prélevé sur un terrain où on ne connaît pas de chasse réservée.

Le dîner tirait à sa fin, quoique prolongé, comme il est si doux de le faire, lorsqu'il s'agit d'assouvir des appétits stimulés par sept à huit heures d'exercice en plein air, et déjà quelques-uns, après avoir sans cérémonie quitté la table, livraient leurs jambes à la chaleur du feu clair, pétillant, qui emplissait la vaste cheminée et éclipsait par son éclat la lumière des bougies.

Depuis un moment la conversation, bien faite pour passionner des chasseurs, roulait sur le plus ou moins de mérite des chiens leurs auxiliaires, les uns prenant parti pour le chien d'arrêt, d'autres pour le chien courant, quand un de nous, emporté par la discussion s'écria :

— Eh ! Messieurs, comment pouvez-vous mettre en parallèle l'ensemble des qualités requises pour faire un bon chien d'arrêt avec celles qui suffisent au chien courant, à qui il ne faut que du nez et des jambes ?

Il n'avait pas fini, que notre hôte, après avoir jusqu'alors soutenu l'opinion contraire avec beaucoup de modération, s'animant à son tour, lui répondit :

— Parbleu ! mon cher, vous nous la donnez belle ; prenez un nez qui évente son lièvre à quatre kilomètres mettez, si vous le voulez, ce nez sur des jambes capables de courir d'une traite de Bordeaux à Paris ; voilà, selon vous, de quoi faire un fameux chien courant ; eh bien ! le diable m'emporte si avec cela vous faites un *Tourne-Broche*.....

— Ah ! oui, ah ! oui, reprirent en chœur ceux des convives qui étaient du pays, faites un Tourne-Broche avec ça.

En dépit du ton sérieux sur lequel ces Messieurs répétaient :

— Oui, oui, faites un Tourne-Broche avec cela. — J'avoue que je crus d'abord à une plaisanterie dans le genre de celle qui fait mettre une tarte à la crème

dans le corbillon, et j'aurais crié au propos discor-
dant, si notre hôte, me voyant sourire, ne m'eût dit
en me prenant en partie :

— Qu'en pensez-vous ?

— Ce que je pense, répondis-je ; c'est que je ne
vois pas trop l'analogie qui existe entre un tourne-
broche et le point en litige.....

Une explosion de rires à ébranler le plafond, me
fit bien vite comprendre que je devais avoir dit une
sottise, sans qu'il me fût possible de la réparer,
puisque je n'entendais plus rien à la conversation
par trop bruyante, jusqu'à ce qu'on m'eût crié :

— Mais Tourne-Broche, mon cher, c'était un
chien, le chien du cloutier. Comment, vous ne l'a-
vez pas connu ?

— Pas plus que la bête de l'Apocalypse.

— Vous en avez toujours entendu parler ?...

— Beaucoup moins que de l'éléphant blanc du roi
de Siam, et pour être franc, pas du tout.

— Incroyable ! incroyable ! hurlait-on de tous
côtés, surtout quand on est comme vous en relations
avec le *Journal des Chasseurs*, à qui les hauts faits de
Tourne-Broche ont dû être racontés.

— J'en doute, Messieurs, car j'ai encore présents
à l'esprit les noms de toutes les célébrités canines
dont il a enregistré les prouesses, et je vous assure
qu'il n'a jamais été question de votre héros dans ses
annales cynégétiques.

Maintenant, écoutez-moi, voulez-vous faire pour
la mémoire de l'illustre Tourne-Broche, ce que vous
avez négligé lorsqu'il était de ce monde ? Voulez-

15.

vous qu'il revive pour la postérité ? Eh bien ! parlez-
moi de lui, dites-moi ce qu'il fut, livrez-moi sa bio-
graphie, et je prends en retour l'engagement formel
d'écrire un jour, avec une scrupuleuse fidélité, les
précieux renseignements que je sollicite.

Je n'avais pas fini, qu'un murmure approbateur
me prouvait que j'étais dans la bonne voie. Malheureusement, excité par le désir de payer une dette
trop lontemps négligée, et peut-être, aussi, un peu
sous l'influence du Bourgogne, du Bordeaux, du
Champagne de notre hôte, tous les convives commencèrent à la fois l'odyssée du défunt ; si bien
qu'une demi-douzaine de véritables tournes-broches,
fonctionnant avec ensemble à mes oreilles, eussent
formé à côté de leurs clameurs discordantes une incontestable harmonie. Je ne savais à qui écouter ;
par bonheur, un domestique vint à mon secours, en
nous prévenant que le café nous attendait dans la
salle de billard. Un instant de calme suivit l'avertissement ; notre hôte en profita pour lui dire : Aver-
« tissez La Brande, qui doit être à la cuisine, de venir
« nous trouver. » Puis s'adressant à moi, il ajouta :

— Le père La Brande va lui-même vous raconter
l'histoire des premières années de Tourne-Broche ;
personne n'est plus à même de le faire, puisque
c'est lui qui l'a élevé ; mais je vous en préviens
à l'avance, quelque incroyables que puissent vous
paraître certaines parties de son récit, ne laissez per-
cer aucun signe d'incrédulité, car à l'endroit de
Tourne-Broche, le père La Brande ne plaisante pas
plus que s'il s'agissait d'un de ses enfants ; écou-

tez, et prenez-en ce que vous voudrez ; maintenant, silence, voilà notre homme. Au même moment je vis sur le seuil de la salle à manger où nous étions restés seuls, un campagnard d'une cinquantaine d'années, de haute taille, et qui semblait attendre respectueusement qu'on l'invitât à approcher.

— Entrez donc, entrez donc, La Brande, lui dit le maître du lieu, tout en faisant quelques pas au devant de lui, j'étais bien sûr que vous deviez être venu pour savoir ce que nous avions fait aujourd'hui, et vous avez vu qu'il est encore possible de tuer du gibier par ici.

— C'est vrai, Monsieur, mais vous voulez me parler, m'a dit Baptiste ; qu'y a-t-il pour votre service ?

— D'abord, vous allez prendre le café avec nous, et puis, il y a que je vous ai fait demander pour causer avec vous de votre ancien compagnon de chasse, de Tourne-Broche, et voici à quelle occasion. Monsieur, que je vous présente comme un de nos bons amis, est en intimes relations avec un journal de Paris qu'on appelle le *Journal des Chasseurs*, et il nous promet de publier tout ce que vous pourrez lui raconter d'intéressant sur ce bon animal.

— Ah ! M'sieu est un Parisien....

Ce disant, le paysan me jetait à la dérobée un regard dont l'expression équivoque, mais peu sympathique, semblait signifier : un Parisien, il ne comprendra pas, c'est perdre sa peine.

Je voulais prendre la parole et tenter de combattre une prévention assez généralement accréditée parmi

les habitants de ces campagnes ; je n'en eus pas le
temps, le maître du lieu, pour brusquer le dénouement, nous ayant entraînés avec lui dans la salle de
billard où nous attendaient nos amis, et le café déjà
versé. Dès que chacun eût pris place, quand les
cigares furent allumés et que le père La Brande,
sans trop se faire prier, eut tiré de sa poche une
vieille bouffarde qui aurait pu dignement figurer
entre les dents d'un pilote du bas de la Gironde :

— Allons, mon brave, lui dit notre hôte, contez-
nous l'histoire de Tourne-Broche, dites-nous quelqu'une de vos chasses avec lui.

Un silence complet s'était établi, et lorsqu'on
n'entendit plus que le léger sifflement des lèvres
renvoyant vers le plafond, en vapeurs odorantes, la
fumée des régalias, le faible bruit d'une tasse posée
dans sa soucoupe, le campagnard commença le
récit suivant, dont j'ai bien peur d'altérer, malgré
moi, la naïve originalité.

« Puisque ça fait plaisir à M. Gustave — c'était le pré-
« nom de l'ami chez lequel nous nous trouvions, — je
« veux bien, Messieurs, vous parler de mon pauvre
« Miraut, qu'on appela plus tard Tourne-Broche, je
« vous dirai pourquoi.

« Il y a eu vingt-trois ans, le 11 de ce mois, — vous
« voyez que ça ne date pas d'hier, — je revenais de
« la foire de la Saint-Martin de Cognac, et j'étais
« arrivé à mi-chemin de chez nous, quand je vis sur
« le bord de la route, cinq ou six petits drôles qui
« criaient, riaient, en jetant des pierres dans un
« fossé plein d'eau. Par curiosité, je m'approche, et

« j'aperçois un pauvre petit chien qu'ils étaient
« en train de faire noyer ; mais les méchants enfants
« pour s'amuser plus longtemps, le laissaient par
« moments monter sur un morceau de bois qui
« flottait, puis, à coups de pierres, de mottes de
« terre, ils le faisaient encore retomber dans l'eau,
« et lorsqu'il s'enfonçait, ils criaient à tue-tête :
« Ah ! il boit, il boit, il boit !

« Je n'ai pas le cœur meilleur qu'un autre ; si
« j'avais vu tout bonnement jeter le chien à la ri-
« vière et le laisser là j'aurais passé mon chemin
« sans rien dire ; mais le faire souffrir, le marty-
« riser de la sorte, c'était trop fort. Je dis donc aux
« enfants que ce qu'ils faisaient était très-mal.

« — Est-ce que ça vous regarde ? me répond le plus
« grand, le *cagnot* est à moi, je peux bien lui faire
« ce que je veux ; allez-vous-en si ça vous fait pleurer,
« ça nous amuse, nous autres.

« — Comme ça, vous voulez bien le faire noyer ?
« que je lui demande.

« — Oui ! oui !

« — Eh ! bien, dis-je, moi, je ne le veux pas, et je
« vais l'emporter.

« Aussitôt, les voilà tous autour de moi, criant :

« — Touchez-y donc, touchez-y donc, nous verrons
quelque chose.

« Ma foi, sans faire plus de cas de ces polissons
« que des grenouilles qui étaient dans le fossé, avec
« mon bâton j'attire à moi la malheureuse petite
« bête presque noyée, je la sors de l'eau et la fourre
« dans un panier couvert passé dans mon bras. Les

« plus hardis vinrent bien essayer de le reprendre ;
« j'en fus quitte pour empoigner le plus enragé par
« le fond de sa culotte, et si je ne l'envoyai pas à la
« la place du chien, c'est que le morceau me resta
« dans la main ; après quoi je me remis en route,
« sans m'occuper de leurs sottises.

« Une demi-lieue plus loin je m'arrêtai au pied
« d'une haie pour voir à mon aise celui à qui j'a-
« vais sauvé la vie. Je l'avais en effet si peu regar-
« dé, que si au lieu d'un chien j'avais trouvé un
« chat dans mon panier, je n'en aurais pas été trop
« surpris.

« C'était bien un chien ; mais si laid, si laid, que
« l'envie me vint de ne pas pousser plus loin la cha-
« rité et de le laisser dans un buisson : pourtant je
« me fis une réflexion. Qui sait, me dis-je, il sera
« peut-être aussi bon qu'il est vilain : bon, mais à
« quoi ?... J'aurais bien défié le plus fin connaisseur
« de me dire s'il était destiné par sa naissance à
« devenir chien courant, chien d'arrêt ou chien de
« berger, et jusqu'à l'âge de trois mois, sans ses
« oreilles plates, tombantes, collées à la tête comme
« celles d'un basset, on aurait pu le prendre pour
« un renard, tant il en avait le nez pointu, le pelage
« et la queue feuillue. Du reste, point malfaisant,
« point coureur, mon petit Miraut dormait du matin
« au soir, et, chose singulière, il n'aboyait jamais.

« Enfin, il avait déjà plus d'un an, quand je pus
« me dire la première fois, ce que j'ai souvent répété
« depuis : — Miraut n'est pas un chien comme les
« autres, c'est le diable incarné.

« Nous étions aux approches de Noël 1841. J'avais
« entrepris, avec un de mes voisins, une coupe de
« bois, et tous les matins, en me rendant à mon
« chantier, j'emportais mon fusil et je battais les
« buissons, les bordures d'ajoncs à l'abri du vent
« du Nord, pour tenter de raccrocher un lièvre. Ce
« jour-là, j'avais eu la chance d'en faire lever un ;
« par malheur, mon fusil, chargé depuis quinze
« jours ou trois semaines, avait fait long feu et
« j'avais manqué ; il pouvait être alors huit heures, à
« peu près, et lorsque je me fus mis à l'ouvrage, tout
« en jouant de la cognée et de la serpe, pour m'é-
« chauffer, je pensais de quel côté il me faudrait
« aller le lendemain pour prendre ma revanche.
« L'arrivée de plusieurs chasseurs, suivis de leurs
« chiens courants, coupa court à mes réflexions ;
« nous causâmes un moment, et ils me dirent qu'ils
« n'avaient pas seulement pu lancer ; que dans les
« les champs et le bois, ils n'avaient pas trouvé une
« seule voie, à cause de la gelée ; je vis en effet leurs
« chiens battre et rebattre les endroits où avait passé
« mon lièvre du matin, sans qu'aucun d'eux donnât
« un signe de reconnaissance. Plus d'une heure
« après leur départ, sur le coup de midi, ma ména-
« gère étant venue, comme à l'ordinaire, m'apporter
« la soupe, l'envie me prit de lui montrer la place
« où j'avais le matin manqué mon lièvre. D'ailleurs
« je n'étais pas fâché de savoir si les chiens des autres
« avaient fouillé le gîte ; je n'avais pas seulement
« fait attention à Miraut qui avait suivi sa maîtresse
« et qui trottait derrière nous. Seulement, pendant

« que j'écartais la touffe d'herbe au milieu de
« laquelle était le lièvre, voyant Miraut qui sautait
« à l'entour je lui dis :

« Là ! mon Miraut, là, mon valet, là !

« Vous me croirez si vous voulez, mais dans ce
« moment, je lui aurais tout aussi bien dit, si l'idée
« m'en était venue :

« Eh ! Miraut, va me chercher la lune.

« Figurez-vous donc ma surprise en voyant mon
« chien rentrer dans le buisson comme une anguille,
« puis ressortir doucement, le nez en l'air, donnant
« deux ou trois petits coups de voix, et filer sans
« hésitation sur la trace de mon lièvre, et pas moyen
« d'en douter ; à cent pas de là, le lièvre avait dis-
« paru au tournant d'une haie, je venais de perdre
« Miraut de vue au même endroit.

« A cette heure-là, voyez-vous, Messieurs, il me
« vint à la tête deux idées: la première que Miraut
« était fou, la seconde, qui était la vraie, que j'avais
« un chien courant comme on n'en verra jamais, je ne
« tardai pas à en être certain.

« Après m'être dépêché de prendre mon fusil,
« j'arrive au galop à la haie dont j'ai parlé ; de l'autre
« côté, au milieu de la plaine mêlée de champs et
« de vignes, j'aperçois le chien arrêté, tourné vers
« moi et ayant l'air de m'attendre.

« Bien, me dis-je, il ne sait plus où il en est, et d'ail-
« leurs, il n'aurait pas fallu avoir de bon sens pour
« supposer que Miraut allait pouvoir suivre une voie
« du matin par un temps pareil. Sans avancer, je me
« mets donc à crier, à l'appeler, mais votre serviteur,

« il avait l'air de ne pas m'entendre et ne bougeait
« pas ; ce que voyant, je me décide à le rejoindre.

« Depuis le jour, le vent du Nord froid, piquant,
« glaçait le brouillard sur les arbres, les buissons,
« et couvrait la terre d'une blanche couche de
« givre.

« Par un temps pareil, en supposant que le lièvre
« se serait tout à coup retourné tête sur queue pour
« sentir l'endroit où il venait de poser la patte, je
« suis sûr qu'il ne l'aurait pas retrouvé, et pourtant,
« dès que j'eus rejoint Miraut dans la vigne où il
« m'avait attendu, le voilà, sans hésiter, encore parti
« sur la voie ; ici, sautant par-dessus les sarments
« qui le gênaient, là, se glissant dessous comme
« l'avait fait le lièvre, puisque, en regardant avec
« soin, je trouvai des brins de poils accrochés aux
« branches.

« J'étais si étonné, que je suivais le chien bien plus
« machinalement, que dans l'espoir de réussir à
« joindre le lièvre ; aussi m'arrivait il souvent de
« demeurer en arrière ; mais Miraut, qui semblait
« deviner le peu de confiance que j'avais en lui,
« s'arrêtait alors comme pour m'attendre, et me
« regardait vraiment avec un air de reproche.

« Tout en allant ainsi, nous étions arrivés à une
« *combe* ¹ à l'abri du vent ; au milieu se trouvait un
« champ en friche, garni çà et là de bouquets de
« fougères et de grandes herbes, un endroit fait
« exprès pour cacher un lièvre.

¹ Basfond.

« Aussitôt que je vis Miraut descendre de ce côté,
« la confiance en lui me vint tout à fait, d'autant
« plus que sa manière de chasser était changée d'une
« façon extraordinaire ; ce n'était plus un chien cou-
« rant portant le nez bas, collé sur la voie ; il avait
« pris, au lieu de cela, toute l'allure d'un chien d'ar-
« rêt arrivant sur le gibier qu'il évente avec précau-
« tion ; aussi le suivais-je le fusil haut, certain que
« j'allais rouler mon lièvre, c'est ce qui arriva moins
« de dix minutes après, car il m'était parti aux pieds.

« Tout ce que je viens de vous raconter n'avait pas
« duré plus d'une demi-heure, pendant laquelle,
« entraîné, pour ainsi dire, par mon chien, je n'avais
« pas eu le temps de faire d'autres réflexions que
« celle-ci : Miraut a un nez d'enfer ; mais, quand
« j'eus ramassé mon lièvre, me rappelant ce qui
« s'était passé, je me demandai bien sérieusement si
« mon chien était un chien courant ou un chien
« d'arrêt ; des deux côtés il y avait pour et contre.
« Plus tard, j'ai toujours pensé qu'il était un mélange
« des deux races.

« Depuis ce jour-là, pendant deux années, jamais
« je ne suis sorti avec lui sans lui voir faire des
« choses incroyables. A la fin, lorsqu'à force de
« chasser toujours, à peu près dans les mêmes en-
« droits, il connut bien le pays, je crois vraiment
« qu'il ne se donnait plus la peine de suivre son
« lièvre pas à pas, il savait où il devait le trouver, et
« il s'y rendait en droite ligne. Tant qu'à lui voler
« son gibier, je vous promets que ce n'était pas faci-
« le, en voilà une preuve.

« Un matin, j'avais tiré un lièvre à forte portée, et
« je n'avais fait que le blesser, mais je savais bien
« qu'avec Miraut il n'irait pas loin et je ne me pres-
« sais pas beaucoup, lorsque tout à coup, j'entends
« le chien donner de la voix sur place. Ça m'étonne,
« vu qu'il chassait presque toujours sans rien dire,
« je me dépêche donc à le rallier, et je le trouve
« arrêté auprès de plusieurs bergères qui gardaient
« leurs troupeaux en commun sur le bord d'un
« champ.

« Elles étaient toutes assises en rond à l'entour
« d'un petit feu. — Oh! ma foi, me dis-je, mon
« lièvre est venu là se chauffer, lui aussi, c'est sûr.
« — J'approche d'une vieille, derrière laquelle
« Miraut faisait un sabbat d'enfer, je regarde mais ne
« vois rien : — Eh! la mère, que je lui demande,
« vous êtes-vous point mise, par mégarde, sur mon
« lièvre? — Oh! par exemple! me répond-elle,
« voulez-vous me laisser tranquille avec votre lièvre,
« emmenez donc plutôt votre chien, qui fait peur à
« nos moutons. — Pendant ce temps, Miraut, qui
« connaissait bien que je prenais son parti, s'appro-
« chait toujours en aboyant, comme s'il eût voulu
« lui sauter sur l'échine. Ce que voyant, et pour
« arranger l'affaire tout doucement, je dis encore :
« — Tenez, la mère, je crois bien, puisque vous me
« l'assurez, que ce n'est pas vous qui vous êtes mise
« sur mon lièvre; mais, vrai comme j'existe, ce sera
« lui qui se sera mis sous vous; en même temps, je
« prends la vieille sous les bras, je la lève en la
« secouant, et.... vous devinez.... mon lièvre tombe

« de ses cotillons. Tandis qu'elle crie, jure même, je
« crois, quelque peu, je le ramasse et me sauve.

« Je n'en finirais pas, s'il fallait raconter toutes les
« belles chasses que j'ai faites avec Miraut, mais la
« plus curieuse est celle où tous les deux nous avons
« forcé et pris notre lièvre. »

Ici, oubliant les recommandations de notre hôte,
je ne pus retenir une exclamation d'étonnement.

— Comment, m'écriai-je, vous avez forcé un lièvre
avec un seul chien?

— Vous oubliez, M'sieu, reprit vivement le père
La Brande ; que nous étions deux, Miraut et moi.

Cette réponse, burlesque en apparence, me parut
sublime de naïveté, car en la faisant, le chasseur ne
se ravalait certainement pas au niveau de son chien ;
mais il prétendait, au contraire, élever le chien
jusqu'à lui ; écoutez-le plutôt.

« C'est à la suite d'un pari avec quelques amis que
« j'ai entrepris l'affaire ; eux soutenaient que ce
« n'était pas possible, moi je croyais que si, et je leur
« ai fait voir que j'avais raison.

« Je savais que Miraut ne quitterait pas son lièvre
« une minute, quand bien même il devrait le chasser
« une journée entière, et toute la question était pour
« moi de ne pas les perdre tous deux. En terrain
« découvert, il n'y avait pas de risque, dans les
« champs, les vignes, les prés, les terres labourées
« même, *nous étions de pied*, et si j'avais eu autant
« de nez que lui, j'aurais quelquefois pu prendre la
« tête, mais au bois, ce n'était pas cela ; Miraut, lui,
« filait à son aise, tandis que souvent, je ne pouvais

« pas le suivre au fourré. Alors, mon bon chien,
« étant si habitué à me voir à ses côtés, s'arrêtait
« en criant au perdu, pour m'appeler; mais pour
« forcer un lièvre mené doucement, il ne fallait pas
« lui laisser une seconde de repos, c'était pour nous
« toute la difficulté.

« Le jour convenu, quelques-uns de ceux qui
« pariaient contre moi vinrent me trouver, et dès la
« pointe du jour nous partîmes. Avant le soleil levé,
« Miraut avait mis son lièvre debout, mais j'avais
« peu de chance, nous étions tombés sur un vigou-
« reux bouquin; heureusement qu'après une petite
« randonnée au bois, ennuyé sans doute de voir ce
« chien qui lui arrivait toujours dessus le dos sans
« rien dire, il espéra pouvoir mieux s'en défaire en
« plaine, et le voilà parti en rase champagne [1] de
« Jarnac. La terre était un peu détrempée, le temps
« était superbe, il faisait un petit vent de Nord-Est,
« ni trop chaud ni trop froid; aussi, Miraut et moi,
« nous allions à plaisir, les autres étaient restés
« pour attendre le retour sur le bord des bois. Quatre
« heures après le débucher, mon chien avait déjà
« trois fois relancé son lièvre, pour ainsi dire, dans
« mes jambes, et cela, je vous en réponds, sans lui
« avoir donné le temps de gratter la terre pour se
« taper; malgré tout, pas d'apparence de retour,
« l'enragé filait toujours devant lui et quand midi
« sonna, nous étions à trois lieues et demie environ
« des bois les plus proches et dans les jardins d'un

[1] Dans quelques départements de l'Ouest on désigne par champagne les plaines dépourvues de bois.

« village. Le lièvre, qui commençait à prendre l'af-
« faire au sérieux, avait sauté des murs, couru sur
« le faîte de quelques-uns, passé au travers des
« haies, pour finir par aller se blottir sur le bord
« d'une mare, dans laquelle il fut obligé de se jeter
« afin d'échapper à Miraut qui faillit le mordre.
« Lorsqu'il sortit de l'eau, je crus m'apercevoir qu'il
« était un peu las, car il se reprit à deux fois pour
« gravir un petit talus de quatre à cinq pieds d'élé-
« vation ; il ne s'agissait donc que de le tenir encore
« debout deux ou trois heures, du moins je le croyais,
« et mon bon petit Miraut n'avait pas l'air fatigué le
« moins du monde.

« Avant de nous remettre sur la voie en dehors
« du village, nous partageâmes un morceau de pain
« dont je m'étais muni, puis nous voilà encore tous
« deux, côte à côte, après notre lièvre, qui avait ter-
« riblement rusé avant de commencer son retour
« vers le bois ; il paraît qu'il avait assez comme ça
« de la plaine, et moi aussi, je vous assure, obligé
« que j'étais à chaque instant de me secouer les jam-
« bes pour faire tomber des paquets de terre gros
« comme la tête et qui tenaient aussi bien que de la
« glu à la semelle de mes souliers.

« Nous n'en avions pourtant pas encore fini avec
« cette maudite champagne, et il fallait une seconde
« fois avaler les trois lieues qui nous séparaient des
« bois. Restait à savoir si, avant d'y arriver, nous ne
« mettrions pas le grappin sur notre lièvre.

« Je l'espérais ; je ne savais pas combien un lièvre
« peut courir lorsqu'il n'est pas poussé vite et mis

« hors d'haleine ; si je l'avais su, jamais je n'aurais
« entrepris le tour de force que je vous raconte. Bref,
« une heure à peu près avant la nuit, je commen-
« çais à perdre tout espoir, car si le bouquin parais-
« sait fatigué et enflait le dos, Miraut s'arrêtait de
« temps en temps, me regardant comme pour me
« dire : — Allons-nous courir comme ça encore long-
« temps ? — Et pourtant, au premier mot, il repre-
« nait de nouveau la voie, mais ce n'était plus de la
« chasse franche, le lièvre ne faisait que mêler sa
« piste, tournait, retournait sur lui-même, se relais-
« sait dans tous les endroits un peu couverts, pour
« repartir sans nous attendre ; il était évident qu'il
« savait bien que nous ne le laisserions pas de côté ;
« seulement il n'osait pas, sans doute, faire sa ren-
« trée au bois, dans la crainte d'être surpris en nous
« perdant de vue. Si Miraut avait pu, en ce moment,
« retrouver pendant une demi-heure ses jambes du
« matin, il n'y a pas de doute qu'il l'aurait attrapé ;
« malheureusement, nous étions debout depuis près
« de onze heures et toujours sur un fichu terrain.
« Maintenant, qui du lièvre ou de nous mettrait le
« premier les pouces, ou pour parler plus juste,
« lequel se coucherait le premier pour ne plus se
« relever ?

    « J'en étais à penser à tout ce que je vous dis là,
« lorsqu'un heureux hasard, que je maudis d'abord,
« nous vint en aide.

    « Figurez-vous qu'au moment où l'envie me ve-
« nait de quitter la partie, j'entends à cent pas de-
« vant Miraut quatre ou cinq coups de voix, et j'a-

« perçois notre lièvre s'allongeant comme il ne le
« faisait plus depuis longtemps et venant droit sur
« nous, ayant derrière lui un grand chien de berger
« qui le gagnait à vue d'œil. Je voyais déjà le voleur
« happer à notre barbe le lièvre et l'emporter, sans
« que j'eusse la force de courir après lui; j'en étais
« réduit à crier et à jurer de dépit, sans bouger de
« place; heureusement que le lièvre, encore plus
« embarrassé que nous, fit mieux. Se sentant pres-
« que pris, il fait un crochet, tourne le dos à la
« plaine et rentre au bois, tandis que le chien de
« berger s'emporte, dépasse la rentrée et me donne
« le temps d'arriver avec Miraut que j'arrête un
« instant pour renvoyer l'autre à coups de pierre;
« dès qu'il fut parti, mon chien alors reprend la voie
« dans une taille de deux ans, garnie de ronces et
« d'ajoncs. J'étais à peine à une portée de fusil de
« la bordure, Miraut, à trente pas devant moi,
« relance le lièvre qui crie de telle façon que
« je le crois pris; ses *couincs, couincs* me don-
« nent des jambes; j'arrive, et, votre serviteur,
« je ne vois plus rien, chien et lièvre couraient
« encore, pas vite c'est vrai, mais assez pour
« me laisser tout penaud, ne sachant de quel côté
« aller.

« Restons en place, me dis-je; mon bon petit Mi-
« raut m'appellera quand il aura besoin de moi;
« d'ailleurs, puisque le lièvre crie, c'est qu'il se sent
« perdu.

« Tout cela était très-juste, mais la nuit venait;
« que faire? *Couincs, couincs, couincs!* voilà notre

« lièvre qui crie encore plus fort que tout-à-l'heure,
« et à moins de cinquante pas; j'ai bien entendu
« dans quelle direction, je m'y rends, plus rien,
« tout est parti, et pour le coup, la nuit gagne.....
« l'impatience me prend, je ne peux plus demeurer
« en place, je vais au hasard; tantôt j'entends les
« *couincs* du lièvre devant, tantôt derrière, à droite,
« à gauche, partout; mais je ne vois plus clair à
« trois enjambées. Enfin, une fois Miraut passe en
« se traînant à me toucher; il me sent et se couche
« à mes pieds; le pauvre animal n'en peut plus;
« dans un quart d'heure, il fera noir comme dans un
« four.

« Là, mon Miraut, là! mon valet, encore un coup
« de collier, et nous le tenons.

« J'ai beau lui parler, l'encourager, le caresser,
« mon chien se contente de frétiller de la queue en
« poussant de petits gémissements arrachés par la
« douleur lorsqu'il essaie de soulever ses pattes en-
« flées et tout en sang.

« C'était donc bien fini... notre lièvre perdu au
« moment d'être pris; mon chien ne s'en remettrait
« peut-être jamais... Pour moi, la colère seule me
« tenait encore debout, car il n'y avait guère moins
« de douze heures que je courais.

« Je me creusais la cervelle pour trouver le moyen
« de faire marcher Miraut seulement jusqu'à la nuit
« noire quand une fameuse idée me vint à la tête.

« Vous allez rire, Messieurs, bien certainement,
« vous ne croirez pas plus ce que vais vous dire que
« tous ceux à qui je l'ai déjà raconté, et pourtant c'est

16

« la pure vérité, et sans cela, jamais je n'aurais eu
« mon lièvre.

« Après avoir essayé inutilement de faire avancer
« mon chien, persuadé que le lièvre était tout pro-
« che de nous, dans une touffe d'ajoncs ou de ronces
« et, à moitié mort, je prends Miraut dans
« mes mains, et me mettant à genoux, je lui fais
» sentir les buissons autour de moi, espérant qu'il
« m'indiquerait celui où était le lièvre ; c'est ce qui
« arriva. Tandis que je me traîne, tantôt le por-
« tant, tantôt le poussant, Miraut, tout à coup, fait
« un petit effort pour m'échapper et entrer
« dans un bouquet d'épines, de bruyères, au plus
« large comme votre table, notre bête était là,
« à coup sûr. Sans hésiter, je me relève et saute à
« pieds joints sur le fouillis ; aussitôt je sens remuer ;
« et plus de doute, je le tenais, puisque aussitôt il
« recommence à crier plus fort que jamais. Ce fut
« pour la dernière fois. Je ne m'aperçus seulement
« pas que je me déchirais les bras et les mains en
« cherchant à tâtons parmi les ronces, les épines ;
« et quand je l'eus empoigné, son affaire fut bientôt
« faite ; il était, au reste, déjà raide comme un pi-
« quet ; si bien qu'il ne me fut pas possible de lui
« ployer les reins, afin lui réunir les quatre pattes.

« J'avais donc forcé mon lièvre, c'est-à-dire, par-
« don, je me trompe, Miraut et moi nous avions
« forcé notre lièvre, et n'avions plus qu'à rallier la
« la maison. Pour cela, il fallait encore marcher
« trois bons quarts-d'heure, ce que seul j'étais en
« état de faire ; je prends donc mon chien sous un bras

« et mon lièvre à la main, je file sur le logis, où nous
« arrivâmes à neuf heures et demie du soir ; nous
« l'avions quitté le matin au petit jour.

« Voilà, Messieurs, maintenant la conclusion de
» l'affaire ; j'avais attrapé une fluxion de poitrine
« qui me cloua dans mon lit quinze jours.

« Tant qu'à Miraut, il en fut plus tôt quitte que
« moi, et il ne resta guère qu'une bonne semaine
« couché sur mes pieds. Nous avons tous les deux
« payé cher cette journée, comme vous le voyez ; en-
« core avons-nous eu de la chance d'avoir fait la ren-
« contre du chien de berger, comme je vous l'ai ra-
« conté ; je crois bien en effet que c'est lui qui, en sur-
« menant le lièvre un moment, lui a donné le coup
« de grâce. Je sais aussi qu'on a dit dans le pays que
« c'était lui qui l'avait pris ; mais c'est faux, voyez-
« vous ; les amis avec qui j'avais parié, ont si bien
« vu, en le dépouillant, qu'il n'avait pas un coup de
« dent sur le corps, qu'ils reconnurent avoir perdu.

« A la suite de cette affaire, beaucoup disaient
« encore : — le Miraut de La Brande, c'est pas un
« chien, c'est le diable en personne ; — c'était une
« bêtise de plus, puisque le diable ne peut rien
« faire de bien, et que Miraut était bon comme
« pas un chien ne l'a été, et comme pas un chien
« ne le sera. »

Pendant toute la dernière partie de son récit, La
Brande m'avait lancé des regards que j'aurais pu in-
terprêter ainsi : — Croyez-vous ce que je vous raconte ? — Sans doute la réponse des miens n'était
pas de son goût.

— M'sieu le Parisien, reprit-il, pense que tout ce
que j'ai dit est pure invention, ça ne m'étonne pàs,
je m'y attendais. Après tout, M'sieu est bien le maître de garder ses idées sur Miraut, et moi les miennes sur les chasseurs parisiens.

Ces dernières paroles avaient été prononcées avec
le ton aigre-doux que savent si bien prendre les
campagnards, lorsqu'ils nagent entre deux eaux,
c'est-à-dire quand ils se tiennent entre l'injure et
le compliment, vous laissant le droit de tirer les
conclusions. Ce jour-là, je n'eus pas le temps de
faire ma part dans les intentions que je pouvais
prêter à La Brande, notre hôte étant intervenu en
affirmant que pour croire aux merveilleuses qualités de son ancien compagnon, il fallait absolument
l'avoir connu ; puis il ajouta : continuez donc, La
Brande, après vous, je dirai à mon tour ce que j'ai
vu faire de tellement remarquable à ce pauvre chien
que, si je n'en avais pas été témoin, j'aurais de la
peine à le croire possible. Le procédé était infaillible, le campagnard, remis sous le charme de ses
souvenirs, continua son récit en ces termes :

« Ce qu'il me reste maintenant à vous conter, Mes-
« sieurs, est connu de tout le pays, c'est que pendant
« deux années, quand on voulait un lièvre, en me le
« demandant, on était plus sûr de l'avoir à jour dit,
« qu'en allant au marché. Malheureusement... — Ici
un assez long silence, tandis que La Brande secoue les
cendres du foyer de sa pipe, se gratte l'oreille et semble
un peu embarrassé ; enfin sa pipe, secouée, bourrée
et rallumée, il reprend : — « Je disais donc que,

« malheureusement, avec un chien pareil il m'aurait
« fallu autre chose, afin de pouvoir chasser en paix; il
« m'aurait fallu un port d'armes, faute de ça, en
« deux ans à peu près, j'ai été pincé trois fois. Ad-
« mettez que j'aurais pu aller, comme vous autres
« Messieurs, chasser à droite, à gauche, sans inquié-
« tude, je me connais, voyez-vous, je n'aurais fait que
« cela, et qui aurait labouré mes champs, taillé,
« bêché mes morceaux de vignes?... La chasse est
« bonne pour ceux qui ont du temps à perdre et
« de l'argent à dépenser. Je tâchais donc de m'arran-
« ger de manière à ne pas laisser mes affaires en
« souffrance, en ne prenant mon fusil qu'une fois la
« besogne faite. Tant qu'à l'heure, avec Miraut, ça
« m'était bien égal, et jamais, depuis son premier,
« dont je vous ai raconté l'histoire, nous ne sommes
« sortis ensemble, qu'il fût tard ou de bonne heure
« qu'il fît beau ou mauvais, sans que Miraut m'eût
« mis debout tous les lièvres dont il trouvait les
« voies, je ne dirai pas froides ou chaudes, pour lui
« elles étaient toujours bonnes. Ah! dam! une fois
« lancé, c'était si curieux de voir faire mon bon petit
« chien, que j'oubliais tout. Point de défauts, d'hési-
« tations, toujours dans la voie; et tombant sur le lièvre
« comme la pauvreté sur le monde sans mot dire; m'ar-
« rivait-il d'être trop loin pour tirer, ou de manquer,
« Miraut continuait à la même allure, ne se pressant
« pas plus après qu'avant, malgré tout, sûr de son
« affaire, comme moi, de loger du plomb dans la
« peau de la bête, un peu plus tôt un peu plus tard.
    « Le plaisir que j'éprouvais à voir chasser mon

                                         16.

« chien, était toujours si nouveau et si vif que j'ou-
« bliais de regarder derrière, de sorte que les gen-
« darmes étaient aussi certains de me prendre, que
« je l'étais de rejoindre le lièvre.

   « Après avoir été pincé déjà deux fois, je voyais
« bien que cela finirait mal, que je roulais sur une
« mauvaise pente, et lorsque ma femme et mes voi-
« sins me cornaient aux oreilles que je me ruinerais,
« que je deviendrais un braconnier achevé, un mau-
« vais garnement, j'étais forcé de convenir en moi-
« même qu'ils n'avaient pas tout à fait tort ; mais
« par malheur Miraut venait, lui aussi, trop souvent
« dire son mot, ce qui arrivait chaque fois qu'il me
« voyait sortir sans prendre mon fusil ; alors il allait
« dans le coin où il savait le trouver, courant, sau-
« tant de l'un à l'autre, si bien que je finissais par
« l'écouter, tout en lui disant : Oui, oui, Miraut, en-
« core un ; mais bien sûr que ce sera le dernier. Pa-
« role d'ivrogne qui promet de ne plus boire, deux
« ou trois jours après c'était à recommencer.

   « Je n'avais plus qu'une ressource afin d'en finir,
« c'était de donner mon chien ; quant à le vendre, à
« échanger mon pauvre Miraut contre de l'or ou de
« l'argent, on m'en aurait donné gros comme lui,
« que je n'aurais pas accepté.

   « Il y avait à cette époque au bourg de Saint G...,
« un parent de ma femme ; il était cloutier de son état
« et aimait beaucoup la chasse ; aussi après avoir toute
« la semaine martelé son fer il se récréait le diman-
« che en courant dans les champs, au reste, il était
« en règle avec la loi ayant toujours un permis. Je

« décidai sans rien dire à personne, que je lui ferai
« cadeau de Miraut ; mais avant de m'en séparer, je
« voulus lui faire faire une partie à laquelle je pen-
« sais depuis longtemps, c'était une chasse aux la-
« pins très-nombreux dans les bois d'une commune
« voisine, où je n'avais pas osé aller, car elle se trou-
« vait située sur le parcours suivi par les gendarmes
« du canton, lorsqu'ils faisaient leur tournée ; mal-
« gré cela, à la veille de me séparer de mon chien, je
« ne pus pas résister à la tentation de savoir comment
« il se tirerait d'affaire avec ce gibier nouveau pour
« lui ; je m'en doutais bien un peu, mais j'étais loin de
« m'attendre à ce qui arriva de toute manière.

« Nous n'étions pas au bois depuis une heure que
« j'avais déjà trois lapins dans mon sac, et sans
« m'être servi de mon fusil ; j'avais bientôt vu qu'il
« était inutile et je l'avais caché, me contentant de
« suivre Miraut qui faisait toute la besogne.

« Ah ! quelle chasse, Messieurs ! Il faut avoir vu des
« choses semblables pour s'en faire une idée ; tout ce
« que je peux vous dire, c'est que on eut cru Miraut
« attaché à la queue de ces malheureux lapins, tant
« il les suivait pas à pas sans les perdre une minute,
« et comme il chassait toujours *à la muette*, ceux-là
« peu effrayés, né se croyant pas suivis, se remettaient
« de suite sous d'épaisses touffes de bruyères d'où
« ils n'avaient pas le temps de se dépétrer sans être
« pris.

« C'était si curieux de voir mon bon petit chien,
« que je riais tout seul comme un fou, et que l'idée
« que nous faisions ensemble notre dernière partie

« était loin ; je venais de lui ôter de la gueule notre
« cinquième, déjà il avait levé celui qui devait bien-
« tôt compléter la demi-douzaine, que je ne voulais
« pas dépasser, lorsque je m'entends appeler par
« derrière ; je me détourne, et je vois..... Ah ! cré
« nom, quand j'y pense..... quel soufflet !..... deux
« gendarmes à cheval, à dix pas dans un taillis ras.

— « Eh bien! La Brande, me dit l'un d'eux, décidé-
« ment vous n'en finirez pas... vous êtes donc incor-
« rigible. Encore un procès-verbal, mon garçon, vous
« ne l'aurez pas volé, n'est-ce pas, car la carnassière
« est ronde ; mais au moins vous êtes bon enfant,
« vous ne nous faites pas courir.

« Ils auraient pu continuer longtemps à se moquer
« de moi, la parole ne me revenait pas ; quant à
« remuer je ne le pouvais pas plus que les baliveaux
« du taillis : je restais là en place, sans comprendre
« comment je ne les avais pas plus vus et entendu
« venir que s'ils fussent tombés du ciel ; je ne
« retrouvai ma tête et mes jambes qu'au moment
« où, après avoir fini de prendre leurs notes, ils
« s'en allaient en me disant : — Au revoir, La
« Brande, à une autre fois. — A une autre fois,
« dites-vous, leur criai-je, le diable m'emporte si
« vous me reprenez, c'est fini ! — En même temps
« je cours à Miraut, et je passe mon mouchoir dans
« la boucle de son collier de peur qu'il ne retourne
« à ces maudits lapins.

« Une heure après j'arrivais tout courant chez le pa-
« rent dont je vous ai parlé. En deux mots je lui expli-
« quai l'affaire ; je lui donnai Miraut à condition que

« jamais il ne le vendrait et qu'il en aurait bien soin
« durant toute sa vie.

« Le cloutier n'était pas encore revenu de son
« étonnement que j'avais attaché Miraut dans un
« coin de sa boutique, et que je reprenais le chemin
« de la maison ; mais le cœur bien gros, je vous
« l'assure ; j'avais beau me répéter que je devais être
« content, que ce que j'avais fait était sage, que
« tout le monde m'approuverait ; à chaque instant,
« je ne pouvais pas m'empêcher de m'arrêter, de
« regarder derrière moi, espérant que Miraut cou-
« perait peut-être sa corde et viendrait me rejoin-
« dre. Si cela fût arrivé, sans doute j'aurais encore
« eu le courage de le donner, mais je n'aurais pas
« été le reconduire. Mon pauvre petit chien avait
« compris que je voulais notre séparation, et la
« preuve, c'est que lui qui me faisait tant de caresses
« lorsqu'il m'avait perdu de vue quelques heures
« seulement, ne m'a jamais depuis ce jour témoigné
« la moindre amitié ; quand je le caressais, il se
« couchait à mes pieds, me regardait en se plai-
« gnant, bien sûr, de mon ingratitude ; mais rien
« de plus.

« Le fait est que le pauvre petit animal ne dut
« pas, dans les premiers temps, être très-content de
« son changement de position. Son nouveau maître,
« qui ne sortait guère avec lui que le dimanche,
« s'imagina de l'utiliser le reste du temps à faire
« fonctionner le soufflet de sa forge. Pour cela, il
« avait installé Miraut dans une espèce de tambour
« en bois léger que celui-ci faisait tourner du matin

« au soir comme un écureuil sa cage en fil de fer ;
« c'est de là que lui vint plus tard le nom de
« Tourne-Broche.

« Depuis je ne l'ai vu que rarement, et toujours
« avec peine, mais ceux de ces Messieurs qui ont
« connu Tourne-Broche peuvent dire si tout cela
« est la vérité.

— « La réputation du chien de Là Brande, reprit
« notre hôte à son tour, était répandue parmi les
« chasseurs de la contrée bien avant qu'il s'en fût
« défait ; on racontait même à ce sujet des choses
« tellement merveilleuses que Tourne-Broche quit-
« tait la campagne reculée où l'avait retenu son
« premier maître, précédé d'une renommée légen-
« daire. Afin de savoir s'il la méritait, ou si, comme
« pour tant d'autres, elle était usurpée, les chas-
« seurs du bourg de Saint-G... s'empressèrent de
« demander au cloutier de vouloir bien leur prêter
« son chien ; ils furent tous poliment éconduits,
« ou à peu près.

« Plus heureux, notre ami B... reçut l'assurance
« que Tourne-Broche serait à sa disposition chaque
« fois qu'il lui plairait de l'envoyer chercher. A cette
« époque, B... avait une demi-douzaine de grands
« briquets croisés de chiens de Saintonge, j'en avais
« autant ; nous formions donc souvent à nous deux
« une petite meute qui donnait fort à faire aux
« lièvres et aux renards du pays.

« Cependant, quoique nos chiens fussent réelle-
« ment bons et bien dans la voie du lièvre, quand
« on connait les difficultés qu'offre la contrée, on ne

« sera pas étonné si j'avoue que nous forcions
« rarement, jusqu'au jour où l'aide de Tourne-
« Broche nous fut assuré; mais à dater de ce mo-
« ment, tous les obstacles furent levés. Le plus
« étonnant n'était peut-être pas tant l'incroyable
« instinct faisant que, pour lui, il n'y avait jamais
« de défaut, pas même d'hésitation, que sa manière
« de chasser avec nos chiens, et la foi absolue que
« ceux-ci eurent promptement en lui.

« Maintenant que l'on se connaît depuis quelque
« temps et que les habitudes sont prises, voyez ce
« qui se passe. Nous sommes prêts à partir, B... au
« milieu de la grande route, embouche sa corne de
« chasse et sonne trois appels; autour de lui nos
« douze grands briquets, qui tout à l'heure nous
« assourdissaient de leurs voix de tonnerre, ont fait
« silence; tous accroupis regardent vers l'autre
« extrémité du bourg, il n'est pas besoin du fouet
« pour les tenir en place, jusqu'à ce qu'au tournant
« de la route apparaisse un pauvre petit basset au
« poil rude, à la queue traînante; c'est Tourne-
« Broche, qui a entendu le signal, obtenu congé, et
« qui arrive en trottinant.

« Du plus loin qu'ils l'ont aperçu, tous nos chiens
« sont partis hurlant, et fous de joie; Tourne-Broche
« s'est arrêté à leur approche, et ne reprend sa
« course que lorsque nos bavards, rangés derrière,
« forment une brillante escorte jusqu'à la porte de
« la cuisine où l'attend une assiette pleine de bonne
« soupe, promptement expédiée, et nous partons.

« Nos chiens très-droits, très-collés, étaient peu

« requérants dans le approcher et dans les défauts ;
« mais dès que nous avions le chien du cloutier,
« leur paresse devenait incroyable, et ainsi que le
« disait B..., ces fainéants ne chassaient plus, en
« vérité, que la queue de Tourne-Broche jusqu'au
« moment du lancer.

   « Aussitôt parti, celui-ci, le nez collé sur le sol,
« prenait la tête, tantôt longeant un chemin, tantôt
« une haie, un fossé ou traversant les sillons d'un
« champ, d'une vigne, et tant que sa queue balayait
« la boue ou la poussière du terrain, les autres sui-
« vaient avec indifférence jusqu'au moment où
« enfin, l'appendice caudal de Tourne-Broche oscil-
« lait à droite et à gauche, comme un panache bercé
« par le vent ; alors sans se donner la peine de s'as-
« surer sur la piste, notre meute partait avec un
« magnifique ensemble, en poussant de sonores
« hurlements.

   « Il arrivait pourtant que la voie déjà bonne pour
« le nez extraordinaire de Tourne-Broche, était
« encore trop froide pour les autres chiens qui ne
« sentaient rien, en dépit de leur bonne volonté ;
« néanmoins, à chaque mouvement de la queue du
« chef de file, répondaient de si vigoureux coups de
« gorge que l'on eût dit le lièvre lancé, quoiqu'il
« fût loin d'en être ainsi. Nos briquets passaient
« souvent plus d'un quart-d'heure à ne faire que de
« la musique, se contentant de chasser à vue la
« queue du basset qui les conduisait au lancer.

   « Une fois le lièvre debout, Tourne-Broche qui ne
« se sentait pas de force à lutter de vitesse avec nos

« chiens vigoureux et bien découplés, revenait tran-
« quillement sur les talons de celui d'entre nous
« chargé de les appuyer, et ne reprenait un rôle
« actif que dans les défauts. Grâce à lui, ils n'étaient
« pas de longue durée, et jamais je ne l'ai vu laisser
« son lièvre derrière.

« Un jour nous lançons un lièvre dans les bois
« qui longent les murs du parc du château de P... ;
« vigoureusement mené et après trois quartsd'heure
« de chasse et une forte randonnée, notre lièvre
« passant par une des chatières pratiquées dans les
« murailles du vaste enclos, se met à l'abri de la
« poursuite de notre meute. A notre arrivée, 'Tourne-
« Broche nous indique très-bien la perfide ouver-
« ture dissimulée par un buisson d'épines mêlées de
« ronces.

« Deux jours plus tard, non loin du même endroit,
« le même lièvre, probablement, est encore mis
« debout, puisqu'il accomplit tout à fait le parcours
« suivi la première fois ; B..., voyant qu'il commen-
« çait à rabattre vers le parc, me laisse avec nos
« chiens, et court, son fusil en main, se poster à
« portée de l'ouverture que notre lièvre allait sans
« nul doute gagner.

« En effet, il se trouvait à soixante pas à peu près
« des murs du parc, lorsqu'il aperçoit notre fuyard
« bien près déjà de les mettre entre nous et lui.
« B... le tire, le blesse, sans l'arrêter, vu la distance ;
« puis le croyant perdu, car il l'avait vu disparaître
« dans le buisson garnissant le pied de la muraille,
« il avance afin de se rendre compte de l'effet pro-

17

« duit par son coup de fusil ; jugez alors de sa sur-
« prise en trouvant Tourne-Broche qui tenait par
« une patte de derrière, le lièvre dont le corps aux
« trois quarts engagé dans la chatière se tordait, se
« cramponnait pour échapper au petit chien qui
« avait juste la force de le retenir.

« Maintenant, qui avait dit au chien d'aller se
« placer là en embuscade lorsque la chasse avait
« tourné de ce côté, si ce n'est la déception que
« nous avions subie deux jours avant et le désir
« d'en prévenir le retour en happant le lièvre au
« passage ?

« Je vous laisse à penser après un trait semblable,
« tout ce dont aurait été capable Tourne-Broche, si
« un étourdi, peu de jours plus plus tard, ne l'eût
« tué en croyant tirer un renard.

« Pour moi, en voyant chez certaines bêtes l'ins-
« tinct s'élever de la sorte jusqu'à l'intelligence, tan-
« dis qu'on voit souvent chez bien des hommes l'in-
« telligence s'abaisser jusqu'à ne plus être que de
« l'instinct, je ne peux m'empêcher de faire de sin-
« gulières réflexions sur l'avenir destiné aux uns
« et aux autres... »

Notre ami ayant terminé son récit, le père
La Brande s'était levé pour prendre congé de nous,
alors, en lui tendant la main, je l'assurai du plaisir que j'aurais à me faire l'historien de Tourne-
Broche.

— Merci, M'sieu le Parisien, me dit-il ; mais j'attends mieux que ça bientôt.

— Qu'attendez vous, La Brande ?

— J'espère qu'après avoir toute la soirée pensé à mon pauvre Miraut, et parlé de lui, j'aurai le bonheur de rêver cette nuit, que nous chassons encore ensemble.

FIN.

TABLE DES MATIÈRES

FIN DE LA TABLE

Abbeville. — Imp. P. Briez